U0058934

中國大陸當代詩學

於可訓

——著

目　次

導論

提到中國當代詩學，讀者定會發問，當代是否有詩學存在？提出這個問題，不外乎有以下幾個方面的原因：首先是整個當代文學在一個相當長的時間內，存在著一種極端政治化的傾向。因為這種傾向的存在，一切文學樣式皆成了政治的工具，詩歌也不例外。既然如此，詩也就如一切文學樣式一樣，失去了自己的獨立本性；本性既失，又何來研究詩的本性的詩學可言？其次是中國當代詩歌的發展，經歷了一個反差極大的旅程：十七年詩歌逐漸走上一條極端政治化的道路，到「文革」時期發展到登峰造極的地步。「文革」結束以後的詩歌首先從政治上的撥亂反正開始，爾後又出現了一種遠離政治的個人化（「表現自我」）傾向，經過了這樣的一個自我反叛的歷程，前後又存在著如此大的反差，又怎麼能在這個基礎上建構起一個統一的詩學理論。再次是中國自古以來似乎就少有成體系的詩學理論，歷代留下來的一些詩話詞話大都是一些散金碎玉自不必說，就是經過革命以後的新詩，迄今為止，似乎也未見有一部成體系的詩學論著。有鑒於此，懷疑當代是否有詩學存在，也不是完全沒有根據。

這當然只是問題的一個方面，問題的另一方面是：即使是在極端政治化的十七年，也仍然有人在思考詩歌問題，而且為著政治的需要，還集中討論過一些重要的詩歌理論和創作問題。在這

些思考和討論中，就孕育了當代詩學的萌芽因素。在「文革」結束以後的新時期，十七年的詩學理論雖然在新時期遭到了新潮詩人和詩歌理論家的顛覆，但在這個前提下建構起來的一種詩學理論，相對於十七年的詩學理論來說，只能說是另一種不同的表現形態，並不能因此就否定十七年詩學的客觀存在。恰恰相反，正因為有這兩種不同的表現形態，當代詩學才顯得更有張力，更其豐富多采。至於詩學理論的成體系與否，似乎更多地是一個中西理論思維的差異問題，不能據此以西方體系化的詩學為標準來判斷中國當代是否有詩學存在。當然，這裏也有一個需要說明的問題是，我並不一般地反對成體系的詩學，也不認為中國古代詩話詞話的散金碎玉就是詩學的一種完善的形態。我的意思只在說明，一個民族有一個民族的思維特點，也有各自對於詩歌問題（包括其他文學問題）的觀照方式，因而一個民族也就有各自有別於其他民族的獨特的詩學。而且，詩的問題也如其他精神文化現象一樣，還與這個民族的歷史文化傳統和現實狀況密切相關，對詩的問題的思考也就不能不打上這些方面的深刻烙印。這也是要影響到各民族的詩學在不同的時代會出現千差萬別的表現形態。換言之，這也就是人們常說的詩學理論的民族性和時代特徵問題。

　　本書把當代詩學定位在當代人對於當代詩歌的思考方面，認為當代詩學是當代人對當代詩歌問題思考、探索的理論結晶。這些思考、探索不論是散金碎玉還是自成體系，都是當代詩學的基本內容。既然如此，研究當代詩學，首先就必須找出那些問題是當代人關注的詩學問題？它何以會成為一個詩學問題？當代人

對這些問題作出了怎樣的思考和探索？這些思考和探索又呈現出怎樣的表現形態？以及我們今天該有怎樣的認識和評價？凡此種種，本書就是基於這樣的問題意識，從這些問題出發，來搜集、整理（同時也是闡釋、評價）當代人對於當代詩歌問題的思考和探索。這些問題因而也就成了本書的基本內容。為了從總體上把握這些問題的來龍去脈和它的發展演變情況，本書在「導論」部分又從這些問題的歷史聯繫和現實表現的角度，分述其若干特徵，以求最後給予讀者的是一個有關當代詩學的完整印象。

一、現代詩學的歷史轉換

研究當代文學問題，總離不開一個歷史的前提，即它與「五四」以來的中國文學之間的歷史聯繫，研究當代詩學問題，同樣也不例外。眾所周知，「五四」文學革命是從詩歌領域率先開始的。這場「詩國革命」（胡適語）在嘗試白話新詩創作的同時，也引起了一場詩學的革命。胡適等人在海外討論詩歌革命和文學革命問題時，就涉及到了許多詩學問題，例如詩歌的形式（詩體）是在不斷革命的，舊的形式不能容納新的內容；文言是死文字，白話是活文字，死的文字不能創造活的文學等。這些新銳言論，無疑是對中國古典詩歌藝術賴以存在的語言基礎和它創造的獨特的美感形式，從根本上進行了一次釜底抽薪式的顛覆。這種顛覆行動同時也是詩學領域發生革命的先聲和信號。到了「五四」文學革命時期，新文學的先驅者們在對舊文學的文統和道統進行全面清算的同時，也對中國古典詩學（尤其是格律詩學）進行了

更加激烈的抨擊。雖然這期間出於革命和建設的需要，也有對古典詩學資源的點化和利用（例如「以文為詩」和雙聲疊韻的理論等），但從總體上說，卻是以革命為首要之務的。經過了這場革命，中國古典詩學無論是「詩教」的觀念還是涉及具體創作方法和技巧的理論，都遭到了徹底的否定，或雖未實施正面攻擊，卻被有意無意地「懸置」起來。在「懸置」和顛覆了古典詩學之後，白話新詩在大膽嘗試的同時，也開始了經驗的總結和理論的探索。對早期白話新詩創作的經驗總結和理論探索也就成了中國現代詩學的最初萌芽。從近代「詩界革命」到「五四」新詩運動，有著兩千多年悠久傳統的中國古典詩歌，在 19 至 20 世紀之交的短短二十年間，從創作到理論，都發生了一個深刻的變化。從這個時候起，中國現代詩歌在不停頓的藝術追求的過程中，也開始了詩學的理論建構。

　　就整個 20 世紀中國現代詩學的發生和發展而言，雖然由於它自身的演變和所受影響的因素比較複雜，在不同的時期都要面對一些不同的問題，因而形成了一些不同的特點，但是，20 世紀中國現代詩學作為一個整體，卻是以向現代轉型為起點的，因而詩學的現代化和現代性追求，以及與此相關的一系列問題，就是中國現代詩學的一個一以貫之的核心主題。20 世紀中國現代詩學儘管在不同的階段上呈現出千差萬別的形態，經歷過紛紜繁複的變化，但最終的指向都不能不是這個關乎中國現代詩歌發展的價值目標，都不能不是為著實現這個目標對諸多創作問題和理論問題所作的探索和思考。當代詩學自然也不例外。正是在這個總體趨向上，當代詩學與現代詩學之間存在著一種整體的有機的

歷史聯繫，並以它自己的獨特追求方式和獨特的表現形態，構成了 20 世紀中國現代詩學的一個獨特的發展階段。

如前所述，中國現代詩學的萌芽階段，是以對傳統詩學的「革命」為起點的，雖然它從根本上並未完全擺脫傳統的影響，但它的直接的理論資源，卻不再是中國詩歌兩千多年來所積累的思想資料所建構的詩學體系，而是西方 19 世紀至 20 世紀初的詩學理論，當然也包括作為這期間西方詩學理論的直接淵源和歷史傳承的整個西方詩學傳統。正因為如此，所以從「五四」時期直到 40 年代，中國現代詩學的主流是追求以西方為中心的現代化目標，尤其是西方 19 世紀的浪漫主義詩學和 20 世紀的現代主義詩學，更是這期間的詩人和詩論家創造各派詩學所取法和心儀的對象。雖然這期間的詩學在某些時候也因為與逐漸成為主流的革命文學的觀念和趣味不合，而在後來的研究中多所詬病，但從總體上說，卻集中體現了這期間詩歌的藝術探索和理論反省的一些積極的思想成果。尤其是以創造社為代表的崇尚自我表現的浪漫主義詩學，以早期新月派為代表的講求藝術規範的格律詩學，以早期象徵派、現代派和「中國新詩」派詩人為代表的現代主義詩學等，更為中國現代詩學的創立和發展作出了不可磨滅的貢獻。但是，也應當看到，這期間的詩學在吸收西方詩學資源建構各派詩學的過程中，也相對忽視了對本土詩學資源的取用，尤其是在一些現代主義詩學派別的理論中，本土的詩學資源顯得更其貧弱、匱乏。這樣，這期間的詩學在建構一種新的詩歌理論的同時，更加遠離了民族的詩學傳統。這種背離民族詩學傳統的傾向，在這期間的詩學內部也引起了一種理論上的反撥，由這種反撥所引

發的本土化傾向，也就成了中國現代詩學發生歷史性轉換的一股內在推動力量。

　　早在「五四」文學革命時期，現代詩學在它的草創階段，雖然以一種激進的反傳統姿態，向古典詩學發動了猛烈的攻擊，但由於傳統根深蒂固的影響，和對西方現代詩學的引進還不夠深入系統，這期間的詩學又常常在有意無意地向傳統詩學吸取滋養。例如胡適最早提出的詩歌革命的主張──「要須作詩如作文」，從詩學淵源上說，就可以從近代「宋詩派」的詩學上溯到「以文為詩」的首倡者韓愈以降的理論影響。胡適鼓吹詩歌革命和嘗試白話詩，也從中國古代詩歌傳統中取得了理論支持。至於「五四」時期以浪漫主義為代表的「自然」詩觀，固然接受了西方詩學影響，但與中國古代文化和古典詩學崇尚自然的傳統，顯然也不無關係。甚至連對西方最新的現代主義詩學理論及早期現代主義詩歌創作所作的闡釋，也不得不借助和依託中國古代的詩學資源。朱自清說「象徵」是「遠取譬」、周作人把象徵與「興」的手法聯繫起來，就是一些典型的例子。更不用說諸如「詩言志」等有關詩的抒情本質的理論，「饑者歌其食，勞者歌其事」等有關詩的現實精神的理論，「為歌生民病」等有關詩的人間關懷的理論，以及詩的形式與內容的關係和詩的意境或境界的理論等等，都被「五四」及其後的一些詩人和詩歌理論家用來闡釋從西方接受過來的浪漫主義、現實主義詩歌理論和詩歌中的人道主義精神，以及詩的心物相應、情景交融等藝術表現手法。尤其是因為「五四」時期的人道主義和「勞工神聖」等社會倫理思想的影響，以及其後日益加深的社會革命和階級鬥爭理論的傳播，對民間詩歌和民

間詩學資源的發掘和利用，更成了從「五四」詩歌革命直至 30 年代左翼詩歌的一道永不褪色的亮麗風景。此外，還應當包括「五四」以後的詩人和詩歌理論家個人的藝術素質和藝術修養中積澱的傳統詩學的因子所起的潛在的影響作用。凡此種種，都說明中國詩學從古典向現代的轉換，雖然是置身於一個「反傳統」的新文化潮流之中，但傳統仍在對新的萌芽起著或明或暗的「呵護」和「支撐」作用。這種「呵護」和「支撐」作用，不但幫助「五四」詩歌革命後的詩學完成了從傳統向現代的過渡，而且同時也表明，傳統詩學本身也可以向現代發生轉換。這種轉換雖然在「五四」詩歌革命及其後的一個相當長的時期，並未引起、也不可能引起人們的廣泛注意，但卻為中國詩學從古典向現代轉型之後，進一步掙脫西方影響，從「西化」走向「本土化」，提供了一種歷史選擇的可能性。

　　真正把中國詩學傳統或傳統詩學向現代的創造性轉化問題明確地提上議事日程，並付諸理論研究的自覺實踐，雖然是遠離 20 世紀初的詩歌革命，進入 90 年代後晚近幾年間的事情，但從 20、30 年代開始，用新的方法對中國古代文學理論的研究，及其後以朱光潛為代表的「參酌中西」的詩歌理論研究等，事實上都是在進行這種創造性轉化的嘗試。只是因為這期間整個文學的現代化是以西方文學的現代形態為標準的，因而詩學研究也就不可能在本土化的方向上另闢蹊徑。加上經過「五四」時期的「反傳統」和後來不斷深入擴大的「反封建」的社會革命的影響，「傳統」尤其是作為封建道統和文統的代表的文人「傳統」的「復興」（或曰「死灰復燃」），對於經歷過「五四」文化革命或

正在經歷一場更深刻的社會革命的人們來說，始終懷有高度的警
惕。這樣，也就不可能致力於傳統詩學的創造性轉化。

　　這同樣也只是問題的一個方面，問題的另一方面是，所謂
「傳統」，並非僅僅是由正統文化或正統文學所代表的歷史——
對中國傳統文化和傳統文學而言，也就是由文人所代表的道統和
文統。同時還有一個更加遼闊廣大也更為綿長深厚的民間社會所
孕育、創造和涵蘊的一種文化和文學精神的歷史。這個所謂民間
傳統雖然也脫離不了占統治地位的道統和文統的影響，甚至是一
些根本的和決定性的影響，但由於民間社會自身的相對獨立性，
和民眾作為民間社會的主體的獨特社會身份和文化氣質，對占統
治地位的道統和文統的影響，又有一種抗拒和過濾的作用。經過
這種抗拒和過濾作用，民間傳統較之文人傳統，往往表現出一種
更富於原創性的生機和活力，也更富有一種現實的生活氣息。正
是因為這個原因，所以歷代詩歌在創造力枯竭的時候，往往要從
民間傳統中去汲取新的藝術滋養。這一不變的規律，同時也是近
代以後的詩歌革命，包括「五四」詩歌革命向民間語言和民間詩
歌學習，開發和利用民間詩學資源的一個學理上的依據。「五四」
以後所發生的現代詩學的歷史轉換，固然有在進一步接受西方影
響的向度上加速和加深詩學的現代化進程的一維，同時也有在創
造性地轉化民間傳統的基礎上促使現代詩學向本土化方向發展
的一極。而且這後一個方向經由「五四」時期的濫觴和左翼時期
的發展，到抗戰時期的根據地文學中，已然成了現代詩學發展的
一種主導趨勢。也就是在這個意義上，作為當代詩學的起點的標
誌，在 40 年代的根據地文學中發生的現代詩學的歷史性轉換，

才既是對前此時期現代詩學的某些傾向的理論反撥，同時又與前此時期的現代詩學之間存在著一種有機的歷史聯繫，是前此時期的現代詩學發展的一個歷史的延續。

40年代在根據地文學中發生的詩學轉換，自然有特定的歷史原因。這個原因就是全民族的抗戰把民間社會和作為民間社會的主體的民眾推向了歷史的前臺，包括民間詩歌和民間詩學資源在內的民間文化受到了空前的重視。與此同時，中國共產黨人所進行的革命鬥爭，在堅持「反帝反封」的民主立場的同時，又要尋求一條適合中國國情和具有民族特色的革命道路，在文化領域也就不能不像在政治、軍事和經濟領域那樣，借重民眾和民間社會的力量。這也就是毛澤東在這期間形成的「中國作風和中國氣派」、「為中國的老百姓所喜聞樂見」的新民主主義的文化思想。在全民抗戰的時代浪潮的推動和毛澤東的這一文化思想的影響下，40年代的根據地文學致力於民間詩歌和民間詩學資源的發掘和利用，一方面固然有民族戰爭和民主革命的需要等時代和政治功利的原因，另一方面，同時也不能不說是上述傳統詩學對中國詩學的現代轉型所起的潛在作用，和對某些西化傾向的反撥所引發的本土化傾向發展的必然結果。或者說，正是借助抗戰時代和革命需要這股外力的作用，上述傳統詩學對中國詩學的現代轉型所起的潛在作用，才得以浮出水面，並通過一種歷史的選擇，把接受這種傳統影響、蘊含這種傳統因子，同時又獨具文化特質的民間詩歌和民間詩學，轉換成為一種現代形態，作為中國詩學的現代化追求的一種新的發展趨勢。中國當代詩學就是在這一趨勢下，走上了一條曲折的發展道路的。

　　承認在 40 年代的根據地文學中發生的這種既合乎目的性又合乎規律性的詩學轉換，也許並不是一件十分困難的事，問題是這種轉換及其對當代詩學所產生的影響和結果，是否仍然是屬於我們所說的中國詩學的現代化追求的歷史範疇。卻是一個需要進一步辨析的理論問題。鑒於前述當代詩學的某些極端政治化的表現，人們在追溯它的歷史根源的時候，往往有意無意地把在 40 年代的根據地發生的詩學轉換，完全歸結為這期間的某種政治功利化的文學觀念的作用，認為它是這種政治功利化的文學觀念或方針政策的直接產物，從而認為它有悖於文學的現代精神和現代化追求，甚至認為它是對現代文學的一種歷史的反動。這樣，這期間的詩學轉換如同這期間的整個文學轉換一樣，無形中也就成了中國詩學的現代化追求的一個歷史的例外，以這種轉換為起點的當代詩學也因此而失去了存在和研究的合法性依據。我想從以下幾個方面來談談對這個問題的一些初步看法：

　　首先是有關這一詩學轉換的歷史前提問題。眾所周知，中國詩學的現代化如同整個中國文學的現代化乃至整個中國社會的現代化一樣，不是從傳統內部自然生長的一種趨勢和要求，而是由一種外力的作用，隨同整個社會、文化和文學一起，被推進一個在世界範圍內發生的現代化進程的。由於幾個世紀以來在世界範圍內發生的現代化進程，主要是由西方近代文化復興和科學技術革命所帶來的文化繁榮、社會進步和生產力的發展推動的，因而，西方的現代化模式和現代性標準，也就自然而然地成了在整個世界範圍內一種普適性的模式和標準。中國作為一個「後發外生」型的現代化國家，就是在這個前提下，開始自己的現

代化追求的。這樣，中國的現代化在社會、文化和文學的各個方面，也就不能不接受西方為我們確定的這個現代化模式和現代性標準。中國詩學的現代革命，也不能不從一開始就轉向西方尋求它的思想和理論資源，同時也把西方詩學的現代形態，看作是中國詩學的現代化追求的目標和方向。中國現代詩學從「五四」詩歌革命以後，一直不停頓地追逐西方現代詩學的發展步伐，始終把西方現代詩學在 20 世紀的最新發展看作是詩學的現代化追求的必由之路，就是這種以西方為中心的現代化進程的一個集中表現。這同時也使得中國詩學的現代化追求，在一個很長的時間內，始終難以親近本土的詩學資源和本民族的詩學傳統，始終帶有很重的「西化」烙印和「西化」色彩。在一個文明發展和社會進步極端不平衡的現代社會，中國作為一個「後發外生」型的現代化國家，包括詩學在內的整個中國文學乃至整個中國社會和文化的現代化，要想不接受西方的模式和標準，也許是一件根本就不可能的事。但是，也正是因為這種不平衡，作為一個「後發外生」型的現代化國家，又不能不選擇自己的發展道路，又不能不在自己已有的基礎上，把本民族的歷史文化作為新的現代化追求的前提和起點。這樣，也就使得在這個過程中發生的上述詩學轉換，具有了一個合理的歷史依據，這種詩學轉換也因而不是外在於中國詩學和中國文學的現代化進程，而是這個進程的一個有機的組成部分，是這個進程的必由之路和必經過程。

　　其次是有關這一轉換過程中詩學的民族化問題。如上所述，在一個世界範圍內發生的現代化的歷史進程中，選擇各民族自己

的現代化道路，本身就包含有一個將某種普適性的現代化模式和現代性標準，根據各個民族的歷史傳統和現實狀況加以具體化，即民族化的問題。而在中國這個當時還處在「半封建半殖民地」狀態的國家，要獨立地選擇自己的現代化道路，還必須要解決一個建立獨立自主的現代民族國家的問題。這個問題不解決，中國的現代化就只能是西方強加給我們的一種擴張的形式，中國的現代性追求也就只能是西方的某些現代性觀念的一種普適性的證明。正因為如此，所以，在近代以來，伴隨著為建立一個獨立自主的現代民族國家而進行的民族民主革命，文學的民族化問題的提出和實踐，與文學的現代化問題的提出和實踐，也就具有同等重要的意義。作為現代中國的民族民主革命的一個重要組成部分和特殊階段的抗日戰爭時期，也就不能不再一次以一種更加突出的方式把這個問題提到文學乃至整個文化問題的前臺。而且在中國共產黨領導的抗日根據地提出這樣的問題，從理論到實踐，同時還要受制於馬克思列寧主義對民族文化所作的階級區分，因而這期間的詩學乃至整個文學和文化的轉換，就必然會遠離以正統詩文所代表的「統治階級的文化」，而轉向開發和利用民間的文化和文學資源，走上一條民間化的道路。民間化也就必然要作為民族化的一個代名，影響到這期間的詩學轉換乃至此後一個時期的詩學發展。只有從這個意義上來認識這期間詩學轉換過程中的民族化問題，才有可能把這期間詩學轉換過程中的民族化追求，看作是中國詩學的現代化進程的題中應有之義，也才有可能把這期間詩學轉換中的民間化這種民族化的特殊表現形式，同時也納入中國詩學現代化追求的歷史範疇。

　　再次是這一詩學轉換對當代詩學的影響問題。作為當代詩學的歷史起點，在 40 年代的根據地發生的詩學轉換，無疑對當代詩學的發展產生了重要影響。尤其是對「文革」及其前十七年的詩學來說，這種影響還是決定性的。正是因為這種影響，當代詩學的發展，在新政權成立後的一個相當長的時期，仍然是走在 40 年代發生轉換後的根據地詩學的慣性軌道上，而且在某些時候（例如 1958 年的大躍進期間）還把這種民間化的傾向發展到一種極端狀態。不同的只是，由於整個社會歷史的變遷，在新政權成立後，基於一種新的「文化建設」的需要，和毛澤東個人在詩歌創作和詩歌理論方面的影響，較之 40 年代的根據地，對民族的文化遺產和詩學傳統，能有一個更加客觀的評價態度，毛澤東在 40 年代提出的批判地繼承民族文化遺產的主張，在詩學領域，才有可能得到完整的實踐。除民間詩歌和民間詩學以外，整個中國古典詩歌和古典詩學的傳統，也得到了比較全面的「繼承」。在這個前提下，毛澤東提出「在古典與民歌的基礎上發展新詩」，無疑為中國詩歌和中國詩學的民族化開了一個新生面。同時也是中國詩學通過一個民族化的過程追求它自身的現代化目標的一個合乎邏輯的發展。儘管如此，但是，也應當看到，這期間的當代詩學在接續前此時期的民族化追求的同時，也陷入了一個現代化的悖論。這種悖論就在於，對於一個「後發外生」型的現代化國家來說，民族化本來是它的現代化追求的必經過程和必由之路，但這期間當代詩學的發展，卻最終封閉了走向現代化的開放的通道。當然不能說這期間的當代詩學，拒絕西方現代主義詩學的影響，就是拒絕現代化的表現，但這期間的當代詩學自

外於 20 世紀以來，在世界範圍內以現代主義為代表的詩學的現代化進程（包括中國新詩中的現代主義傾向的詩歌理論），企圖在一個封閉的時空中發展一種純粹的民族詩學，卻無論如何也不能說是一種現代化追求的表現。正是因為這種極端民族化的追求對當代詩學所造成的負面影響，所以，「文革」結束以後的新時期詩學又向另一個極端去尋求西方現代主義詩學的理論支援，希望通過再一次轉向西方跨越因前此時期極端民族化的追求所造成的詩學的現代性的斷裂，重新接續中國詩學現代化追求的歷史進程。但是，事實證明，這樣的一個極端追求同樣也因其是極端，而未能達到預期的目標，新時期詩學在經歷過現代主義的震盪和後現代主義的反叛之後，到了臨近世紀末的 90 年代，又不能不把傳統詩學（包括整個古代文論）的現代轉換問題提到詩學研究的前臺。由此可見，在 40 年代的根據地發生的詩學轉換，如前所述，雖然是一種帶有現代特徵的轉換，是中國詩學的現代化追求的一種特殊表現。但這種轉換經過半個世紀的曲折發展，似乎迄今為止，仍未找到一條理想道路，仍然不能實現現代化的理想目標。也許詩學的現代化如同整個文學的現代化一樣，永遠只是一個理想的目標，因而中國現代詩學也就註定要永遠處在朝向這個目標的追求和探索之中。

二、當代詩學的發展態勢

以 40 年代在根據地發生的詩學轉換為起點，新政權成立以後的中國當代詩學在 20 世紀下半葉經歷了曲折的變化，呈現出

一種複雜的態勢。這種複雜的態勢可以從空間的分隔和時間的分裂兩個方面來描述。

　　就空間的分隔而言，眾所周知，以 1949 年新政權的成立為標誌，中國大陸的詩學與台、港、澳地區的詩學，事實上是在走著完全不同的發展道路，尤其是臺灣地區的詩學，雖然在這期間也得到了長足的進步，收穫了豐碩的成果，但與中國大陸的詩學比較，卻具有完全不同的性質和表現形態。這種不同的性質和表現形態，儘管是受著不同的社會制度、意識形態和文化環境的影響，是通過不同的發展道路呈現出來的，但就整體的中國當代詩學而言，卻同時也表明，這期間的中國詩學是通過這兩種完全不同的途徑，在繼續著從「五四」詩歌革命就已經開始的詩學的現代化追求。如果說，這期間中國大陸的詩學以 40 年代在根據地發生的上述轉換為起點，經由 50、60 年代民族化（民間化）的極端發展，和 70、80 年代帶有「西化」傾向的反撥之後，在世紀末出現了一個真正多元的開放的態勢的話，那麼，臺灣地區的詩學，在 50 年代雖然也經歷了一個短暫的極端政治化的時期，但就總體趨勢上說，卻是直接接續了 40 年代國統區的現代主義詩學探索，把這種探索在 50、60 年代之間，進一步發展成一種極端的「西化」狀態，而後又經過一種自身的反撥和「回歸」浪潮的衝擊，在 60、70 年代之間，轉到了一個民族化的方向，在世紀末的 80 年代以後，也出現了一個多元的開放的態勢。中國大陸和臺灣地區的詩學（包括這期間港、澳地區的詩學）這種殊途而同歸的發展態勢，一方面固然使整體的中國當代詩學呈現出一種豐富多彩的面貌，另一方面同時也表明，無論通過怎樣的途

徑，經過怎樣的曲折，對於一個有著悠久的詩學傳統的東方大國來說，詩學的現代化都將是一個艱難的跋涉過程。

相對於上述空間上的分隔涉及到兩岸四地的詩學而言，所謂時間上的分割，則主要是指在中國大陸當代詩學發展變化的過程中，以發生於 60 年代中期到 70 年代中期的文化大革命為界，在我們習慣稱之為「十七年」和「新時期」這兩個不同的時段，所出現的一種逆向行進的現象。雖然在這逆向行進的二者之間，也有一種內在聯繫，但畢竟在創作背景、價值取向、表現形態等等方面，存在著極大的反差，出現了為「文革」的「空白」所斷裂開來的時間上的分割狀態。如同空間上的分隔一樣，這種時間上的分割，同樣也反映了當代詩學發展的一種複雜態勢。

就「文革」前 17 年的詩學而言，如前所述，因為其歷史的起點是在 40 年代的根據地發生的詩學轉換，因而它的發展也就不能不取決於在 40 年代的根據地孕育的各種新的詩歌藝術因素。實事求是地說，在 40 年代的根據地發生的詩學轉換，只是在確立新民主主義的文化方向和工農兵的文藝方向的過程中，完成了一個詩歌發展的大的方向上的轉變問題，至於具體的詩歌理論建設，還停留在積聚新的創作經驗和根據新的實踐提出新的問題的階段。由於戰時環境和詩歌隊伍本身的狀況，這些問題在當時都不可能得到完滿的解決，只能留待新政權成立以後去完成。這樣，如何回答 40 年代根據地的詩歌創作所提出的新的實踐問題，把在 40 年代的根據地詩歌創作中所積聚的新的實踐經驗上升為一種理論形態，建構一種與新的詩歌創作相適應的新的詩歌理論系統，也就是擺在新政權成立以後的詩歌理論批評和研究工

作面前的一個重大課題。這也就決定了這期間的詩歌理論批評和研究，不能不從一開始就把重心轉向民間傳統和與民間傳統相關的整個中國古代詩歌傳統。如何開發、利用民間詩歌資源和整個中國古代詩歌資源，在創造新的人民詩歌的方向上，把它轉換成一種適應現實需要並為今天的人民群眾所喜聞樂見的詩歌形式，也就成了這期間的詩人和詩歌理論工作者所集中思考的一個主要問題。這期間在詩歌界開展的詩歌問題的討論，林庚、何其芳等人對詩歌形式問題的探討和現代格律詩建設，都是圍繞著這個問題展開的。應該說，這期間圍繞這個問題展開的討論和探索，是取得了建設性的理論成果的。雖然這些理論成果最終未能付諸創作實踐，也未能形成一個完整的系統，但從學理上說，對創造性地轉換民族、民間的詩學傳統，豐富民族詩學現代化追求的實踐，卻是有著不可低估的意義的。

　　但是，問題是，這期間的詩學在脫離 40 年代的民族戰爭和民主革命的軍事環境的同時，很快便進入了一個由戰後國際冷戰格局造成的意識形態領域的階級鬥爭不斷強化的政治環境。這種政治環境不但很快堵塞了與西方各國進行文化和文學交流的通道，切斷了中國現代詩學與西方詩學之間的天然聯繫，使這期間的詩學建設陷入了一個資源貧乏的境地，而且也使得現代詩學中長期形成的一種極具傳統意味的「民族化」和「民間化」的追求，很快便轉換成一種帶有極強的政治色彩的「人民性」和「群眾性」的概念。「抒人民之情，敘人民之事」，「為今天的人民群眾所喜聞樂見」，就不但是對詩歌創作的要求，也是詩歌理論建設的標準。這樣，這期間的詩歌理論建設，也就不能不將自己關注的目

光很快由民族的詩歌傳統轉向「人民」的現實需要，由民間的藝術積澱轉向「群眾」的當下趣味。而且，這期間人民群眾的現實需要和當下趣味又往往受制於一定時期的政治形勢，往往要為一些急切的功利目的所左右，尤其是在 1957 年「反右」鬥爭的精神激勵下，1958 年發生的經濟「大躍進」，更把人民群眾對於詩歌的現實需要和當下趣味，轉換成一種普遍高漲的政治熱情和廣泛流行的政治時尚，人民群眾的詩歌創作這種發自發的民間藝術活動，也就成了一種有領導有組織地推動的政治運動。在這種情況下，詩學研究就不能不成為這種極端政治化的民歌（新民歌）運動的一種理論注腳，這期間的詩學所標榜的民族化和民間化的追求，也就不能不發生質的變異，所謂民族化和民間化也就不能不失去它的本來的意義，而為一種政治功利和農民趣味所取代。雖然毛澤東正是在這期間明確提出在古典與民歌的基礎上發展新詩這一民族化和民間化的詩學主張，從而引發了詩歌的民族化和民間化的發展道路問題的討論，但也正因為這一詩學主張的提出，是基於大躍進的時代背景，是與極端政治化的新民歌運動有關，因而在討論中，除極少數對民歌之於新詩發展的意義問題一直持比較審慎的態度的論者，如何其芳等，尚能保持一種比較清醒的頭腦外，絕大多數論者都是抱著如同新民歌的創作者一樣的政治熱情參與這場詩學問題的討論的。由毛澤東的講話引發的這場有關新詩的民族化和民間化問題的討論，如同這期間發生的許多其他文學問題的討論一樣，事實上也就成了一場以詩歌問題的名義進行的政治思想問題的討論。「討論」的內容，大多是對新民歌所反映的人民群眾的熱情和幹勁、意志和願望、想像和幻想

的高度讚揚，是對民歌的表現力和藝術潛能的極端肯定，是對「古典加民歌」的道路的無條件的證明，而對於詩歌的民族化和民間化的首要之務，即如何創造性地轉化民族、民間的詩歌傳統問題，除在有關詩歌的格律化和新格律詩問題的討論中，有所涉及外，在整個這場聲勢浩大的有關新民歌和新詩發展道路，實則是新詩的民族化和民間化問題的討論中，新詩的民族化和民間化問題本身，卻基本上是處在一個「缺席」的位置。這樣的討論，結果自然無補於新詩的民族化和民間化的實踐，也不能有效地實現毛澤東的「古典加民歌」的民族化和民間化的詩學主張，相反，卻把這期間的詩學推上了一條更加遠離民族、民間詩學傳統的極端政治化的道路。新時期在論及這期間的詩學問題時，論者大多對毛澤東提出的「古典加民歌」的民族化和民間化的方向嘖有煩言，作為一個詩學問題，毛澤東的這一詩學主張自然可以展開討論，但如果涉及到這期間的詩學所造成的當代詩學歷史斷裂，則顯然不是毛澤東的這一主張本身，而是背離這一主張的本義的極端政治化所造成的結果。

　　不能說「文革」期間的詩學空白完全是由上述極端追求造成的，但是，從發生在 50 年代後期的這場詩學問題的討論之後，雖然在 60 年代初期仍有如郭小川這樣的詩人在致力於新詩的民族化和民間化的實踐，且取得了可喜的成就，但在詩歌理論方面，對這一問題的探討，卻因為前此時期已經走向極端，而失去了應有的熱情和興趣。民族化和民間化這個代表著「十七年」的詩學發展的總體傾向的理論追求，事實上已經處於一種停滯狀態。緊接著爆發的文化大革命，不但毀滅了當代詩歌，對整個文

學和民族、民間文化傳統，也是採取一種虛無主義的態度。詩尚且不存，民族和民間文化尚且不存，又何來詩學的民族化和民間化可言。從這個意義上說，「文革」期間所出現的當代詩學的歷史斷裂，如同整個文學歷史的斷裂一樣，也是勢所必然。

因為前此時期的當代詩學在一個方向走向極端，出現了歷史的斷裂，所以「文革」結束以後的詩學，自然要把它的追求目標轉向一個與之相對或相反的方面。雖然在「文革」結束後，伴隨著政治上的撥亂反正和理論上的正本清源，整個文學包括詩學在內，都有一個回歸歷史，首先是回歸十七年的文學歷史的過程，但是，這種回歸只在恢復和重建一種正常的文學秩序，並不意味著文學的未來發展都要遵循既有的軌道，恰恰相反，是通過這種回歸建立一種正常的文學秩序，再以之為起點，開始新的追求。事實上，在人們所說的「文革」期間的「地下」文學、尤其是知青的「地下」詩歌中，就已經孕育了這種新的追求，就已經出現了不只是對「文革」文學，也包括「文革」以前的當代文學的一種反叛姿態，只是因為缺少一種正常的文學機制，這種新的具有某種反叛特徵的文學追求，尚處於一種被壓抑的狀態。「文革」結束以後的文學尤其是詩歌的發展，正是以「文革」期間萌芽的這種新的具有某種反叛特徵的文學追求為革新的契機，在「文革」的斷裂之後，開始它的逆向行程的。

本書敘述「文革」後新時期詩學的這種逆向的追求行程，是遵循以下思維邏輯的。首先，是這種追求的歷史指向，是對於「文革」及其前的當代詩學的一種歷史的反撥。這種反撥不是憑藉本能的衝動和被壓抑的反抗，而是因前此時期的當代詩學上述極端

政治化的民族、民間化追求，不但拒絕接受引發「五四」詩歌革命的西方現代詩學的某些現代性經驗，背離了中國詩學在「五四」以後形成的某種現代傳統，堵塞了中國詩學現代化追求的一種重要途徑，而且也遠離了 20 世紀詩學在世界範圍內的現代化進程，杜絕了中國民族詩學發生現代轉換的可能，封閉了中國詩學走向世界的通道。因而，回歸這一傳統，重建這一聯繫，恢復中國詩學在世界詩學格局中的位置，就成了這一追求的一個歷史性的條件和前提。我們在本書中敘述的早期知青詩人和新潮詩人的一些詩學主張，一方面是來自「文革」期間他們有可能接觸到的西方現代主義文學的影響，另一方面則是從中國新詩歷史中承續下來的帶有現代主義傾向的某種詩學傳統。他們正是以此為起點，開始他們的觀念更新和藝術革新的實驗的。也正是因為這些因素的影響作用，他們的追求從一開始就顯出與十七年的詩學背道而馳的逆向姿態。其次，是這種追求的價值取向，同樣也不是指向民族詩學的現代化，而是對西方現代詩學，尤其是現代主義詩學的模仿。這樣，這期間新潮詩學的整個追求重心，就不是如何創造性地轉化民族和民間的詩學傳統，而是如何不失時機地追趕西方現代主義的詩學新潮。模仿和複製西方現代主義詩學，就成了新潮詩學在後來的發展，尤其是後新潮詩學的一種時髦的風氣。從新潮詩學後來的發展到整個後新潮詩學，在不到十年的時間內，對西方現代詩學的這種模仿和複製，幾乎把西方現代詩學，尤其是 20 世紀以來的現代主義和所謂後現代主義各種詩歌派別的主要詩歌理論都翻炒了一遍。結果只是作了一次走馬觀花的過客，並未留下多少理論的實績。再次，是這種追求的理論資

源，雖然從他們所受影響的主要方面和顯在表現來說，是直接從西方橫向移植進來的現代主義和後現代主義詩學，但由於中國社會的現代化進程與西方社會發展的不平衡性，西方社會已經完成了的許多現代化的必經階段，我們尚未進入或正處在進行之中，因而在社會、文化和文學發展的諸多方面，在同一階段上，往往要面對前此不同階段的諸多社會、文化和文學問題。詩學的發展也不例外。正因為如此，從近代以來，中國詩學的發展就常常面臨著這樣的局面：西方詩學在不同階段上所經歷的各種流派、各種主義的理論，往往會壓縮在中國現代詩學的某一發展階段上，共同作為中國詩學最新的理論資源。這樣，這一階段上的詩學，基於某種急切趕超和走向世界的需要，就會出現上述新潮詩學和後新潮詩學在很短的時間翻炒西方一個世紀的詩學歷史的尷尬情況。而且這種「翻炒」又因其急切和匆忙，大多不是一種嚴格意義上的理論譯介，而是憑藉一種直接的感悟和字面的理解，結合自己的創作經歷和主張，加以綜合、雜糅的一種理論的「戲擬」。這種理論「戲擬」最為集中突出也最有典型性和代表性的表現，是 80 年代中期後新潮詩歌群體「大展」中各家各派的宣言和主張，在這些宣言和主張中出現的各種詩歌「理論」，往往是一個從古典主義、浪漫主義、現實主義到現代主義、後現代主義，西方各個不同時期甚至也包括中國現代詩歌不同時期的詩學大雜燴。凡此種種，不能說，這期間的新潮詩學和後新潮詩學全無理論建樹，更不能說，它們的出現除了對「文革」的歷史反動，對當代詩學的現代化追求，全無實際意義。恰恰相反，無論是新潮詩學最初的反叛還是其後的反撥，都包含了豐富的現代性因

素，都是一種現代化追求的表現，它的進一步發展，不但跨越了「文革」的斷裂，接續了中國詩學的現代化追求，而且也以一種更加激進的方式，轉向西方，追逐中國詩學的現代化目標。但是，儘管如此，我們仍然不能不看到，從新潮詩學到後新潮詩學，正因其在跨越「文革」的斷裂，反撥前此時期的詩學極端民族化和民間化的追求之後，走向了與之相對的另一個「西化」的極端，因而，儘管有些新潮、後新潮詩人和詩歌理論家在這個過程中，對這種「西化」傾向保持了一定的警惕，甚至也有某種回歸和轉化傳統的要求與探索，但從總體上說，整個新潮詩學和後新潮詩學因為主要是以西方現代主義和後現代主義詩學為其價值取向，和現代化追求的價值目標，因而在實踐中，就往往自覺不自覺地以西方詩學的現代性經驗，代替中國詩學的現代性經驗，以西方詩學的現代形態，取代中國詩學的現代形態，同樣也以西方詩學的現代化追求，取代了中國當代詩學的現代化追求。這樣，他們在許多時候也就有意無意地把中國詩學所追求的現代化，當成了西方現代主義和後現代主義詩學在中國當代詩學中的一種擴張形式，成了西方現代主義和後現代主義詩學在中國當代詩學中的一個註腳。中國當代詩學在跨越了「文革」的斷裂，經歷了另一輪激烈的震盪之後，在 80 年代末到 90 年代，復歸於沉寂，出現了再一次時間上的（歷史的）斷裂，正是這種極端化的追求所造成的一個必然的結果。

　　從「十七年」詩學的一個極端，經「文革」的空白，到「新時期」詩學的另一個極端，這種逆向行進的時間上的分割，反映了中國當代詩學對於現代化目標的一種激進的追求姿態。如前所

述，中國作為一個「後發外生」型的現代化國家，從社會、經濟、文化乃至文學（包括詩學）的現代化，在近代以來，都處在一個斷裂式的躍進狀態。有學者將這種狀態稱之為一種「現代性的斷裂」。這種斷裂躍進狀態的原初動因，是因為在這樣的東方國家追求現代化的目標，不可能像在原發型的西方國家那樣，由一種內部力量推動，循序漸進地向前發展，而是由於某種外部強力的侵入，在西方已經完成的現代化進程的某些階段上，突然被推入世界範圍內已經發生的現代化的歷史。由於這些國家本身處於發展滯後的狀態，加上基礎薄弱、因襲沉重，還要解決一些現代化的前提問題（如建立獨立自主的現代民族國家等），所以在追求現代化目標的過程中，就難免會產生一種激進的要求，希望跨越某些階段，趕上甚至超過西方發達國家的現代化發展的步伐。但是，這種激進式的跨越又因為易走極端常常要導向它的反面，為反撥這種極端而出現的相反的一極，也會因為同樣激進的要求而導致新的極端，在兩個極端之間，就常常會出現一種時間的分割，造成一種斷裂性的後果。文學的現代化雖然與社會的現代化並不構成同構關係，甚至還存在著某些「悖論」形式，但由社會的現代化所造成的這種激進的情緒和行為方式，卻深刻地影響著近代以來文學的現代化追求。上述當代詩學從民族化的極端轉向西方化的極端，及這種逆向的時間分割所造成的斷裂狀態，就是一個典型的例證。不能說民族化的追求，包括它的極端形式，是為了回到古代詩學，是為了復古。同樣也不能說，帶有西化傾向的追求，包括它的極端形式，是為了將中國詩學變成西方詩學。置身於一個現代化的歷史情境之中，無論個體的意願如何，從總

體上說，都是中國詩學的現代化追求的表現。前者因為建立現代民族國家的進程和戰後國際環境的影響，希望通過光大民族傳統，張揚民間（民眾）活力，使民族詩學自立於世界現代詩學之林，後者因為一個開放的環境提供的條件和全球化趨勢的影響，希望通過直接的橫向移植，加快追趕西方詩學現代化的步伐，縮短與西方現代詩學的距離，使中國詩學儘快走向世界。二者都是本於一種現代化追求的驅動，又都是因為一種激進的要求，而走向了各自的極端。

當代詩學的這種斷裂式的躍進，是一種辯證的發展行程。從十七年的一個極端到新時期的另一個極端，不是秋千振盪式的簡單的機械運動，而是一個否定之否定的揚棄過程。恰如丹麥文學史家勃蘭兌斯在論及十九世紀初期的歐洲文學對於十八世紀文學的反撥時所說，這種反撥是「把前一時期的過激克服了以後，使下一時期吸收了前一時期的實質，同它和解，並繼續了它的運動。」[1]所謂「前一時期的實質」，在當代詩學中，顯然是上述十七年以激進的民族化和民間化的方式表現出來的現代化追求，新時期詩學對這種「過激」的傾向所作的反撥，並不意味著是對十七年詩學的簡單否定，而是同時也「吸收了」它的現代化追求的實質，與之「和解」，並以另一種激進的方式，「繼續」其現代化追求。雖然這種追求在新時期詩學中，依舊出現了一種「過激」傾向，但新的一輪反撥同樣也決不會是對這種傾向的簡單的否

---

[1]　勃蘭兌斯：《〈十九世紀文學主潮〉序言》，伍蠡甫主編：《西方文論選》（下卷），上海譯文出版社 1979 年版，第 473 頁。

定，而會在一個更高的層次上，繼續中國當代詩學的這個辯證揚棄的發展行程。

三、當代詩學的表現形式

中國當代詩學如同整個中國當代文學的發展一樣，在「十七年」遭遇了一種意識形態領域的階級鬥爭日漸強化的政治環境，「新時期」則置身於一個改革開放、中外文化交流碰撞的社會文化情境之中，二者之間的歷史轉換又使其經歷了觀念變化和藝術革新的激烈衝突，加上現代詩學複雜的歷史影響，如此等等，因為這些原因，就使得當代詩學的發展出現了一種特殊的表現形式，這種特殊的表現形式，就是許多詩歌理論問題，往往不是通過一種建設性的理論研究完成的，而是通過不同意見的討論尤其是對立雙方的爭論展開的。因此，這種討論和爭論的形式，也就成了當代詩學的一種主要表現形式。相對於中國古代詩學靜觀默識的體悟，和現代詩學積極正面的提倡而言，論辯性就成了當代詩學的一個鮮明特徵。這種論辯因為不同時期社會文化背景和文學發展的影響，一個時期有一個時期討論和爭論的中心與重點，也有這個時期需要解決的一些焦點問題，因而一個時期也就有一個時期的不同表現。

就十七年有關詩學問題的討論和爭論而言，雖然新的文化建設和人民文藝的各個領域都急待鞏固和確立在延安時期就已經確定的新的文藝方向和理論原則，但是，這個問題畢竟只是一個如何「貫徹執行」的問題，無須理論的討論和爭論。因此，新政

權成立之初，在詩歌領域雖然也有根據這種新的文藝方向和理論原則，對創作中的某些傾向提出批評，包括對某些詩人建國後的創作提出要求等理論批評活動，但詩學問題的討論和爭論的重心，卻是與 40 年代根據地詩歌的民間化實驗有關的形式問題。這個問題在這期間之所以一反長期以來重內容輕形式、重思想輕藝術的理論風氣，而突出於詩歌理論的前臺，仍然是因為這個問題事實上並非一個純粹的形式理論問題，而是一個與上述如何貫徹執行新的文藝方向和理論原則有關的，詩歌發展的方向和道路的問題，即如何通過在 40 年代的根據地詩歌中已經取得了豐富的創作實績，證明行之有效的一種民間化的方式，來建設新的人民詩歌。這期間有關詩學問題的討論和爭論的中心，自然就集中到民歌和與民歌有關的整個古代詩歌傳統的問題上。如何開發和利用豐富的民間詩歌和古代詩歌資源，就成了這期間有關詩歌問題討論和爭論的焦點。這個問題順理成章的發展，也就是「大躍進」期間有關新民歌和新詩發展道路問題的討論和爭論。這場討論和爭論最後之所以會集中於毛澤東在這期間提出的「古典加民歌」的發展方案，固然與他的權威影響有關，實則是這一發展道路和方向，不過是他本人在 40 年代提出的工農兵的文藝方向和民族化的道路在詩歌領域的一個具體化。正因為如此，這期間有關詩歌形式問題的討論和爭論，才最終會歸結為對這一發展方向和道路的證明，最終仍然帶有鮮明的政治色彩。

但是，儘管如此，這期間的有關詩學問題的討論和爭論，仍然暗含著一種內在的文化衝突。這種文化衝突在討論和爭論中，雖然具體表現為諸如民間詩歌的局限性、對「五四」新詩歷史的

評價，以及如何繼承民族的詩歌傳統等諸多問題，但從根本上說，則是中國詩歌應當走怎樣的一種現代化的道路問題。無限誇大民歌的藝術表現力，把繼承和發揚民族的詩歌傳統看作是當代新詩唯一正確的發展道路，同時必然要排斥對於外來詩歌的進一步學習和借鑒，必然要把在世界範圍內已占居主導潮流，但卻是屬於資產階級意識形態範疇的西方現代主義詩歌，視為洪水猛獸，也必然要低估以西方現代詩歌為主要藝術資源、在發展過程中融合了西方現代詩歌包括現代主義詩歌諸多因素的「五四」新詩傳統，尤其是這個傳統中的現代主義傾向。這樣，中國當代新詩的現代化就只能在一種既對西方現代詩歌又對「五四」新詩封閉的絕對時空中，去尋求一種極端民族化和民間化的發展道路了。在這期間的討論和爭論中，這種極端的觀點往往因為一種政治上的掩護，披上了一層政治的外衣，甚至採用一種政治鬥爭的手段，將不同意見拒之門外，讓人難以真正在學理的層面上進行平等的討論和爭論，結果只是推動了這期間的某種政治潮流，並未留下多少理論的實績。

在這期間有關詩學問題的討論和爭論中，對這種極端觀點持不同意見的人為數極少，而且這些持不同意見的論者也難免受上述某些極端觀點的影響，在論辯中有時甚至還要以肯定這些極端觀點的某些前提為代價，或作一些策略上的退讓，但是，他們能夠實事求是地指出民歌的局限性，也不拘泥於古代詩歌傳統本身的經驗，而是致力於將民族、民間的詩歌資源轉換成一種現代的詩歌形式（如現代格律詩），畢竟為民族詩歌傳統的現代轉化作出了一些重要嘗試，提供了一些重要經驗。他們雖然也不可能對

西方現代詩歌尤其是現代主義詩歌作出實事求是的評價，但在對「五四」新詩傳統包括其中的某些現代主義詩歌傾向的肯定中，畢竟也維護了中國詩歌現代化的一個寶貴傳統，同時也為當代詩歌接續「五四」新詩的現代化進程，找到了一個合理的邏輯起點和歷史依據。如前所述，新時期詩歌正是以回歸「五四」新詩這一邏輯起點，以「五四」新詩為歷史的依據，在「文革」的斷裂之後，開始新的一輪現代化追求的。從這個意義上說，這期間有關詩學問題的討論和爭論，仍然為當代詩歌在此後的發展提供了一種重要的理論依據。

　　毫無疑問，新時期是當代詩學也是「五四」以來的現代詩學的理論討論和爭論最為劇烈的一個時期。這個時期有關詩學問題的討論和爭論，雖然並未完全脫離政治的作用和影響，有時甚至還有一些種極端的表現，但從總體上說，卻是在經歷了一個巨大的歷史轉折之後，在一個改革開放的社會文化環境中，所爆發的各種文化觀念和藝術觀念的衝突。這種衝突在有關新潮詩歌的討論和爭論中表現最為集中，也最為激烈，核心問題仍然是當代詩歌的現代化問題。這個問題在早期有關「朦朧詩」的討論和爭論中，雖然主要表現為如何看待新潮詩歌藝術表現的「朦朧」、「晦澀」，讀者接受的「懂」與「不懂」等問題，但從根本上說，仍然是對從 40 年代的根據地詩歌以來，逐漸形成和確立的一種以民間化和大眾化為目標的民族化的詩歌道路和藝術標準的態度問題。因為正是這一民間化和大眾化的選擇，使一種明白曉暢、通俗易懂的表達方式和藝術風格，長期以來成了詩歌創作一種普遍流行時代風格和藝術潮流，也成了衡量一個詩歌作者是否堅持

大眾化的文藝方向（亦即工農兵的文藝方向），堅持民間化的詩歌道路的一個評價標準，所以堅持這樣的標準亦即是堅持這種大眾化和民間化的文化立場，堅持走以這種大眾化和民間化的選擇為目標的民族化的詩歌道路的的表現。與此相對的是，由於這一時期從詩歌創作到詩歌理論，不但隨著政治上的撥亂反正和理論上的正本清源，擴大了藝術表現的領域，開放了藝術觀念的視野，為這種新的詩歌風格和表達方式，找到了一個更為廣大的世界範圍的現代詩歌發展的藝術背景，而且也因為對於包括詩歌問題在內的歷史問題反思的深入和發展，從中國古代詩歌和現代新詩傳統內部，為這種新的詩歌風格和表達方式，找到了一種內在的歷史依據和藝術淵源。因此，對這種「朦朧」風格的詩歌新潮的辯護，就成了追求一種對世界和對傳統雙向開放的文化立場和詩歌觀念的表現。早期有關「朦朧詩」問題的討論和爭論，因而也就成了以詩歌觀念的更新為內容的一次深刻的文化交鋒。

　　如果說早期有關「朦朧詩」問題的討論和爭論，隱含著上述文化觀念的交鋒的話，那麼，關於新潮詩歌的進一步的討論和爭論涉及到的問題，從根本上說，就是一個思想文化問題，或者說是作為一種詩學的哲學、文化基礎的問題，而非純粹的詩學問題或詩歌本身的問題。這個問題因為涉及到更為複雜的社會歷史和思想文化背景，在詩學領域雖然不可能也未及得到深入的討論，作為討論和爭論的焦點，由孫紹振所闡發的一種「人學」觀念和「自我表現」的詩歌觀點，從某種意義上說，也只是將這期間思想文化界正在開展的人道主義和「異化」問題的討論涉及到的「人」的問題，在詩學領域加以具體化，並未、事實上也不可能

為這期間的詩學構造一種新的文化哲學。但是，正是借助這期間
思想文化界關於人道主義和「異化」問題討論的力量，和有關這
一問題的思想理論資源，已漸成勢頭的新潮詩論對長期以來在當
代詩學中形成的，以群體的「大我」為主體（群體主體性）的代
言式和讚頌體詩歌的「人學」基礎，形成了強烈的衝擊。從而為
新潮詩歌以個體的「小我」為主體（個體主體性）的「自我表現」
的詩歌觀念，提供了一個重要的理論基礎，也為新潮詩歌的發展
提供了一個合法性的理論依據。從這個意義上說，這期間有關新
潮詩歌曠日持久的討論和爭論，雖然因為各種複雜的社會政治因
素的滲入而未能在一些主要的理論問題上達成共識，新潮詩學所
持的一些理論觀念也未及深入論證，但卻從根本上動搖了前此時
期當代詩學的理論基礎，為新潮詩歌的發展開拓了道路，卻也是
一個不爭之論。

　　也許正是因為在有關新潮詩歌的討論和爭論中，在新潮詩學
衝擊了固有的詩學觀念，動搖了固有的詩學基礎之後，自身缺少
一種系統的理論建設，未及形成一種完整的詩學理論，因而未能
及時地在理論上鞏固和發展新潮詩歌的藝術革新所取得的經驗
和成果，所以當後新潮詩學挾持著一股雜糅了各種「主義」的後
現代文化潮流呼嘯而至的時候，它自身的堤防卻十分脆弱，在這
股更新的詩歌潮流和新潮詩歌之間，幾乎沒有發生多少正面的衝
突和戰爭，新潮詩歌就不戰而退。這樣，後新潮詩歌也就以它所
特有的毀壞一切的後現代性格，在 80 年代中後期的詩壇上，製
造了一起前所未有的藝術騷亂。在這場騷亂中，後新潮詩人和詩
歌理論家雖然也不乏一些清醒的理論思考，也留下了一些思考的

成果，但從總體上說，這股在新潮詩歌之後崛起的一股更新的詩歌潮流，因為缺少新潮詩歌那樣的現實基礎和藝術革新的內在驅動，而是基於一種本能的衝動和對西方某些詩派的後現代詩歌行為的「戲擬」，加上它自身的構成混亂，理論和創作脫節，以及相互之間的矛盾衝突等因素的影響，因而在他們的這種騷亂式的崛起之後，身後只能留下一片狼籍。從 80 年代中期以後，詩壇開始陷入一種「無戰事」的沉寂狀態，新時期詩學也由此結束了長期以來持續不斷的論戰局面。

除了上述以理論討論和爭論的方式探討詩學問題外，當代詩學也有許多非論辯性的表現形式。這些非論辯性的詩學，包括對詩歌基礎理論和詩歌發展歷史的研究、對詩人、詩作的創作評論，和對詩歌知識的普及宣傳等諸多方面。據有的研究者統計，從 1949 年到 1984 年，在中國大陸出版的上述方面的各類詩學論著就達 200 多種[2]。這些詩學論著，毫無疑問也是當代詩學的一個重要構成部分。而且由於新政權成立以前的現代詩學在基礎理論建設方面一直比較薄弱，新政權成立後，又急需按照新的文藝方向和理論原則，闡述詩學問題，因此刺激了詩歌基礎理論研究的發展。加上當代詩歌所特有的群眾性，需要向群眾普及詩歌知識，同時也使得一種通俗的詩歌理論著述倍受重視。此外，則是對新詩發展歷史和現代詩人的初步研究，對當代詩歌創作的應時評論，在這期間都有比較豐富的著述，也取得了重要成績。如此等等，研究當代詩學，理應注意這一重要構成部分，把這種通過

---

[2]　參見古遠清：《中國當代詩論五十家》一書「附錄：中國當代新詩研究著作目錄」，重慶出版社 1986 年版。

一般意義上的學術研究和文學評論所思考的詩學問題，也納入當代詩學研究的範疇。本書未有將重點放在這一方面，而集中於一種論辯式的表現形式，不但是因為在這方面已有相關著述問世，更主要的是因為，在這種論辯式的詩學中涉及到的問題，都是當代詩學的一些重大問題和理論焦點；在討論和爭論中，不同觀點的交鋒，集中體現了當代詩學的歷史特點和表現形態，對當代詩歌創作和理論研究，也產生了重要影響。因此，集中於這種論辯形態的詩學，就能抓住當代詩學發展的主要脈絡，同時也便於闡述當代詩學的主要特徵，以及不同時期詩學核心理念的形成和一些重要的詩歌理論觀點的發展演變情況。

古典與民間詩學的復興

——20 世紀 50 至 60 年代的詩學

第一章　詩歌創作的轉換和詩學理論的嬗變

——50 至 60 年代詩學的創作背景和發展概況

　　以 1949 年中華人民共和國的成立為標誌，中國文學在各個方面都發生了深刻的變化。詩歌創作也不例外。影響這期間詩學形成和發展的內外因素，儘管是多種多樣的，但最直接的影響，仍然是來自於詩歌創作的歷史性轉換。

　　就詩人一方面而言，在新政權成立之初，文學史家習慣說有來自解放區和來自國統區兩支不同的詩人隊伍勝利會師，但是，這兩支在革命年代都以自己的方式為革命作出貢獻，在中國新詩史上都以自己的創作推動了新詩的發展的詩歌創作隊伍，在革命勝利以後的當代社會文化語境和詩歌語境中，卻遭遇了兩種不同的命運。由於 20 世紀 40 年代中國社會的特殊政治情況，中國的詩人如同這期間的所有的中國作家一樣，被分割在不同的政治區域。以詩人活動的空間而言，其中又主要有以國民黨統治的各大城市和共產黨領導的各農村根據地（即通稱國統區和解放區）。在這兩個政治色彩和文化色彩完全不同的區域中活動著的中國詩人，他們的詩歌創作和理論探索，也必然要因為這種政治文化因素的影響而出現鮮明的藝術分野。

　　就國統區的詩人而言，雖然其中的老一代詩人如郭沫若等，也經歷過從五四以來中國社會的劇烈動盪和變化，但就其置身其中的國統區的整個社會經濟制度和文化體制而言，並未發生根本性的改變。這樣，在 40 年代這個特殊的戰時環境中，活動在國統區的革命的、進步的，包括一切有正義感的、良知未泯的和忠於自己的藝術操守的詩人，就有可能在爭取民族解放、政治民主和藝術自由進行反體制鬥爭的同時，又利用這個體制的某些環境和條件，包括它的某些缺陷和弊端，去選擇各自的藝術道路和追求目標，去實現各自的美學趣味和詩歌理想。這樣，在 40 年代的國統區詩壇，就出現了一個十分奇特的創作現象：就眾多詩人和詩歌派別而言，無論是在戰時爭取民族解放，還是戰後爭取政治民主，他們都共有一個民族的、革命的、進步的立場。即使是那些標榜「自由」、「中立」和固守象牙之塔的詩人，在關乎民族國家的大節上，也表現出了一樣的積極、進步的傾向。但是，這些詩人和詩歌派別在藝術追求和創作傾向上卻又是那樣的不同，甚至表現出一種鮮明的對立。這種奇特的創作現象，可以說，既是 40 年代國統區詩壇在堅持五四新詩革命的、進步的詩歌傾向的同時，又發揮五四新詩創造的、多樣化的傳統的表現，同時又是 40 年代國統區革命的、進步的詩歌隊伍所獨具的一種精神風貌。

　　40 年代國統區詩人正是帶著這樣的一種獨特的精神風貌與來自解放區的詩人勝利「會師」的。實事求是地說，這兩支詩人隊伍在會師之後，雖然來自解放區的詩人因為有較長的革命經歷，或直接參加過為建立新政權而進行的革命鬥爭和解放戰爭，因而多少有一些政治上的優越感，但在 1955 年胡風事件和 1957

年反右鬥爭以前，來自國統區的詩人在政治上仍然是受到重視的，尤其是在建設新的人民文藝的過程中，也希望他們發揮他們的特長，為新時代的讀者創作更多更好的詩歌作品。問題是，這些詩人在新政權成立以前為爭取民族解放和政治民主所習用的詩歌武器，或為發展新詩所進行的創作實驗和理論探索，在新的時代環境和新的文學語境中，卻顯得不合時宜或被目為異端。這樣，這些在 40 年代的國統區曾經十分活躍的詩人和詩歌派別，也就不能不重新調整自己，作出新的歷史選擇。這種調整和選擇的結果是：雖然也有一部分來自國統區的詩人因為較快地適應了新的環境，較早地完成了創作的轉換而仍然保持了藝術的生命，但對於相當多的國統區詩人，尤其是國統區一些重要的詩歌派別來說，結果卻不盡如人願或出人意料之外。首先是在 1955 年胡風事件之後，所有與胡風有關聯的「七月派」詩人幾乎都中止了詩歌創作和理論探索活動。這個在 40 年代的國統區詩壇，曾經產生過重要影響的詩歌派別中止了他們的創作和理論活動，同時也意味著 40 年代在胡風影響下的一種獨特的現實主義詩歌潮流和詩學理論走向了歷史的終結。其次是在 1957 年的反右鬥爭後，同樣在 40 年代的國統區詩壇十分活躍、產生過重要影響的另一個後來被人們稱作「九葉派」的詩歌派別，也從當代詩壇逐漸消失。這個派別的消失雖然不完全是因為政治的原因，但他們在藝術上所遭受的冷落和岐視，正說明這個在 40 年代「同現實──戰爭、流亡、通貨膨脹等等──密切聯繫的現代主義」[1] 詩

---

[1]　王佐良：《中國新詩中的現代主義──一個回顧》，《文藝研究》1983 年第 4 期。

歌派別，已然成了被歷史淘汰的渣滓。此外，則是在 40 年代致力於詩學研究、出版過《詩論》的朱光潛，這期間也因為歷史和現實的原因，而終止了詩學研究。朱光潛的《詩論》的研究對象雖然主要是中國古代詩歌，但出發點卻是現代的新詩運動，希望通過總結古代詩歌歷史和與現代西方詩歌進行比較，為新詩發展提供經驗和借鑒。從這個意義上說，朱光潛的《詩論》也可以說是 40 年代詩學研究的一個重要成果。凡此種種，上述 40 年代國統區的這些詩人、詩歌流派和詩論家從 50 年代的詩壇淡出，對當代詩學的影響無疑是十分重大的。這種影響的表現，主要有以下兩個方面：其一是這些詩人和詩歌流派中止創作，不但使當代詩學建設失去了一些新鮮的、多樣化的藝術經驗，而且也割斷了與他們所代表的五四新詩的一些重要的藝術傳統之間的聯繫。這樣，當代詩學在 50、60 年代就只能依靠一些極為有限的當下經驗進行理論建構，這是當代詩學在 50、60 年代因為缺少豐沛的源頭活水的滋潤而日顯枯澀的主要原因。其二是與此同時，這些詩人和詩歌派別（包括一些詩歌理論家），不但自身在創作和理論方面具有較大的原創性，而且他們所依託的理論背景、所堅持的理論觀念（如胡風的獨特的現實主義文學理論、「九葉派」所移植的西方現代主義詩歌理論等），對詩學建構，也有較強的創生力。中止了這些詩人和詩歌流派的創作與理論活動，也是 50、60 年代的詩學缺少創造活力的一個重要原因。

相對於國統區詩人而言，來自解放區的詩人不但在政治上具有天然的優越感，而且在藝術上也具有較強的自信心。尤其是在 40 年代已經取得了重要成就的解放區詩人，他們的創作道路和

藝術方向，更成為這期間詩學建構的主要總結對象。這些詩人在 50、60 年代的創作，較之在 40 年代的解放區，雖然從題材到主題、從手法到技巧，乃至詩的體裁和樣式，都發生了一些重要的變化。但由於他們所堅持的文學觀念、創作方法和藝術方向並未發生根本的改變，因而他們為當代詩學所提供的仍然是同一種性質、同一個範疇的實踐經驗。尤其是當他們所堅持的文學觀念、創作方法和藝術方向因為政治的提倡而成為一種普遍的原則規範和行為導向的時候，這種性質的實踐經驗同時也擴大到了 50、60 年代後起的一些詩人的創作活動，使他們的創作也成為這一經驗範疇在新的時代的一種歷史的延續。這其中當然也應當包括 50 年代後期的民歌創作。因為這種群眾性的詩歌創作活動的興起，雖然有特定時期的政治、經濟方面的特殊原因，但它的直接的歷史淵源仍然可以追溯到 40 年代解放區詩人向民歌學習、創作新的民歌體新詩的實踐經驗。所有這些，都是這期間的詩學進行理論建構的主要經驗來源。這些經驗來源從創作主體（實踐主體）一方面看，雖然也包含有解放區詩人、50-60 年代的新詩人和民間詩人（群眾）三個不同的部分，但從本質上說，卻同屬於一種性質的實踐範疇。以這樣的經驗為起點建構起來的當代詩學，當然只可能是一種單一的理論形態。

　　以上，我們是從創作主體轉換的角度論及對當代詩學的影響的。這種影響因素還有一個很重要的方面，就是有關詩學建構的思想和理論資源問題。如前所述，來自 40 年代國統區的一些詩人和詩歌流派中止創作，同時也意味著切斷了通過他們與一些重要的文學理論思想資源之間的聯繫。事實上，這種聯繫的中斷，

在更大的範圍內是源於 50、60 年代比較封閉的和向蘇聯一邊倒的創作環境。雖然在 50、60 年代的文學活動中，也不乏一些對外的文化交往和文學交流，甚至像智利的聶魯達這樣的一些並非來自蘇聯陣營的社會主義國家的詩人，也曾經受到過我們的高度重視，有些詩人如艾青還與之建立了深厚的友誼，但這主要是出於一種政治和外交上的需要，並不意味著這些詩人的藝術觀念和創作方法，同樣也能為我們所接受。恰恰相反，這期間的文學環境對一些非社會主義性質的國家，特別是以美國為代表的一些資本主義國家的詩人來說，是處於一種絕對封閉的狀態，而對於以蘇聯為代表的社會主義國家，尤其是蘇聯詩人，則呈現出一種全方位的開放態勢。這樣，在 50、60 年代的詩歌創作和詩學建構的過程中，除了 19 世紀及其前歐美的一些浪漫主義和現實主義詩歌的殘餘影響外，就主要是來自蘇聯詩人的影響了。這期間的蘇聯詩人對中國當代詩歌創作和詩歌理論的影響最大的，主要有兩個詩人，一個是影響了賀敬之、郭小川為代表的政治抒情詩的蘇聯詩人馬雅可夫斯基（Vladimir Mayakovsky），一個是影響了以聞捷、李季為代表的一般抒情詩（或稱生活抒情詩）創作的伊薩柯夫斯基。馬雅可夫斯基的影響主要在於革命功利主義的詩歌觀念和他們的獨特的詩歌形式，伊薩柯夫斯基（Mikhail Vasilevich Isakovsky）的影響則在於他的田園牧歌式的抒情格調和寫實的詩風。不能說 50、60 年代最有代表性的這兩股詩歌潮流完全是來自馬雅可夫斯基和伊薩柯夫斯基的影響，但以他們為代表的蘇聯詩人的影響，無疑對 50、60 年代這兩股主要的詩歌潮流起了一種推波助瀾的作用。由於蘇聯詩人和蘇聯詩歌的

這種強勢影響，這期間的詩學也就只可能從這一方面吸取一些極為有限的外來資源，而不可能從這期間已逐漸成為傳統的 20 世紀西方現代主義詩學中廣泛地吸取理論的滋養。事實上，即使是上述蘇聯詩人的影響，在某種程度上，也僅僅是局限於創作實踐範疇，而在詩學理論的建構方面，則更多地是受制於從本土詩歌（包括古典的和民間的）中生成的一種強大傳統。以及毛澤東根據現實的政治理念和他的獨特的詩學觀念對之所作的重新闡釋和大力提倡。尤其是蘇共 20 大之後，中國在政治上所作出的獨立選擇，更強化了這種本土化傾向。這事實上也意味著這期間的詩學理論同時也封閉了向蘇聯學習的通道。這期間的詩學之所以具有如此強烈的本土意識和如此濃厚的古典色彩，應該說，與這種獨特的社會環境和文學環境是有著密切的關係的。

　　20 世紀 50、60 年代的世界詩壇，雖然比不上世紀初那樣富於原創性和建設性，出現了孕育於上一個世紀的象徵主義和崛起於本世紀的意象主義那樣成熟的詩歌派別和詩歌理論，但是，作為現代主義詩歌的主要潮流的這些派別的詩歌作品和詩學理論，卻已然成了一種經典和傳統，對 20 世紀世界各國的詩歌都產生了重大影響。與此同時，以美國的「垮掉的一代」詩人為代表的被人們稱之為「後現代主義」的詩歌潮流也在戰後驟然崛起，這些詩人一方面繼承了以惠特曼（Walt Whitman）為代表的美國詩歌傳統，另一方面同時又以一種極端的反傳統的姿態反抗現存的一切秩序和經院派詩歌的清規戒律。以這一派詩人為代表的這股「後現代主義」詩歌潮流和詩學理論，直到文革期間才以一種「地下」形式，通過一些作為「內部讀物」的「黃皮書」傳

入中國，對 70、80 年代之交的詩歌革新和新詩潮的崛起，起了極大的影響作用，而這期間美國詩壇其他同樣具有反傳統色彩的詩派如「黑山派」和「自白派」詩人的詩歌創作和詩學理論，則對 80 年代中期前後的詩人產生了持續不斷的影響。所有這些影響，在 50、60 年代都被拒之國門之外。雖然這種影響對中國當代詩學的建構不一定都是「積極的」和有建設性的，但在一個整體的世界文學格局中，中國詩歌自外於世界詩壇，於詩學建設，畢竟不是一件有益的事。20 世紀 50、60 年代的詩學在中斷了現代主義的傳統之後，又拒絕了「後現代」的新潮，它的資源枯竭也就是可以想見的了。

從 20 世紀 40 到 50 年代，中國現代詩歌無論是在臺灣地區還是在中國大陸，都發生了一些重要的創作轉換，這種轉換的結果，給這期間的臺灣當代詩學和中國大陸的當代詩學帶來了不同的創作背景，同時也使這期間的臺灣當代詩學和中國大陸的當代詩學，在建構各自的詩學理論的過程中走過了不同的道路，出現了不同的表現形態。

如果說由於歷史的變化使得當代詩學在中國大陸和臺灣地區發生了不同的創作轉換，五四新詩的一個流脈——現代主義詩歌運動在臺灣當代詩歌中得到發展和延續，並因此而引起了一個民族回歸的現實主義詩歌浪潮的話，那麼，在中國大陸，這種創作轉換的結果，則使得在抗戰期間尤其是在 40 年代的解放區孕育萌芽的一股新的詩歌創作潮流，得以發展壯大，並進而影響了這期間的詩學建構，使之呈現出與臺灣當代詩學完全不同的發展過程和表現形態。

　　中國大陸的詩學深深植根於從 40 年代的解放區到新政權成立後的政治環境之中，並把新的人民政治的要求逐步轉換為對新的詩歌藝術的探究和詩歌理論的追求。在中國當代文學史上，文革及其前 27 年的文學，通常也被人們看作是一個極端政治化的文學，但是，這個被人們稱作極端政治化的文學形態，卻經歷了一個漫長的發展演變和形成過程。新政權成立之初，人們沉浸在翻身得解放的喜悅之中，感受著「中國人民從此站起來了」的尊嚴，歡呼古老中國的新生，對新的人民政治，並無多少扞格之處。恰恰相反，都在按照新的人民政治的要求去重新塑造自己，以適應新的時代環境，跟上時代前進的步伐。當代詩學也就是在這種適應性的轉換中開始走上了一條日趨政治化的道路的。如前所述，在新政權成立以後中止詩歌創作或詩歌理論研究活動的詩人與詩論家中，除了後來受政治運動的影響和迫害者外，有許多人當時在很大程度上是自己對照新時代新的人民政治的要求，深感自己的藝術風格和美學理想與新時代新的人民政治的需要不相符合而自覺地中止創作和理論研究活動的。與此同時，另一部分詩人和詩歌理論家則自覺地按照新時代新的人民政治的要求努力地改變自己的創作風格和美學追求，以適應新時代新的人民政治的需要。一切似乎都是在自覺地進行的，最初並無太多政治強制的跡象。這一方面固然有上述時代環境的影響，另一方面又與新政權成立以後，在知識分子中開展的思想改造運動密切相關。尤其是通過這種思想改造（包括正面的學習馬列主義和反面的批判各種非無產階級思想）從政治上確立新的文藝方向和理論原則的一系列舉措，對這期間的詩歌創作的轉換和詩學理論的建構產

生了根本性的影響。在 40 年代的解放區，雖然毛澤東通過他的
《在延安文藝座談會上的講話》，已經確立了新的文藝方向和理
論原則，這個新的文藝方向和理論原則雖然對國統區革命的進步
的文藝工作者也產生了很大的影響，但那畢竟是處在戰時環境，
不可能用這種新的文藝方向和理論原則去統一所有文藝工作者
的思想。新政權成立後的政治環境和文化建設卻產生了這種可能
和需要，因此，所有的文藝工作者就必須按照這種統一的文藝方
向和理論原則去衡量和矯正自己的創作，以便走上正確的發展軌
道。從 1949 年第一次文代會的召開，到 1957 年反右鬥爭以前，
文藝界召開的各種會議、舉辦的各種學習活動，包括一些理論批
評工作，大多是圍繞這一中心展開的。以 1956 年中國作家協會
創作委員會詩歌組就當時的詩歌創作問題舉行的一次討論為
例，這次討論涉及的問題主要有如下兩個方面：其一是關於五四
以來的新詩和一些重要詩人如戴望舒和徐志摩的創作評價問
題。其二是對詩歌創作現狀和當代一些重要詩人如艾青、田間、
聞捷等的創作評價問題。關於前者，雖然也有人對戴望舒早期詩
作和徐志摩的詩歌的藝術性有所肯定，但從基本傾向上說，還是
認為「不能脫離政治單純強調藝術」；對五四新詩歷史的研究，
則強調的重點是要找出「它的社會主義現實主義的主流」或「社
會主義現實主義因素在詩歌創作領域裏發展的具體情況」。關於
後者，雖然也談到了藝術的多樣化問題並對諸如聞捷的「情歌」
的藝術性也有所肯定，但強調的重點還是詩歌的「時代精神」和
「政治熱情」。艾青和田間在 1949 年之後的詩歌新作，就是因為
時代性不強和「政治熱情不高」而受到與會者的批評的。艾青自

己的反思和檢討同樣也是著眼於此。對聞捷的詩，與會者在肯定它的藝術性的同時，也批評了他的詩「題材範圍比較狹窄」，「對大時代的精神反映不夠」等等。[2]凡此種種，這次詩歌問題的討論雖然採取的是後來極為少見的一種和風細雨的方式，但在這種方式的討論中，仍然可以見出那種統一的政治規範對詩歌創作和詩學研究的強大作用。通過這種規範作用，這次討論的結果無疑是把一個詩學問題無意間轉換成了一個政治學的問題。類似的「轉換」也發生在這期間談論詩歌創作和詩學問題的各種場合（例如有關詩歌問題的各種討論和理論批評活動）。經過諸如此類的「轉換」，這期間的詩學問題大多被化約成了一個簡單的政治學問題。這樣，從政治學的角度而不是從詩學本身的角度討論詩學問題，也就成了這期間的詩學理論建構的一個普遍現象。尤其是自 50 年代中期以後頻繁發生的政治運動，更使得這種政治的因素在詩學領域不斷得到強化（同時這種強化的方式也更帶強制性），詩學研究也因此而逐漸走上了一條極端政治化的道路。

　　這種日漸政治化的詩學在這期間主要集中表現在關於詩的本質問題的理解上。在這個問題上，這期間中國大陸的當代詩學並未發生如臺灣現代主義詩學那樣的「主情」或「主智」的爭論。詩的本質在抒情，對中國大陸的當代詩人來說，幾乎是一個不爭之論。這是因為，他們不但基於一種階級的立場拒絕了一切形式的現代主義的詩學影響，而且也基於一種民族的立場，更加傾向

2　參見《沸騰的生活和詩──中國作家協會創作委員會詩歌組對詩歌問題的討論》，《文藝報》1956 年第 3 期。

於體認包括五四新詩在內的民族詩學的「言志」傳統。問題在於詩人所表達的感情是屬於哪一個階級的，即詩的感情的階級性問題，和詩人是代表個人還是代表人民在抒發感情，即詩的感情的人民性問題。這是這期間有關詩的本質問題的全部要害之所在。在 1956 年召開的中國作家協會第二次理事會（擴大）會議上，周揚在他所作的題為《建設社會主義文學的任務》的報告中，有一段話集中地表達了這期間的詩學在詩的本質的問題上的一個基本的理解：

> 我們需要的是人民的詩歌。我們的抒情詩，不是單純地表現個人情感的，個人情感總是和時代的、人民的、階級的情感相一致。詩人是時代的號角。……抒情是抒人民之情，敘事是敘人民之事。這就是我們的抒情詩的基本特點。[3]

　　周揚的這個觀點，在這次會議上，被臧克家、袁水拍和艾青等詩人作了重要的發揮，臧克家認為「詩人是時代的號角和鼓手，一個吹號者和鼓手是要站在時代的前列的，如果在沸騰的生活後邊跟跟蹌蹌，怎麼能夠吹奏出令人振奮的雄壯的大進軍的音響？」袁水拍認為「詩和社會主義是密切相聯的，詩和社會主義是同義語。有社會主義的地方就有詩。」艾青也認為「詩的問題，是詩和國家的關係的問題，也是詩和人民的關係的問題。」「詩人應該和人民一起，並且引導人民前進，要引導人民前進，

---

[3]　周揚：《建設社會主義文學的任務——在中國作家協會第二次理事會會議（擴大）上的報告》，《文藝報》1956 年第 5、6 號。

必須具有先進的思想。」「詩人的勞動,是思想工作。」與此同時,一切所謂個人主義的詩歌觀點在這次會議上都遭到了無情的否定和批判。周揚在他的報告中就批駁了胡風基於詩的抒情個性不能得到張揚而認為當時的氣氛把「抒情詩壓得喘不過氣來了」的觀點,認為像他們那樣「狂熱地宣傳個人中心主義、表露個人和時代相抵觸,『天才』和『庸眾』相對立的反社會情緒的『抒情詩』,我們是不需要的,反對的。」袁水拍也認為,在社會主義時代裏,個人主義對詩歌也是直接敵對的,是互相排斥的,是水火不相容的。詩應該和個人主義絕緣、決裂。」如此等等,這些有關詩的政治本質的類似觀點如此集中地出現在 1956 年召開的這次會議上,決不是一個偶然的巧合,而是新政權成立後通過一系列的學習改造活動,詩人的詩歌觀念發生根本性轉變的結果。正因為對詩的抒情本質作了這了這種極端政治化的理解,所以在詩的功用問題上,就必然要排除諸如「表現自我」之類的個人化因素,而特別強調它的社會功利性,即要反映社會主義時代的革命與建設和人民群眾的生產與鬥爭,「詩歌應該通過它的藝術反映出我們這個時代的矛盾和變化」。(艾青)正因為如此,所以這期間的詩學也就特別強調詩人深入生活、深入群眾,「對於許多寫詩的朋友來說,如何深入生活的問題,如何與群眾相結合的問題,仍然是一個嚴重的問題。」(艾青)「創作必須深入生活的原則,無論對於小說,還是對於詩歌,都是一樣的。」(袁水拍)甚至連詩的創作方法和表現形式這樣一些屬於藝術範疇的問題,在這期間也被作了一種極端政治化的理解。例如通常把詩的創作方法也稱作社會主

義現實主義，認為「詩的形式問題只能從它和群眾的關係上來考慮。」（艾青）[4]等等。

　　這當然只是問題的一個方面，問題的另一方面是，這種極端政治化的詩學，在對詩的本質及相關問題作出種種政治限定的同時，也基於為政治服務的需要，在涉及一些具體的詩歌創作問題時，由於藝術和詩歌形式問題本身的特殊性，在理論上又與這種政治的本質保持了一個相對的距離。這就使得這期間的詩學在無條件地接受政治的本質規定的同時，又得以在一定的政治規範內，探討一些詩歌的藝術形式和表現技巧方面的問題。這一方面的問題，在這期間的詩學中，因為不同階段的社會政治因素的影響而有不同的表現。就 50 年代中前期而言，主要是集中在詩的形式規範問題的討論上，尤其是詩的格律問題，受到了高度的重視。在一個日漸政治化的文學環境中，詩學領域卻如此集中地關注詩的形式問題，這也許是一件不可思議的事。但是，我們只要聯繫一下這些形式問題提出和形成的歷史，就不難理解，這些形式問題何以受到人們的普遍重視。以新政權成立後，1950 年由《文藝報》發起組織的第一次關於「新詩歌的一些問題」的討論為例，參加這次討論的詩人和詩論家除了極少數人談到當前詩歌創作的一些思想傾向的問題外，絕大多數人關注的都是詩歌的形式問題。而且提出詩歌形式問題的出發點竟是如此的相似和驚人的一致。這一出發點用參予討論的詩人蕭三的話說就是「現在我們的新詩和中國千年以來的詩的形式（或者說習慣）太脫節

4　以上引文均自《在中國作家協會第二次理事會會議（擴大）上的發言》，見《文藝報》1956 年第 5、6 號。

了。……和中國古典的詩脫節，和民間的詩歌也脫節」。這種「脫節」現象顯然不利於新的人民詩歌正在努力創造的為人民群眾所喜聞樂見的民族形式。因此就必須「繼承過去數千年詩歌好的傳統」（田間）「向民間文藝形式學習」（蕭三）。正是從這個前提出發，這次討論才涉及到許多諸如詩的「格律」、詩的「建行」以及「自由體與歌謠體」等形式問題。[5]此後，有關詩的形式問題的討論在 50 年代中期以前，大多沿襲了這次討論所提出的理論命題。有關詩的形式問題的討論和研究也就成了 50 年代中期以前詩學建設的一個重要課題。即使是 50 年代中期以後的詩學集中關注的新民歌問題，雖然有「大躍進」年代特定的生長環境和發展背景的影響，但問題的提出，仍然可以追溯到 50 年代初期的這次討論。在這次討論中，詩人馮至就明確地指出「新的民間歌謠隨著人民的覺醒和翻身正在更換它的內容，突破它的舊形式，我們只要讀一讀人民文藝叢書收集在《東方紅》裏的一部分詩，便會感到民歌已經有了新的萌芽，將有新的發展。」雖然馮至在這裏所說的新民歌仍然是以 40 年代的解放區詩人和民間歌手創作的民歌體的新詩為依據，但在 50 年代後期發生的新民歌運動，畢竟應證了馮至所預言的「將有新的發展」的趨勢。50 年代後期的詩學就是以這個「新的發展」趨勢中出現的新民歌為中心，將詩學研究從對新民歌的肯定引向對整個新詩發展道路的理論探討的。雖然這期間對新民歌的肯定和對新詩發展道路的理論探討，因為毛澤東的意見的決定性的影響而存在著一邊倒的傾

5　以上引文均引自《新詩歌的一些問題（筆談）》，見《文藝報》1950 年第
　　12 期。

向，出現了許多理論的偏頗，但中國新詩尤其是主流的革命詩歌長期以來所孜孜以求地探索的發展道路，到這時畢竟有了一個理想中的歸宿。此後，在古典和民歌的基礎上發展新詩，在一個相當長的時間內，就成了當代詩學的一個核心命題。用這個命題反觀從 40 年代解放區詩歌所提供的藝術經驗，到 50、60 年代詩學研究中的理論探索，我們不難發現，事實上是從 40 年代的解放區開始，中國新詩就在努力地追求同時也是在不斷地接近這個理論目標。從這個意義上說，這也是這期間的詩學的一個主導的發展線索，沿著這條線索清理這期間的詩學資源，我們就可以把握住這期間詩學的一個相對完整的發展形態。

第二章　核心理念：在古典與民歌的基礎上發展新詩

——毛澤東的詩學思想及其理論影響

　　如上所述，中國當代詩學在 20 世紀 50、60 年代走向在古典與民歌的基礎上發展新詩這個自認為是理想中的發展道路，固然有其深刻的歷史原因和眾多詩人長期藝術追求的實踐作基礎，但是，如果沒有毛澤東的巨大影響作用，當代詩學也許會呈現出另外一種完全不同的發展形態。正因為如此，所以，研究這期間的詩學，就不能不注意到對這期間的詩學起著決定性的影響作用的毛澤東的詩學思想。

　　提到毛澤東的詩學思想對這期間的詩學所起的決定性的影響作用，人們自然而然地會想到 1958 年毛澤東在一次中央工作會議上關於詩歌問題的一段講話：

　　　我看中國詩的出路恐怕是兩條：第一條是民歌，第二條是古典，這兩面都要提倡學習，結果要產生一個新詩。現在的新詩不成型，不引人注意，誰去讀那個新詩。將來我看是古典同民歌這兩個東西結婚，產生第三個東西。形式是

民族的形式，內容應該是現實主義與浪漫主義的對立統
一。……太現實了就不能寫詩了。[1]

　　如同毛澤東在其他許多重要問題上的講話一樣，毛澤東對詩
歌問題的這段看似隨意的講話，對當代詩歌（包括當代詩學）乃
至整個當代文學的發展，都有重要的意義。就對當代詩學發展的
意義而言，他的這一段講話一方面把中國新詩從「五四」開始就
選定的一條民間化的道路，尤其是在 40 年代的解放區詩歌中進
行了大規模的藝術實驗，在新政權成立後又進行了艱難的理論探
索的一個詩學目標，進一步明確地具體化為在古典與民歌的基礎
上發展新詩這一核心理念，同時又以一個政治領袖的權威把這一
核心理念貫注到這期間的詩歌創作和詩學研究中去，成為左右這
期間的詩歌創作和詩學研究的一種起主導作用的思想觀念。

　　眾所周知，毛澤東的這一詩學觀點的提出，是與 1958 年開
始的「大躍進」和在「大躍進」中產生的新民歌密切相關的。1958
年，在當代中國政治、經濟和文化發展史上，都是極為重要的一
年。在這一年，中國發生了一場令時人驚訝莫名，也令後人匪夷
所思的經濟「大躍進」。這場「躍進」表明，以毛澤東為代表的
中國共產黨人在新政權成立後，經過了奇蹟般的經濟恢復和成功
的社會主義改造之後，希望以一種超常的速度，在盡可能短的時
間內，趕上和超過西方發達國家經濟發展的步伐，以鞏固新生的
人民政權，顯示社會主義制度的優越性。1957 年冬天，在興修
水利的勞動中，農民群眾為表達心聲自發地創作的民歌，就被看

---

[1]　《建國以來毛澤東文稿》第七冊，中央文獻出版社 1993 年版，第 124 頁。

作是即將到來的「大躍進」所必不可少的「革命熱情」和「革命幹勁」的集中體現。這期間的民歌即開始備受關注、被有關部門廣為收集，同時也引起了毛澤東的高度重視。毛澤東不僅僅把這些新民歌看著是發動「大躍進」所必不可少的精神力量，同時還希望按照他一貫主張的「物質變精神、精神變物質」的互變原理，把這些新民歌轉化成推動「大躍進」運動、實現「大躍進」所預設的經濟目標的新的物質力量。於是，在 1958 年的整個「大躍進」期間，毛澤東在許多重要場合，尤其是在黨的一些高層會議上，一再號召收集新民歌、創作新民歌，並把這種號召變成黨在「大躍進」期間的一項政治任務和中心工作，全黨上下、全國各地由此便掀起了一個收集新民歌、創作新民歌的熱潮。新民歌這個如同古代的舊民歌一樣，本來是勞動者在勞動中的一種自發的歌唱（所謂「勞者歌其事」），在這場「大躍進」運動中竟成了對群眾的「熱情」和「幹勁」，同時也是對「大躍進」的成敗起著舉足輕重的影響作用的巨大精神力量。毛澤東就是在這樣的背景下，於 1958 年 3 月 22 日在成都召開的一次中央工作會議上，在談到新民歌問題時發表上述講話的。從毛澤東的這一段講話中，我們不難看出，他對經過「五四」詩歌革命、在半個多世紀以來已經佔據主流地位的中國新詩，是不滿意的，甚至是十分反感的[2]。對造成新詩半個多世紀以來不能「成型」、「不引人注意」的原因，他雖然未加說明，但潛臺詞卻無疑是指向新詩的「歐化」傾向

---

[2] 毛的這一段講話在其他版本的引文中還有如下的一些句子「我反正不看新詩，除非給 100 塊大洋。」轉引自陳晉：《毛澤東與文藝傳統》，中央文獻出版社 1992 年版，第 322 頁。

的，即未能很好地繼承中國古典詩歌傳統，故而就特別強調對民歌和古典詩歌「都要提倡學習」。與此同時，毛澤東還根據他的一貫的思維方式，將對詩歌問題的這種個別經驗，上升到一個具有普遍意義的思想高度，進一步提出要在學習民歌和古典詩歌的基礎上，讓「古典同民歌這兩個東西結婚」，「產生一個新詩」。而且要求「形式是民族的形式，內容應當是現實主義與浪漫主義的對立統一」。經過了這樣的理論提升，毛澤東在成都會議上的這番講話的意義就不僅止於對民歌（包括古典詩歌）的提倡和新詩的評價，而是同時也為中國詩歌的發展指出了一條前進的道路和發展的方向，成為對這期間的詩學研究具有一種權威影響和指導作用的詩學思想。這期間及其後的詩學探討由此也便由對新民歌的提倡轉向對新詩發展道路的討論，毛澤東的這一詩學思想由此也便成了這期間被詩歌界普遍接受的一種詩學觀念。

　　但是，也應當看到，毛澤東的這一詩學觀點的提出，固然有上述現實因素的作用，但它又不簡單地就是 1958 年的「大躍進」時代的直接產物，它的形成和發展事實上經歷了一個漫長的過程，同時也有著深刻的歷史背景和思想文化淵源。而且，毛澤東對這期間詩學的影響也不僅止於這一段有關詩歌問題的講話，而是他的整個的思想體系，和在這個體系中包含的與詩學有關的理論思想。在影響當代詩學的毛澤東的整個思想體系中，居於第一個層面的是毛澤東的思想體系中包含的與當代詩學有關的文化思想，這是毛澤東的詩學思想中最深層次的，同時也是起著本質規定作用的部分。這一部分文化思想的形成有比較深刻的歷史文化淵源，與毛澤東所接受的歷史文化傳統的影響和毛澤東本人的

革命生涯與革命實踐密切相關。它對於當代詩學的作用主要見之於政治和文化思想的影響方面，即在政治方向、哲學基礎和文化選擇方面決定當代詩學的價值取向。居於第二個層面的是毛澤東的思想體系中包含的文藝思想。毛澤東的文藝思想作為整個毛澤東思想體系的一個重要組成部分，當然也要接受這個整體的思想體系的本質規定，但是，也應當看到，既是一種文藝思想，也就必然具有一種有別於一般政治思想和文化思想的特殊性。而且毛澤東的文藝思想的萌芽、形成和發展雖然有一個漫長的過程，但它的最後成型畢竟是在 20 世紀 40 年代的一個戰時環境，同時又是在延安這個特殊的政治區域，面對的是一些急待解決的根據地的革命文藝實踐問題。儘管毛澤東在一系列講話和論著尤其是那篇標誌著他的文藝思想體系的形成的重要講話──《在延安文藝座談會上的講話》中闡述他的文藝思想時，十分注意把馬克思主義的基本原理同中國革命文藝的實踐相結合，包括有選擇地從馬克思主義的文藝學中去尋找某些理論依據[3]，但因為它畢竟是形成於一個特殊的戰時環境，要解決一些急迫的文藝實踐問題，故而

3　例如有研究者指出，毛澤東的《在延安文藝座談會上的講話》，所引述的馬克思主義文藝學的經典，主要是當時譯載於延安的《解放日報》上列寧的《黨的組織和黨的文學》，而未曾顧及同樣也在《解放日報》上譯載過的馬克思、恩格斯於 1859 年分別致斐‧拉薩爾、恩格斯於 1885 年致敏‧考茨基和 1888 年致瑪‧哈克奈斯的信。而這些信件中談到的大量有關現實主義文學的創作規律的更為複雜的理論問題，與毛澤東所引述的列寧的論斷，存在著許多重要的差異和一些矛盾之處。就是毛澤東引述的列寧的文章，他也有意無意地忽略了其中對文學創造的獨特規律的精彩論述，而偏重於它強調文學的政治功利性方面的內容。列寧的這篇文章後來重新作了翻譯和校訂，被更名為《黨的組織和黨的出版物》。參見洪子誠：《中國當代文學概說》，青文書屋（香港）1997 年版，第一章及該章有關注釋。

在科學地闡述了馬克思主義文藝學的一些基本原理，正確地總結了「五四」新文學的經驗教訓尤其是根據地的革命文藝實踐的同時，又難免把一種政治功利主義的文藝觀念和戰時文藝的策略思想帶入他的文藝思想體系，給他的文藝思想體系造成了許多不可避免的歷史局限。屬於這個層面的毛澤東的文藝思想的影響，自然不僅僅是作用於這期間的詩學研究，而是整個新政權文學的發展方向和一些基本的理論原則。正因為如此，所以，當代詩學的發展在這期間也就不可能外在於這個總體的文學環境，也就不可能不打上「從屬於政治」和「為政治服務」的文藝學的深刻烙印。這也就是我們在上一章中涉及到的詩學的極端政治化及與此有關的一系列詩學理論問題。居於第三個層面的也是直接與當代詩學有關的一個層面的毛澤東的詩學思想，是他對詩歌創作、詩歌歷史和詩歌理論問題的一系列論述。這些論述多見於毛澤東的談話、書信和讀書批註，包括上述在成都會議上的講話中論及詩歌問題等，雖然不成系統，甚至還存在一些互相矛盾之處，但仔細搜尋，卻也有一些貫穿始終的線索和一些基本的論詩標準，可以讓我們從中把握毛澤東的詩學思想的一些主要特徵。尤其是在與當代詩學有關的一些基本的理論問題（例如上述對古典、民歌和新詩的評價問題、詩歌的形式和創作規律問題，以及新詩的發展道路問題等）上，毛澤東在這些談話、書信和讀書批註中發表的散金碎玉式的論述都有極為重要的價值，它不但是上述在古典與民歌的基礎上發展新詩這一核心的詩學理念賴以凝聚、形成的思想資料和感性經驗的主要來源，而且也影響了這期間有關詩歌形式問題的諸多討論。毛澤東的這一層面的詩學思想對當代詩學的

影響是最為直接的，也是最為顯豁的。它與前述兩個層面的詩學
思想一起，共同構成了毛澤東的詩學思想的一些基本的理論內容。

　　以下，我們僅就上述三個層面的問題，對毛澤東的詩學思想
的基本內容和主要特徵，作一個扼要的理論闡述。

　　就第一個層面的問題而言，毛澤東作為一個革命家和政治領
袖，他的文化思想的形成自然與他的革命生涯和政治活動密切相
關。綜觀毛澤東一生的革命歷史和政治活動，在他的文化思想
中，對當代詩學發生影響的，主要是他的民族主義和民間本位主
義的文化立場。如同近代以來在新舊民主革命中湧現出來的許多
革命家一樣，毛澤東出生在一個內憂外患、國貧民弱的時代，對
民族的前途自然懷有極深的憂患意識，對民族振興自然懷有極為
強烈的願望，加上毛澤東投身革命的時代，又是一個在世界範圍
內遭受殖民主義壓迫的弱小民族爭取解放和獨立的運動風起雲
湧的時代，感受這樣的時代氣氛，順乎這樣的世界潮流，可以說，
從毛澤東開始探索救國救民的道理到從事實際的革命鬥爭，就逐
步形成和確立了堅定的民族主義的立場。這種民族主義立場對於
那個時代的革命者來說，也許並無特別之處，但是，將這種民族
主義立場貫穿於他的整個革命生涯和政治活動的始終，並結合革
命鬥爭和政治活動的實踐，將之轉化為探索中國式的革命和建設
的道路的努力，卻是毛澤東的過人之處，也是他領導中國革命取
得最後勝利的一個重要原因。正是這樣的一種民族主義立場，使
得毛澤東在 20 世紀 40 年代那樣的一個民族危機空前高漲的年
代，在領導民族解放戰爭的同時，又著手戰時和戰後的文化建
設，進一步把這種民族主義立場，貫注到這期間已逐步成型、漸

趨成熟的新民主主義的文化思想中去，尤其是在對新民主主義文化的本質特徵的闡述中，更把基於這種民族主義立場的「中國特色」的革命，和同樣是基於這種立場的文化上的「民族形式」，看作是一個本質上完全相同的概念：「中國共產主義者對於馬克思主義在中國的應用也是這樣，必須將馬克思主義的普遍真理和中國革命的具體實踐完全地恰當地統一起來，就是說，和民族的特點相結合，經過一定的民族形式，才有用處」[4]。「馬克思主義必須和我國的具體特點相結合並通過一定的民族形式才能實現。」[5]這樣，毛澤東在他的新主主義文化論中，就把他在長期的革命鬥爭中對具有中國特色的革命道路的探索，和對與這種革命相適應的同樣具有中國特色的新的民族文化的思考，完全統一起來了。在他看來，那種「新鮮活潑的、為中國老百姓所喜聞樂見的中國作風和中國氣派」[6]，不但是對新民主主義文化的要求，也是對中國化的馬克思主義的要求。為此，努力地探索具有「中國作風和中國氣派」的民族形式，就成了毛澤東在這期間和此後的一個時期從事革命鬥爭和文化建設的一個更加自覺的政治理念和文化理念。40 年代革命根據地的文化發生的大幅度的轉型，由「五四」時期開始的反傳統，轉向尋找文化的民族形式，固然有一種普遍高漲的民族感情和民族情緒作基礎，但是毛澤東

---

[4] 毛澤東：《新民主主義論》，《毛澤東選集》第二卷，人民出版社 1952 年版，第 700 頁。

[5] 毛澤東：《中國共產黨在民族戰爭中的地位》，《毛澤東選集》第二卷，人民出版社 1952 年版，第 522 頁。

[6] 毛澤東：《中國共產黨在民族戰爭中的地位》，《毛澤東選集》第二卷，人民出版社 1952 年版，第 522-523 頁。

關於馬克思主義和新民主主義文化的民族形式的理念，無疑對這期間的文化轉型起了一個決定性的影響作用。尤其是通過在 40 年代的根據地開始的整風運動和各種形式的學習活動，進一步確立了這種政治理念和文化理念對中國革命和新民主主義文化建設的指導地位。這種指導地位的確立無疑也影響了 40 年代的文學從理論到實踐大幅度地轉向探討文學的民族形式問題。中國現代詩學也就是在 40 年代這個文化和文學的新的轉型時期，開始向傳統回歸，由向西方詩歌的學習借鑒轉而向民族的（包括民間的）詩歌形式吸取藝術資源的。50、60 年代的詩學雖然經歷了新政權的成立這個歷史的巨變，但作為這期間的詩學發展的政治前提和文化基礎並未發生根本的變化，相反卻因為民族自信心的空前高漲，更加注重詩歌的民族化的理論和實踐。即使是在新政權成立初那個短暫的片面倒向蘇聯的時期，在文化和文學上仍然保持了相對的獨立性。而 1958 年發生的「大躍進」固然有極為深刻的內在原因，但潛臺詞仍然包含有擺脫蘇聯的控制，獨立地探索中國式的社會主義建設的道路的政治成分。毫無疑問，這依舊是毛澤東在 40 年代提出的「民族形式」的政治理念和文化理念在發生作用。一個確切的證明是，直到 1956 年，毛澤東在一次有關文藝問題的重要談話中，又一再申述這一政治理念和文化理念：「社會主義的內容，民族的形式，在政治方面是如此，在文藝方面也是如此。」[7]在這樣的情勢下提出在古典與民歌的基礎上發展新詩的問題，無疑與這種政治理念和文化理念有著極為

---

[7]　毛澤東：《同音樂工作者的談話》，《毛澤東論文藝》，人民文學出版社 1992 年版，第 92 頁。

緊密的內在關係。或者說，正是這種政治理念和文化理念的支配作用，決定了這期間的詩學的價值選擇，並將這種價值選擇最終凝聚為在古典與民歌的基礎上發展新詩這一核心的詩學理念。

　　與毛澤東在文化方面的民族主義立場緊密相聯的是，他在文化方面的民間本位主義立場，對當代詩學也發生了重要影響。毛澤東的民間本位主義的文化立場的形成，一方面固然與他是一個崛起於民間社會的革命家，與民間社會有著天然的聯繫密切相關，另一方面更為重要的是，在毛澤東的整個革命生涯和革命實踐中，他始終是把民間的力量放在民族主體的位置上。眾所周知，中國共產黨領導的 20 世紀的中國革命，是一場以工農為主體的革命，工農群眾始終是革命的主力。尤其是在毛澤東確立了農村包圍城市的革命路線之後，農民群眾事實上成了中國革命的真正的主導力量。這不能不影響到毛澤東的文化立場。從青年時代起，毛澤東就致力於在鄉村和農民群眾中尋找革命力量，在這個過程中，他一方面努力從農民群眾的自發反抗中發現和發掘革命的動力，同時又不懈地對農民群眾進行政治和思想的啟蒙教育。這樣，在毛澤東的民間本位主義的文化立場中，就始終存在著一個不易調和的兩難問題，即作為革命主力的農民與作為啟蒙對象的農民之間的關係問題。毛澤東的解決辦法是在確認農民（原則上也包括工人）在革命中的主體地位的同時，也確立他們在文化中的主體地位，而接受教育和啟蒙，則是作為文化主體的工農大眾所應當享受的權利，目的仍然是要鞏固他們在文化中的主體地位。毛澤東在他的成熟的新民主主義文化思想的論著中就曾明確指出：「這種新民主主義的文化是大眾的，……它應當為

全民族中百分之九十以上的工農勞苦民眾服務，並逐漸成為他們的文化。」[8]基於這種民間本位主義的文化立場，從 40 年代開始，毛澤東就在共產黨領導的各抗日根據地推行識字掃盲教育，而且明確指出「文字必須在一定條件下加以改革，言語必須接近民眾」。[9]與此同時，又運用各種民間的文化形式，對群眾進行通俗的政治宣傳和思想啟蒙，尤其是民間的文藝形式，更是毛澤東的心目中「宣傳群眾、教育群眾」的理想形式。他在《新民主主義論》中批評「革命的文化人而不接近民眾，就是『無兵司令』」，在《在延安文藝座談會上的講話》中號召「中國的革命的文學家藝術家，……必須到群眾中去」，從學理上說，固然是因為「民眾就是革命文化的無限豐富的源泉，」也是文學藝術的「唯一的最廣大最豐富的源泉」，但也不能不看到，把文化和文藝的「源泉」僅僅理解為以工農（兵）為主體的「民眾」，無疑與毛澤東在長期的革命鬥爭中形成的民間本位主義的文化立場極有關係。由於毛澤東的號召和影響，也由於戰時環境和戰爭主力的作用，在 40 年代的根據地就出現了一個繼「五四」之後的民間文化和民間文藝復興的浪潮，大批文化人和文藝工作者到民間去（戰時的根據地本來就是一個民間社會），搜集、整理民歌、民謠，發掘、改造各種民間文藝形式，在這個基礎上，又創作了大量以民間文藝為摹本的文藝作品，尤其是趙樹理的小說、李季的

---

[8]　毛澤東：《新民主主義論》，《毛澤東選集》第二卷，人民出版社 1952 年版，第 701 頁。

[9]　毛澤東：《新民主主義論》，《毛澤東選集》第二卷，人民出版社 1952 年版，第 701 頁。

敘事詩和延安的新歌劇，更是這場民間文化和民間文藝復興運動
的積極成果。這些經過作家的創造性轉換而得到復興的新的民間
文藝形式，同時也是這期間的文學所追求的一種新的民族形式。
毛澤東雖然沒有直接介入 40 年代發生的那場有關文藝的民族形
式問題的討論，也未見他發表過贊同向林冰的那個頗有爭議的
「民間形式為民族形式的中心源泉」[10]的著名觀點，但他的民間
本位主義的文化立場卻決定了他只能從民間形式中去尋求新的
民族形式的藝術資源。這場民間文化和民間文藝的復興運動，在
40 年代的根據地雖然還只限於一些文化人和文藝工作者對民間
文化和民間文藝資源的發掘與利用，還未真正把民間文化和民間
文藝的創造主體——工農群眾，推上新的民間文化和民間文藝創
作主體的位置，真正造成一種以工農群眾（主要是農民群眾）為
主體的民間文化和民間文藝復興運動，但工農群眾在文化創造和
文藝創造中的價值主體的地位，經由這樣的民間文化和民間文藝
復興運動，在理論上已經得到確立。新政權的成立不但使工農群
眾在政治上成為國家的主體，而且也使他們在文化上成為創造的
主體，毛澤東在 40 年代預期的屬於工農群眾自己的文化和他們
自己的文藝，到這時已經具備了實現的前提和條件。尤其是 1958
年的「大躍進」，和「大躍進」中產生的新民歌，更使得毛澤東
所期望的作為歷史創造的主體和作為文化與文藝創造主體的工
農群眾（主要是農民群眾），實現了主體身份的高度統一。毛澤
東的民間本位主義的文化立場也由重視開發和利用民間的文化

---

[10]　向林冰：《論「民族形式」的中心源泉》，《大公報》1940 年 3 月 24 日。

資源與文藝資源，轉向鼓勵和提倡創造新的民間文化和民間文藝。並把這種由工農群眾自己創造的新的民間文化和民間文藝看作是新的民族文化和民族文藝發展的方向。1958年關於新民歌問題的討論，由對新民歌的高度評價轉向對新詩發展道路的探討，以至於影響到這期間的文化和文藝發展的總體方向，固然有很多複雜的原因，但不可否認的是，毛澤東這一民間本位主義的文化立場的轉向（即由重視開發和利用民間文化資源轉向鼓勵和提倡創造新的民間文化），卻起了一個根本性的決定作用。新民歌和由新民歌所代表的新的文化方向，才真正實現了毛澤東由來已久的建設以人民大眾（主要是工農群眾）為主體的，同時也是由人民大眾自己創造的、為人民大眾所利用的新的民族文化和民族文藝的理想目標。事實上，毛澤東關於在古典和民歌的基礎上發展新詩的意見，在這期間所產生的巨大影響，決不僅止於新詩的發展道路，而是整個民族文化和民族文藝的發展方向。也正是在這個意義上，我們才說，毛澤東的文化思想，尤其是他的民族主義和民間本位主義的文化立場，決定了當代詩學發展的價值取向。

就毛澤東的詩學思想影響當代詩學的第二個層面的問題，即他的文藝思想而言，他的文藝思想的一些本質性的內容，事實上已經包含在他的上述文化思想之內，如文化（文藝）作為一種上層建築與經濟基礎的關係；文化（文藝）作為一種觀念形態與政治的關係；文化（文藝）創造的主體和文化（文藝）服務的對象；文化（文藝）工作者與文化（文藝）創造主體和文化（文藝）服務對象的關係，以及文化（文藝）工作的統一戰線及其他諸多問題，等等，在這些基本問題上，毛澤東的成熟的文藝思想也是他

的成體系的文藝思想論著──《在延安文藝座談會上的講話》，都沿襲了《新民主主義論》的思想觀點，這些思想觀點既是毛澤東運用馬克思列寧主義分析中國文化和文藝問題的理論結晶，也是他的新民主主義的文化思想在文藝問題上的具體體現。不同的只是，「延座講話」在結合文藝問題重申上述觀點的同時，又針對當時在文藝界的整風運動中出現的問題和根據地的文藝實際，著重強調的是文藝工作者的立足點的轉變和文藝的普及與提高的關係問題，而且把這兩者聯繫起來，以解決前者的問題作為解決後者的問題的前提和條件。即要求文藝工作者「一定要把立足點移過來，……移到工農兵這方面來，移到無產階級這方面來。只有這樣，我們才能有真正為工農兵的文藝，真正無產階級的文藝。」[11]也只有這樣，我們才能真正站在工農群眾的立場，從他們的需要和實際出發，解決文藝的普及與提高的問題。「所謂普及，也就是向工農兵普及，所謂提高，也就是從工農兵提高」[12]，「普及是人民的普及，提高也是人民的提高」[13]。而不是拿封建階級、資產階級和小資產階級所需要、所便於接受的東西向人民群眾普及，也不是要以封建階級、資產階級和小資產階級為基礎，把人民群眾提高到封建階級、資產階級和小資產階級的「高度」上去。這樣，毛澤東就把普及與提高這個革命文藝的具體實

---

[11] 毛澤東：《在延安文藝座談會上的講話》，《毛澤東選集》第三卷，人民出版社 1953 年版，第 859 頁。

[12] 毛澤東：《在延安文藝座談會上的講話》，《毛澤東選集》第三卷，人民出版社 1953 年版，第 861 頁。

[13] 毛澤東：《在延安文藝座談會上的講話》，《毛澤東選集》第三卷，人民出版社 1953 年版，第 864 頁。

踐（即所謂「如何為」）的問題，也提到了「為什麼人」的價值
高度。與此同時，毛澤東又把文藝工作者必須深入生活、深入群
眾這個馬克思主義文藝學的基本原理，與專業的文藝工作者必須
熱愛工農兵群眾、學習工農兵群眾，包括熱愛和學習他們的「萌
芽狀態的文藝」結合起來，要求「我們的文學專門家應該注意群
眾的牆報，注意軍隊和農村中的通訊文學。我們的戲劇專門家應
該注意軍隊和農村中的小劇團。我們的音樂專門家應該注意群眾
的歌唱。我們的美術專門家應該注意群眾的美術。」[14]等等。根
據毛澤東為解決普及與提高的問題而確立的這個基本的理論路
線，專業的文藝工作者不僅要放棄作為知識分子的主體立場，把
立足點移到工農兵那一方面去，同時還要接受他們的藝術趣味，
熱愛他們處於「萌芽狀態的文藝」，並且要從中汲取養料，在學
習他們的過程中，幫助他們儘快得到提高。從 40 年代的根據地
到新政權成立後的文藝工作者，就是按照這樣的一條理論路線去
從事實際的文藝工作的。其結果就使得這期間的文藝不但出現了
一個遷就「普及」的通俗化潮流，而且也把能否向群眾普及（即
為群眾所「喜聞樂見」）作為衡量文藝創作和文藝工作者的立場
態度的一個重要的價值尺度。這無疑在這期間造就了一個以明白
曉暢和通俗怕易懂為標準的一種普遍流行的審美趣味和藝術風
尚。正是在這種普遍流行的審美味和藝術風尚的影響下，當代詩
歌創作和詩學研究才發生了向民間詩歌的大幅度轉向。而民間
詩歌的最深刻的歷史淵源和文化基礎，乃是植根於傳統深處的一

---

[14] 毛澤東：《在延安文藝座談會上的講話》，《毛澤東選集》第三卷，人民
出版社 1953 年版，第 865 頁。

種根深蒂固的藝術趣味和審美心理。於是，這期間的詩歌創作和詩學研究便由轉向民間詩歌順理成章地走入了整個古代詩歌傳統的深處。在古典與民歌結合的基礎上尋找新詩發展的道路，也就成了這期間的眾多詩人認定的一條弘揚民族詩歌傳統的必由之路。

就毛澤東的詩學思想影響當代詩學的第三個層面的問題，也是與當代詩學直接相關的一個層面的問題，即毛澤東有關詩歌創作、詩歌歷史和詩歌理論問題的一系列論述而言，毛澤東的這一個層面的詩學思想，固然與他的整個的思想體系密切相關，但相對於他的文化思想和成體系的文藝思想而言，他對詩歌創作、詩歌歷史和詩歌理論的論述，最能見出毛澤東作為一個詩人的個性特色。毛澤東的這一部分詩學思想的形成固然也離不開他的革命生涯和革命實踐，但卻主要是源自於他在文學上的深厚修養和詩詞創作方面的豐富經驗。眾所周知，毛澤東在古典詩詞方面有很深的造詣，從青年時代起直到人生的最後歲月，不論是在整個動盪不定的革命年代，還是在戎馬倥傯的戰爭間隙，抑或是在新政權成立後繁忙的政務之餘，他不但利用一切條件廣為搜羅、廣泛涉獵中國古代詩詞合集和詩人別集，詳加批註，而且還把他對古代詩詞的學習心得用於說文談史、衡政論人。尤其重要的是，毛澤東在古典詩詞創作方面所取得的巨大成就，不但用事實證明了古典詩詞在現代社會的藝術生命力，從而對這期間的古典詩詞創作起了一種重要的示範作用，而且也以一種領袖的權威和他的詩詞作品本身的藝術魅力，在這期間培養了讀者對古典詩詞的興趣和愛好，推動了古典詩詞教育，普及了古典詩詞知識，也提高了

讀者對古典詩詞的藝術鑒賞力。凡此種種，毛澤東在這些方面的影響，雖然與這期間的詩學研究並無直接關係，但卻在這期間造就了一種重視古典詩詞研究，提倡繼承古代詩歌傳統的文學風氣。這種文學風氣，正是這期間在古典與民歌的基礎上發展新詩這一核心的詩學理念得以凝聚形成的一個重要的社會文化基礎。在這期間，有許多學者致力於古典詩詞研究（包括從事古典詩詞注釋和普及古典詩詞知識），有許多詩人注重從古典詩詞汲取藝術營養，探討如何借鑒古典詩詞的創作經驗，利用古典詩詞的藝術形式，乃至在新詩和舊詩的討論中提倡古詩和新詩並重，喊出「好的舊詩萬歲，好的新詩也萬歲」的口號，等等，都與毛澤東的上述影響不無關係。毫無疑問，就作為一個詩人的毛澤東個人而言，他是偏好古典詩詞的，而且在這方面有很深的造詣，取得了重要的創作成就，在當代詩壇的影響也是無與倫比的。

但是，這並不等於說，毛澤東就因此而在理論上也提倡以「舊詩」為主，大家都去學習和創作舊體詩詞，恰恰相反，在絕大多數情況下，對創作舊體詩詞，尤其是青年人創作舊體詩詞，他是持明確的反對態度的。在 1957 年公開發表的毛澤東的那篇著名的論詩的信中，他就明確表示：「詩當然應以新詩為主體，舊詩也可以寫一些，但是不宜在青年中提倡」，原因是「這種體裁束縛思想，又不易學」，「怕謬種流傳，貽誤青年」。[15]毛澤東此後又多次談到這個觀點，到 1965 年在一封論詩的信中，則更加明

---

[15] 毛澤東：《致臧克家等》，《毛澤東論文藝》（增訂本），人民文學出版社1992 年版，第 163 頁。

確地表示：「要作今詩，……古典絕不能要。」[16]與此相對的是，毛澤東雖然主張詩歌創作「應以新詩為主體」，在某些場合也對新詩創作的成績有所肯定，說過新詩的成績「不可低估」之類的話，但從總體上說，他對新詩並沒有給予很高的評價，而是認為，「用白話寫詩，幾十年來，迄無成功」[17]，不能成型，不引人注意，沒人愛看，甚至說除非給自己100塊大洋，否則就不願看，等等。一方面說「詩當然應以新詩為主體」，另一方面又說新詩「迄無成功」；一方面說「古典絕不能要」，另一方面又說新詩沒人愛看，剩下的選擇自然就只有一個民歌了。儘管毛澤東對1958年自己發動的新民歌運動並不十分滿意，對這場運動中產生的新民歌作品評價不高，認為「水份太多」，甚至最後宣佈這種「放衛星」式的新民歌運動要「通通取消」，但他還是認為「民歌中倒是有一些好的。將來趨勢，很可能從民歌中吸取養料和形式，發展成為一套吸引廣大讀者的新體詩歌。」[18]對於民歌，毛澤東歷來是十分重視的，據有關史料記載，早在20年代毛澤東主持廣州農民運動講習所期間，就曾發動學員廣泛收集和記錄各地民歌，後來在延安和新政權成立後，又多次談到這次收集民歌的活動，稱讚民歌中有許多好詩，認為過去每一時代的詩歌形式，都

---

[16] 毛澤東：《致陳毅》，《毛澤東論文藝》（增訂本），人民出版社1992年版，第170頁。

[17] 毛澤東：《致陳毅》，《毛澤東論文藝》（增訂本），人民出版社1992年版，第170頁。

[18] 毛澤東：《致陳毅》，《毛澤東論文藝》（增訂本），人民出版社1992年版，第170頁。根據周揚的回憶，毛澤東在談到他和郭沫若編選的《紅旗歌謠》時曾說過「還是舊的民歌好」，毛澤東在這封信裏所說的「民歌」，主要當指「舊的民歌」，即傳統的民間歌謠。

是從民間吸取來的。並對「五四」時期北大師生收集民間歌謠的活動給予了很高的評價，也鼓勵延安和新政權的文藝工作者收集民歌，向民歌學習。他在 1958 年發動新民歌運動，號召收集新民歌，固然意在激發群眾的革命熱情和幹勁，發揮民歌「感發意興」的作用，也有意繼承古代的「採詩」傳統，借民歌觀新時代的風俗之變，但也不能不看到，他的這一「開風氣」的舉動卻是淵源有自，與他一貫的主張和提倡是分不開的。與毛澤東對新詩和古典詩歌的「一分為二」的態度不同，毛澤東如此重視民歌，是否就看不到民歌包括舊民歌本身的局限性呢，不是的。恰恰相反，根據毛澤東從列寧那兒繼承來的「兩種民族文化」的理念，和他自己所主張的批判地繼承民族文化的觀點，對包括民歌在內的傳統文化和傳統文學的局限性，他是有深刻的認識的，在理論上也確立了批判地繼承傳統的一些基本的原則標準（例如「民主性」和「人民性」的標準等等）。在 1960 年一次接見外賓的談話中，他更明確地表示：「封建時代的民間作品，也多少都還帶有若干封建統治階級的影響。」[19]他在這裏所說的「封建統治階級的影響」，無疑指的是「封建時代的民間作品」的思想內容，而不是它的藝術形式。既然如此，在談到詩歌問題時，他對民歌的偏愛和重視，如同他對新詩和古典詩歌所作的「一分為二」的分析、評價一樣，也就主要地不是它的內容問題，而是它的形式問題了。「唯有民間言語七字成句，有韻的非律的詩，即……民間

---

[19] 轉引自陳晉：《毛澤東與文藝傳統》，中央文獻出版社 1992 年版，第 26 頁。

歌謠體裁，尚是很有用的」[20]。對「民間歌謠體裁」，毛澤東強調的是它的「有韻的」和「非律的」兩個方面的特徵。這兩個方面，也是毛澤東所認定的「新體詩歌」的一個重要的形式標準。早在 1957 年，毛澤東在一次論詩的談話中，就為現代新詩，也是他後來認定的「新體詩歌」確立了一個形式的標準，這個標準就是：「（一）精煉，（二）有韻，（三）一定的整齊，但不是絕對的整齊」。[21]毛澤東看重民歌的形式，正是因為民歌的形式符合他心目中的這個理想的形式的標準。他不滿意於古典詩歌和新詩的，也是因為古典詩歌和新詩不符合或不完全符合這個標準。按照他的說法，古典詩歌的形式「束縛思想，又不易學」，而新詩則「不成型」、太散漫、不易記。正是針對古典詩歌和新詩的這些問題，他才認為民歌既「有韻」（能誦易記）又「非律」（沒有形式上的束縛），是一種理想的詩歌形式。當然，他也說過古典詩歌能誦易記的話，在這一點上，他也看到了古典詩歌和民歌的相通之處。就詩歌的形式問題而言，毛澤東提倡古典與民歌的結合，其著眼點也許正在於此。作為一個詩人，如同其他詩人一樣，毛澤東十分關心詩歌的形式問題。他曾經深有感慨地說：「詩難，不易寫，經歷者如魚飲水，冷暖自知，不足為外人道也。」[22]「新詩的改革最難，至少需要 50 年。找到一條大家認為可行的主要形式，確是難事。」[23]他一方面認為詩的形式太嚴了，容易束縛人

[20]　《致蔣竹如》,《毛澤東和詩》，春秋出版社 1987 年版，第 120 頁。
[21]　1957 年 1 月 12 日同臧克家、袁水拍的談話，轉引自陳晉：《毛澤東與文藝傳統》，中央文獻出版社 1992 年版，第 328 頁。
[22]　《致胡喬木》,《毛澤東詩詞集》，中央文獻出版社 1996 年版，第 244 頁。
[23]　《最好的懷念》，紅旗出版社 1984 年版，第 71 頁。

的思想，不易學，另一方面又認為，詩的「形式的定型不意味著內容受到束縛，詩人喪失個性。同樣的形式，千多年來真是名詩代出，佳作如林。固定的形式並沒有妨礙詩歌藝術的發展。」[24]「掌握了格律，就覺得自由了。」[25]也許正是基於這樣的信念，毛澤東才如此關注新詩的形式和發展道路問題，而且把新詩的形式「成型」與否，看作是新詩的改革和發展的一個關鍵性的問題。雖然由毛澤東提出的這個以形式問題為中心的有關新詩發展道路問題的探討，最終因為各種複雜的內外原因而沒有收到預期的結果，但毛澤東個人對此卻是充滿了信心的，而且從中國詩歌發展的歷史來看，他分明也看到了新詩的發展最後走向「定型」的一線希望的曙光。他說；「中國的詩歌，從《詩經》的四言，後來發展到五言、七言，到現在的民歌，大都是七個字，四拍子，這是時代的需要。」「一種形式經過試驗、發展直到定型，是長期的有條件的。譬如律詩，從梁代沈約搞出四聲，後又從四聲化為平仄，經過初唐人們的試驗，到盛唐才定型。」他相信「時代需要」在古典與民歌結合的基礎上產生出來的新詩，也相信經過「試驗」可以達此目的。這就是毛澤東在 20 世紀 50、60 年代的中國所孜孜不倦地追求的一種詩歌理想，也是開創一個時代的詩歌風氣、影響一個時代的詩學研究的一種起主導作用的詩學思想。

　　以上，我們從毛澤東的詩學思想的三個理論層面，集中討論了毛澤東的文化思想、文藝思想和關於詩歌問題的論述（或曰詩歌理論），對 20 世紀 50、60 年代詩學理念的形成所產生的影響，

24　《最好的懷念》，紅旗出版社 1984 年版，第 71 頁。
25　舒湮：《一九五七年夏季我又見到了毛澤東》，《文匯月刊》1986 年第 9 期。

目的旨在說明，這期間的詩學的核心理念，就其性質而言，不是一個單純的詩學問題，而是一個從 40 年代開始就逐步成形、並日漸佔據主導地位的一種文化理念和文學理念在詩學問題上的集中反映。就這種文化理念和文學理念本身來說，在毛澤東的整個思想體系中，是隨著毛澤東的革命實踐的深入而日益被政治化了的。民族化或民族形式的理念，是放在中國特色的革命和中國特色的馬克思主義的意義上加以理解的；民間化或民間形式的理念，是與對中國革命的主體——工農群眾尤其是農民群眾的推重密切相關的。在毛澤東的理解中，在古典加民歌的基礎上產生的新詩，既是最好的民族形式，也是最好的民間形式，是使「新詩」這個「歐化」的產物，經過一個「古典加民歌」的中國化的處理而得的一種理想的詩歌形式。毛澤東在論述具體的詩歌問題時，雖然大多談的是詩歌的形式問題，但他的內在的文化理念和文學理念，卻是植根於此。也正是因為這個原因，所以，在毛澤東的文化思想和文學思想的影響下，同時也是由毛澤東直接倡導的在古典與民歌的基礎上發展新詩的詩學理念，就具有非同一般的意義。它的影響不僅在於這期間的詩歌創作和詩學研究，同時還有這期間整個文學和文化發展的方向。這期間關於這一詩歌發展方向問題的討論，常常被人提到嚇人的政治高度，固然與這期間的整個政治環境和政治氣候密切相關，但是，也不能不看到，毛澤東自己所談論的這個詩歌的形式問題，實際上在無形中已經被他自己的思想政治化了。這無疑也要影響到這期間有關詩歌形式問題的討論。如前所述，有關詩歌形式問題的討論，新政權成立後，在 50 年代中期以前的一段時間內，實際上已經成為詩學研究的

一個中心問題，在這期間有關詩歌形式問題的研究和討論中，已經有許多論者論及如何繼承古代詩歌遺產、發掘和利用民間詩歌資源的問題，甚至也有人提出過在此基礎上解決新詩的形式問題的意見。毛澤東 1958 年提出在古典與民歌結合的基礎上發展新詩，理應促進這一詩歌形式問題的探討，但卻因為這一詩學理念本身的的政治化特質，和提出這一詩學理念的激進的政治背景的作用，而被作了極端政治化的理解，導向了一個極端政治化的方向。相反，這一詩學理念所固有的形式內涵，和對這一形式問題的學理上的探討，卻被這種極端政治化的傾向所壓抑。此後，隨著這種極端政治化的傾向的日益加劇，對詩歌的形式問題的探討就更加成為一件無足輕重的事情了，甚至常常被人目之為一種有害的形式主義傾向而大加批判。連毛澤東本人在 60 年代中期談論詩歌問題時，雖然仍然十分關注詩歌的形式和表現方法，但也免不了要特意強調「反映階級鬥爭與生產鬥爭」的內容。[26] 而此時的詩學研究（如果還有真正意義上的詩學研究的話），形式的問題事實上已經成了一個理論的禁區。這是作為一個政治家的毛澤東的全部政治活動必然導致的一個結果，同時又是作為一個詩人和毛澤東所始料未及的一個結果。但是，儘管如此，我們認為，毛澤東在 20 世紀 50 年代提出的這一詩學理念仍然具有重要的理論價值。這不但是因為，中國新詩迄今為止，確如毛澤東所說的那樣，仍然未能很好地解決形式的問題，而且也因為，無論是在 20 世紀那樣的一個民族情緒普遍高漲的時代，還是在今天這樣

---

[26]　參見《致陳毅》，《毛澤東論文藝》，人民文學出版社 1992 年版，第 170 頁。

的一個全球化進程急劇加速的時代，將本民族的文化資源和文學
資源（包括詩學資源），通過一個創造性的現代轉換，造就一種
新的現代民族形式，仍然是世界各民族的文化發展和文學（包括
詩學）發展尚未解決的一個重要課題。從這個意義上說，深入發
掘這一重要的當代詩學資源，把毛澤東對這期間的詩學影響巨大
的這一詩學思想從他自己所製造的極端政治化的歷史遮蔽中剝
離出來，從學理的層面上認真加以清理和研究，無疑是當代詩學
研究的一個不容回避的理論課題。當然，毛澤東的詩學思想尚不
止於本章所論及的這些內容，本章所選取的論述角度，僅限於他
的詩學思想中，對 20 世紀 50、60 年代的詩學，尤其是這期間的
詩學的核心理念產生重大影響的那些理論觀點。為了說明毛澤東
的詩學思想的一些本質特徵，我們的討論又不僅僅局限於毛澤東
對詩歌問題的直接論述，而是深入到他的文化思想和文學思想的
層面，去追溯他的詩學思想的文化內蘊和藝術特質，這樣，我們
同時也把毛澤東的整個思想體系中與他的詩學思想有關的這一
部分文化思想和文學思想，同時也作為毛澤東的詩學思想的一個
有機組成部分。至於毛澤東有關詩歌創作、詩歌歷史和詩歌理論
問題的其他方面的論述，如關於「詩要用形象思維」、要用「比」
「興」之法[27]，及對歷代詩人、詩作的評價等等，或因其僅限於
一般詩學常識的範圍，並無特殊的理論意義，或因其純屬個人藝
術趣味的範圍，對這期間的詩學理論並無重大影響，皆未予重點
論及。本章所要解決的問題是：圍繞 20 世紀 50、60 年代詩學的

[27] 參見《致陳毅》，《毛澤東論文藝》，人民文學出版社 1992 年版，第
170 頁。

核心理念的形成，從整個毛澤東的思想體系中勾勒出毛澤東的詩學思想的一個主要脈絡，在闡述毛澤東的詩學思想的同時，也釐清這期間的詩學研究的一個核心的理論問題。

第三章　回歸傳統：對新詩格律的再度探索

——新詩形式討論中的詩學問題

　　新詩格律問題，在主張「文當廢駢，詩當廢律」的極端反傳統的「五四」時代，就有人論及。「第一個有意實驗種種體制，想創新格律的，是陸志韋氏。」[1]陸志韋氏針對當時那些「為新詩運動的先生們」連節奏和押韻「這一些選擇都在排斥之列」的現象，就說過「節奏千萬不可少，押韻不是可怕的罪惡」之類的話，認為「自由詩有一極大的危險，就是喪失節奏的本意。」「文學而沒有節奏，必不是好詩」，「口語的天籟非都有詩的價值，有節奏的天籟才算是詩。」「詩的美必須超乎尋常語言美之上，必經一番鍛煉的功夫」，「美的靈魂藏在美的軀殼裏」。如此等等，陸氏的這些看法，顯然與從事新詩運動的「當代諸公的信條不免有些出入」，所以他把自己用白話而不是用文言寫的既有節奏又押韻的詩叫作「白話詩」（古詩中也有「白話詩」），而不是那種既不講節奏又不押韻的「新詩」或「自由詩」。陸志韋氏的這些說法，在今天看來，不免有些書呆子氣，也不合詩歌革命的時代主張「詩體大解放」的時宜（朱自清說他說這些話的「時候不

---

[1]　朱自清：《中國新文學大系・詩集》導言，上海良友圖書印刷公司 1935 年版。

好」，所以「被人忽略」）但是，他的這些意見至少有如下兩點，對現代詩學來說，是有深遠意義的：其一是他對中國古代詩歌資源的重視，儘管他在論及節奏和押韻時，也參照比較過西方詩歌的節奏和韻律，甚至傾向於以西方的律詩為改造的方案，但卻不「排斥」中國古代詩歌在這方面的藝術資源（他在創作中的試驗更是如此）。從這個意義上說，陸氏在這個極端反傳統的時代，卻有一種「維護」傳統的傾向。其二是他對詩歌語言「鍛煉」的強調，即反對把詩寫成大白話，寫得像說話一樣。「詩應切近語言，不就是語言。詩而就是語言，我們說話就夠了，何必做詩？」[2]陸氏所說的對詩歌語言的「鍛煉」，顯然不僅僅是在遣詞、造句、用字等等語法修辭方面對口頭語言的提煉，還有在詩歌語言的音韻和節奏方面的講究，即他所說的「節奏千萬不可少，押韻不是可怕的罪惡」。此後，有關新詩的格律和規範的探索，雖然並非都是出自陸氏的影響，但卻大抵都是循著這樣的思想理路進行的。陸志韋氏也因此而被人稱作「徐志摩氏等新格律運動的前驅」。

如果說陸志韋的這些意見還只是新詩（包括現代詩學）在草創時期未能脫盡舊胎的表現，還帶有一種歷史的慣性作用的話，那麼，繼起的聞一多和徐志摩等創導和實驗「新格律詩」，就不但是一種自覺的行為，而且也帶有一種更加強烈地反撥早期白話新詩過於「白話化」和「散文化」的傾向。徐志摩認為新詩「迄

2　以上引文均見陸志韋 1923 年 3 月 23 日為自己的詩集《渡河》所作的序言:《我的詩的軀殼》，轉引自王永生主編:《中國現代文論選》第一冊，貴州人民出版社 1982 年版。

今為止的嘗試無所成就但到處都有」[3]，他把那些「在文字裏大聲哭叫，而沒有真情實感的詩稱之為「假詩」、「壞詩」，把那些「外表是詩而內容不是詩」的詩稱之為「形似詩」。聞一多也批評過早期白話新詩只重「自然的音節」（散文的音節）而不重經過人工「修飾」的「詩的音節」：「散文的音節當然沒有詩的音節那樣完美」。他認為新詩已「夠缺乏形式的了」「若變本加厲，將來定有不可救藥的一天」[4]。基於這樣的認識，他們都如陸志韋氏那樣，借用了「靈魂」與「軀殼」的比喻來為他們創造新的格律提供理論的依據。徐志摩說：「我們自身靈性裏以及周遭空氣裏多的是要求投胎的思想的靈魂，我們的責任是替它們搏造適當的軀殼，……我們信完美的形體是完美的精神唯一的表現。」[5]聞一多也說：「美的靈魂若不附麗於美的形體，就失去它的美了。」[6]他們後來所作的「創格」（即創造「新格式和新音節」）實驗和提出「三美」（即「音樂的美」、「繪畫的美」、「建築的美」）的理論，雖然也主要是以西方詩歌的格律（包括西詩的格律理論）為摹本，但這種追求本身卻切合中國詩歌的藝術傳統，因而相對於極端反傳統的早期白話新詩而言，就表現出了一種回歸傳統的趨向。從這個意義上說，聞一多和徐志摩等發動的新格律詩運動，是借助西方的詩學的資源，完成了一次對「西化」的新詩的藝術反撥，從而也引發了一次向中國詩歌傳統回歸的大幅度的藝術轉向。

3　《徐志摩研究資料》，陝西人民出版社 1988 年版，第 78 頁。

4　《聞一多論新詩》，武漢大學出版社 1985 年版，第 25、74 頁。

5　《徐志摩研究資料》，陝西人民出版社 1988 年版，第 168 頁。

6　《聞一多論新詩》，武漢大學出版社 1985 年版，第 5 頁。

　　新格律詩運動雖然後來因為各種原因而未能繼續向縱深發展，擴大它的戰果，但它所產生的影響卻是十分深遠的。自此而後，中國新詩開始由早期的漫無節制到有意識地接受形式的規範，後來有關新詩格律的探討也源源不斷地從中吸取寶貴的理論資源。更為重要的是，經過了新格律詩運動，無論是作者還是讀者，都不再以規範和格律為詩的束縛，而是在一個新的意義上，以必要的規範為詩之為詩的形式的表徵，以格律的創造為詩的藝術的最高表現。這樣，也就在無形中重新接納和認同了中國古典詩歌的藝術傳統。如同中國古典詩歌經過了齊梁時代的審音定律的工作，到隋唐時代便出現了一個格律詩的高峰一樣，現代新詩經過新格律詩運動之後，雖然未能形成一個新格律詩的高潮，但格律和規範的概念卻已逐漸深入人心，新詩已不再是郭沫若所說的那種「裸體的美人」，而是需要賦予「美的靈魂」以一種「美的形體」。儘管 30、40 年代的大眾化詩歌和現實主義的詩風，很難接受新格律的過於精細的美學趣味，現代主義和民間化的詩歌運動又傾向於在藝術上另闢蹊徑，但講求規範和格律的詩歌創作和詩學理論，卻代不乏人。尤其是在這期間被中國的詩人創造性地運用的「十四行」詩體和流行於根據地的民歌體的新詩，更是新格律的一種藝術的變體。除了如「七月派」的部分詩人不願接受形式規範的約束之外，這期間的絕大多數詩人，在頭腦中大體上都懸著一個成型的或不成型的形式的規範。正是因為有這樣的一個形式的規範在發生作用，所以，即使是在一個民族情緒高漲、以詩為民族情緒的噴火口的抗戰時代，那種完全不講形式的規範，赤裸裸地呼號叫囂的抗戰詩歌，同樣也要受到詩人和讀者

的批評。直到新政權成立以後，抗戰期間活躍在根據地的一個重要的抗戰詩人力揚還談到，「寫詩的人多，詩稿多，好詩少」這個「自抗日戰爭以來，就存在著的事實」，除了作者的思想和生活方面的原因外，還有一個很重要的原因，是未能很好地「掌握這一文學形式」。這裏的潛臺詞無疑也是指詩之為詩的一種必不可少的形式的規範。

　　如同新詩史上對格律和規範的追求，總是與一定時期的詩歌創作中存在的非形式化的傾向有關一樣，新政權成立後，在一個急待確立新的文藝方向和理論原則的高度政治化的文學環境中，當代詩壇卻把關注的目光投向詩歌的形式問題，也是針對自抗戰以來，就未曾解決的不重視詩歌的形式和詩歌的形式過於自由隨意等諸多現實問題。《文藝報》在 1950 年發起的關於「新詩歌的一些問題」的「筆談」討論，雖然把目前與「人民解放和走向建設的偉大時代」不相適應的詩歌「創作與運動」中出現的問題，歸納為「關於內容、形式、詩人的學習和修養」等幾個方面，但參與討論的詩人和詩歌理論家談論得最多的話題還是詩歌的形式問題，而且把這個問題提到了一個相當的理論高度。詩人蕭三開宗明義就說：「我總覺得，現在我們的新詩和中國千年以來的詩的形式（或者說習慣）太脫節了。所謂『自由詩』也太『自由』到完全不像詩了。和中國古典的詩脫節，和民間的詩歌也脫節，因此，新詩直到現在還沒有能在這塊土壤裏生根。」「現在各種各樣形式的詩，我們都該歡迎，只要好。這裏存在著一個問題──技巧與形式的問題。抹殺這個問題來硬搞新的詩歌運動是行不通的，運動是不能順利前進的。」蕭三的這個意見，顯然與

他在 40 年代接受的民族的、民間的文化理念和民族化的民間化的詩歌創作實踐有關。這同時也是這期間的所有詩人認同和接受的一種文化理念和詩學理念。詩歌的形式問題在這裏已經不僅僅是或者根本就不是一個外在於內容的「形體」或「軀殼」的問題，而是一個關乎詩歌這種文學形式的文化本質和具有這種本質的文學形式是否與它的對象相適應的問題，亦即是這種詩歌形式是否真正是民族的，是否真正為人民群眾所歡迎（民間的），因而是否真正具有新的人民詩歌的素質，足以推進新的人民「詩歌運動」的發展。馬凡陀也說：「我個人覺得新詩歌應該做到能夠被人記住，背念得出。新詩歌最好要建立起一個形式來。」都是從滿足人民群眾的需要這個有關新詩歌的文化本質的角度來談論新詩歌的形式問題的。正因為如此，所以在這場作為當代詩學的起點的標誌的「關於新詩歌的一些問題」的討論中，參與討論的詩人和詩歌理論家在論及詩歌的形式問題時，幾乎不約而同地都把問題集中到在 40 年代的根據地已經取得了初步成績的詩歌的民族化和民間化的探索上。在總結根據地的詩歌創作經驗的同時，認定：「民族形式已成為文壇上一致接受的方向，……對於這方面詩歌自然也不例外」。（林庚）既然如此，餘下的問題也就是一個「如何批判接受傳統的問題」了。在這個問題上，參與這場討論的詩人和詩歌理論家，除了認同向民歌學習、肯定了民歌體的新詩的創作成績外，對中國古典詩歌普遍流行的五、七言形式，似乎都產生了濃厚的興趣，都傾向於從「批判」地接受五、七言的詩歌傳統，以五、七言為基礎去創造新的詩歌形式。蕭三說：「早幾年在延安有同志主張寫七言詩，我是贊成他們的意見

的。……有時候也可以五言七言九言……摻雜的用。」馬凡陀在肯定了俞平伯的採用七言乃至十一言的意見後也說：「七言以至十一個字一句的形式，是可以多多採用的。」林庚則認為：「五七言無疑的正是中國民族傳統的形式，它支配了一千多年的詩壇及民間文藝的形式，我們順著這一個形式的傳統它就很容易普遍，離開了這一個傳統就難於為大眾接受」。正是在這場關於詩歌形式的討論中，田間在當代詩學中率先提出了創建新詩的格律問題：「我有一個冒昧的提議。我的提議是，我們寫新詩的人，也要注意格律，創造格律。」與現代詩歌史上已經有過的對格律詩的提倡和聞一多等人倡導的新格律詩運動不同，田間提出創建新詩的格律，主要地不是著眼於詩歌本身的藝術發展和形式的美學意味，而是著眼於它的接受者——人民群眾是否喜聞樂見和能誦易記。「至於什麼樣的格律，我們才要它，才能在群眾中生根開花，還得看它是由什麼思想感情語言煉成的。徐志摩、朱湘等詩人早先也注意過格律，但他們所要求的和我們所要求的尚有某些區別。」正因為提倡新格律的目的和出發點不同，所以田間也就不可能像陸志韋和聞一多、徐志摩等人那樣，從中外格律詩的創作實踐和詩學理論中廣泛吸取藝術資源，用來鑄造新的格律規範，而是偏向於繼承本民族的詩歌傳統和以當下的人民生活與人民語言為創造新格律的源泉。「「五四」以來，我們曾經反對過格律，認為它是枷鎖，它是牢獄，……雖然有點過於勇敢，……我們還需要勇敢，我們要把自己所聲明不要的東西，再檢一部分回來重新研究。」「人民詩歌格律的形成，主要要靠詩人的生活、思想來解決。此外還有兩個問題必須解決，第一是要看我們如何

繼承過去數千年詩歌好的傳統（包括民間詩歌），第二是要看我
們能否正確地豐富地運用群眾語言。不能解決這兩個問題，格律
也談不成，不懂得解決這兩個問題的意義，提出格律問題定會被
人誤解。」[7]田間的這個意見，集中代表了這期間提倡新詩格律
問題的一個基本的詩學理念。如同蕭三在新詩形式問題上所持的
詩學理念一樣，這種詩學理念也是來源於在 40 年代的根據地形
成的毛澤東的民族的、民間的文化思想和文藝思想。因為這種思
想的影響，所以，這期間關於詩歌形式問題的討論，無論是一般
的詩歌形式問題還是詩歌的格律形式問題，都出現了一個向中國
古代詩歌傳統（包括民間詩歌）回歸的趨向。

　　不能說這期間有關詩歌的形式問題和格律問題的討論，沒有
不同的意見。例如關於詩歌的形式問題，馮至在肯定比較規範的
「歌謠體」的同時，也肯定了不太講究規範的「自由體」，主張
它們「並行發展」，不同意「強調其中的一種」。而且說「這兩種
不同的詩體或許會漸漸接近，互相影響，有產生出一種新形式的
可能。」[8]何其芳也不同意「主要依靠」五、七言，「或者完全依
靠它們來解決今天中國新詩的形式問題」，認為五、七言對於今
天的社會生活、對於今天的人民群眾，「並不是一種很適宜的形
式」。甚至是被眾多論者認定最有可能成為新的民族形式的詩體
——民歌體，何其芳認為「也只能成為新詩的重要形式之一種」，
不能「用它來統一新詩的形式，也不一定就會成為支配的形式」，
「民歌體也有限制」。在詩歌的形式問題上，何其芳是不主張「企

7　以上引文均見《新詩歌的一些問題》，《文藝報》1950 年第 1 卷第 12 期。
8　《新詩歌的一些問題》，《文藝報》1950 年第 1 卷第 12 期。

圖簡單地規定一種形式來統一全部新詩的形式」的，認為「新詩的形式就不可能定於一，也不必定於一」。甚至直到「大躍進」期間「新民歌」運動興起之後，何其芳仍持這樣的觀點。但是儘管如此，在有關詩歌形式和格律的一些根本性的問題，即什麼樣的形式才是新的人民詩歌所需要的藝術形式，什麼樣的形式才是新的人民詩歌所追求的新的民族形式等問題上，馮至和何其芳等人所持的衡量標準點，與上述論者其實並沒有什麼根本的不同。馮至所說的自由體和歌謠體「並行發展」、「互相影響」、「漸漸接近」，有一個前提，就是無論自由體還是歌謠體，都要克服自身的弱點，從思想內容到藝術形式，都要接近群眾，為群眾所喜聞樂見。「如果歌謠體的詩不是無條件地把舊社會裏的民歌當範本，而是取長棄短，並且隨時注意新的民歌的發展，自由體的詩也不過於散文化，語言力求精煉」，二者才能相得益彰、相互融合，在這個基礎上產生出一種新的民族形式。何其芳則在強調了新詩的內容的重要性和「一元」觀（即「只有從人民生活中去獲得文學的原料，並使文學又回轉去服務人民」）之後，又申述了他在 40 年代的延安就堅持的一種形式的觀點，即新詩的「形式的基礎是可以多元的」。為此，他為新詩的形式確立了一個「最寬的然而也是最正確的標準」，這就是：「凡是比較『能圓滿地表達我們要抒寫的內容』，而又比較『容易為廣大的讀者所接受』者，都是好的形式。」[9]在這裏，所謂「圓滿地表達我們要抒寫的內容」，亦即是圓滿地表達人民群眾的心聲，要圓滿地表達人

9　何其芳：《話說新詩》，《文藝報》1950 年第 2 卷第 4 期。

民群眾的心聲，自然只能用人民群眾所容易接受的形式。這樣何其芳為新詩的形式所確立的這個「最寬的也是最正確的標準」，其實仍然只是一個標準，這就是人民群眾是否歡迎，是否喜聞樂見。用毛澤東的話說，也就是是否能夠為人民群眾所接受，為人民群眾所利用。由此可見，在這場關於詩歌形式問題的討論中，毛澤東在 40 年代的延安所確立的「人民群眾喜聞樂見」的標準，仍然是討論的各方所共同遵循的一個原則標準。分歧只在如何創造這種為人民群眾所喜聞樂見的新的民族形式。在這個問題上，認同中國古典詩歌傳統，主張從中國古典詩歌的形式中去尋找和發掘創造新的民族形式的藝術資源，又幾乎是一致的意見，不同的是，究竟是以中國古典詩歌的五、七言為主，創造一種在節奏和音韻方面與五、七言的性質大體近似的統一的詩體形式，還是綜合古代的和現代的詩學資源，在多方融合的基礎上，創造多種多樣的詩體形式。就後者而言，何其芳提到的詩學資源就有古代的（中國古代詩歌）和現代的（「五四」以來的新詩）兩個方面的傳統，以及包括民歌在內的更為廣泛的意義上的「民間韻文的傳統」。他認為，在創造新的詩歌形式的問題上，這些方面都不能偏廢，「一個老傳統，一個新傳統，都應該重視，都應該研究，都只能批判地吸收，都不能全盤否定或者全盤肯定。」[10]事實上，即使是前者主張以五、七言為主創造新的民族形式的論者，原則上也不反對借鑒多方面的詩學資源，也不主張詩歌的形式定於一統，只不過所強調的重點有所不同罷了。因為在一些根本的問題

---

[10]　何其芳：《話說新詩》，《文藝報》1950 年第 2 卷第 4 期。

上，討論的各方都不存在原則的分歧，所以結果自然就由「新詩要不要形式的問題」的爭論，轉入到「新詩要什麼樣的形式和如何繼承舊詩的問題」的探索。這期間有關詩歌形式問題的討論也因此而進入了一個更加深入也更富建設性的發展階段。

根據何其芳對這期間有關新詩形式問題討論的回顧和總結，在 1958 年「新民歌的洪流形成」後，詩歌問題的討論和詩學研究的重點轉向新民歌和新詩發展道路以前，重要的討論主要有如下幾次：第一次是「1950 年 3 月 10 日出版的《文藝報》發表過一些寫詩的同志的筆談，那是開國以來關於詩歌形式問題的第一次公開的探討。」，「反映了寫詩的同志們對於詩歌形式問題的關心和探索」，問題是「這次筆談沒有發展成進一步的討論，不同的意見未能充分展開，因而新詩的格律應該是怎樣的，應該怎樣創造，」等，「這些重要的問題都並沒有得到具體的回答。」第二次是「1953 年 12 月至 1954 年 1 月，中國作家協會創作委員會詩歌組召開了三次關於詩歌形式問題的討論會」，這次的討論「可以說是格律詩和自由詩的爭論」。爭論的中心仍然是以什麼為基礎（自由詩還是格律詩，具體地說，是「五四」以來的新詩還是古代的五、七言和民謠體。）建立新詩的民族形式。爭論各方的不同觀點與上一次的討論也大體相似。這次討論雖然「沒有取得一致的意見」，「爭論的範圍也比較狹窄」，但卻把新詩的格律問題由個別的提倡推到了整個詩學研究的前沿位置，促進了新詩格律問題和新格律詩理論的研究和探討（卞之琳和何其芳的新格律研究就是開始於這次討論之中或討論前後的）。第三次是「1956 年 8 月至 1957 年 1 月，《光明日報》等報刊上又曾展開

過一次關於詩歌問題的爭論」。這次討論的中心是舊體詩詞可不可以利用和如何利用舊體詩詞的問題。這次討論雖然並非全由詩歌的形式問題引起，但討論中涉及到的諸多問題，尤其是「對「五四」以來的新詩的估價和對五七言體的看法」，卻結合舊體詩詞的利用問題，把此前有關新詩形式問題的討論進一步具體化了，因而也為建立新的格律形式提供了更為切實的理論參照。[11]事實上，在何其芳所總結的這幾次關於新詩形式問題的討論之外，這期間還有一次很重要的討論，是由 1950 年 7 月 4 日圍繞《光明日報》發表的林庚的談九言詩的文章《九言詩的「「五四」體」》展開的關於「九言詩」的討論。這次討論的對象雖然是一個非常具體的節奏上分為上五下四的「九言」詩體，但討論中涉及到的問題仍然是，有否必要或是否可能在五、七言詩體的基礎上創造「今天詩歌的一種較為普遍的新形式」（林庚認為新的「「五四」體」的「九言詩」仍具有如五、七言體一樣的節奏），以此作為今天的詩歌的一種新的民族形式。

　　從以上的回顧，我們不難看出，從新政權的成立到「大躍進」運動開始，當代詩壇在近十年的時間內，集中討論的都是詩歌的形式及與此有關的新詩的格律問題。這期間的詩學也因此而具有一種獨特的形式的意味。即使是在「大躍進」運動開始後，關於詩歌問題的討論和詩學研究的重點轉向高度政治化的「新民歌」，這期間開始的詩歌形式問題的探討不但仍然沒有中斷，相反，卻因為在古典與民歌的基礎上探討新詩的民族形式這一關係

11　參見何其芳：《再談詩歌形式問題》，《文學評論》1959 年第 2 期。

到新詩的發展道路的詩學理念的推動，而使格律詩的討論和理論研究得到了深入的發展（「新民歌」本身也是一個詩歌的形式問題，也與新詩的格律有關）。關於新詩格律和新格律詩問題的討論，這期間除了上述中國作家協會創作委員會詩歌組在 1953 年底到 1954 年初所舉行的討論活動外，《文學評論》又在 1959 年第 3 期發表了一個《詩歌格律問題討論專輯》，並於同年 7 月聯合《人民日報》文藝部、《文藝報》和《詩刊》編輯部連續召開了三次「座談會」，討論詩歌格律問題。這些討論「針對著今天建立格律詩的需要，介紹分析了我國古典詩歌以及外國詩歌格律的如何形成及其特點，對今天格律詩的建立，提出了一些值得參考的意見。有的還提出了具體主張。」[12]這期間關於詩歌形式和新詩格律問題的探討和理論研究，雖然後來也受到了極左的政治運動的衝擊，但卻斷斷續續地持續到了 60 年代初期乃至文化大革命開始之前。林庚後來在回憶這期間有關詩歌形式問題的討論時說：「從 1950 年 3 月《文藝報》上漫談新詩開始，關於新詩的形式問題就一直展開了不斷的論辯。從懷疑形式，到肯定形式，到如何具體建立起形式，這十年間在新詩形式問題的認識上已經跨進了好幾步。」[13]何其芳也說：「十年來關於詩歌形式問題的探討和爭論」，「主要是圍繞著這樣一個中心問題進行的：我國新詩如何民族化群眾化的問題。民族化也是群眾化。」[14]林、何所指出的，正是這期間詩學的發展過程和主要特徵。

---

[12]　《文學評論》記者：《詩歌格律問題的討論》，《文學評論》1959 年第 5 期。
[13]　林庚：《再談新詩的建行問題》，《文匯報》1959 年 12 月 27 日。
[14]　何其芳：《再談詩歌形式問題》，《文學評論》1959 年第 2 期。

　　在 50 年代中前期關於詩歌形式問題的討論和理論研討活動中，林庚是比較活躍也是卓有建樹的一位詩人和詩歌理論家。這位從 30 年代就開始新詩創作的現代詩人，早年雖然也迷戀過古典詩詞，在舊體詩詞的創作方面也取得了一些成績，「博得過一些讚譽」。但很快便「發現自己總是在重複著類似的語言」，「好像自己並不是在真正的進行創作，而是在進行著對於古詩的改編。」於是決心放棄舊體詩詞寫作，「痛痛快快地說自己的話」，從此走上了新詩創作的道路。從 30 年代初開始新詩創作後，林庚的創作也經歷了一個由創作自由詩到創作新格律詩的發展轉變過程。關於這個發展轉變的過程，林庚後來回憶說：他在 30 年代中期，就開始思考如下一個有關新詩前途的形式問題：「作為一種具有特殊藝術性能的詩歌，是否需要與之相適應的特殊的藝術形式呢？詩歌語言的解放是否僅僅意味著散文化呢？」[15]答案自然是顯而易見的。正是對這個有關新詩前途的形式問題的思考，「把對更完美的新形式的要求」擺到了林庚面前，提到了林庚的創作日程上來。此後幾十年，林庚從創作到理論研究，也便走上了一條對新詩的「更完美的新形式」的艱難探索的道路。

　　在新政權成立以前，從 30 年代中期開始，林庚就在創作中試驗各種各樣的「新形式」。這些「新形式」，從七言、八言、九言、十言到十一言、十二言乃至十五言不等，但總的說來，30 至 40 年代以十言的詩體居多，50 年代以後則主要是九言體。這

---

[15]　林庚：《問路集》自序，北京大學出版社 1984 年版。

些不同「言」數的詩體，大體上都遵循著後來林庚稱之為「半逗律」（即在一行詩字數相對平衡的上、下半行處，有一個意義和聲音上的若斷若續的「頓」、「逗」）的節奏規律，每一節詩的行數雖然不一定相等，或完全不等，但每行詩的字數卻很少有不相等的。這樣，林庚所試驗的「新形式」，就不但符合聞一多所說的「節的勻稱和句的均齊」的標準，而且在詩的外形上也趨於整齊劃一。如果不深究二者在理論主張上的差異，是很難將林庚試驗的「新形式」與聞一多等人提倡的「新格律詩」區別開來的。這同時也說明，林庚試驗的「新形式」，實質上也是一種新的意義上的格律詩或「新格律詩」。儘管林庚試驗的「新形式」如同聞一多等人提倡的「新格律詩」一樣，也存在諸如「以辭害意」或「削足適履」之類的問題，甚至也難免「豆腐乾式」之譏，但從總體上說，他的這些試驗，對反撥新詩過於「散文化」和「自由化」的創作積弊，對促進新詩形式的規範化和探索新形式，無疑都具有極為重要的意義。而且，林庚的這些創作試驗也為他對新詩形式的理論探討和創建新的形式理論，積累了豐富的創作經驗和感性材料，從 30 年代到 50 年代，他就是在自己的創作試驗的基礎上，又綜合自己的學養，為新詩的形式艱難地探索著新的發展道路，形成了自己獨特的形式理論和格律詩學。

　　林庚後來在總結自己對新詩形式問題的探索時說：「我是從兩方面開始這種探求的。一方面致力於把握現代生活語言中全新的節奏，因為它正是構成新詩行的物質基礎；一方面則追溯中國民族詩歌形式發展的歷史經驗和規律。這兩方面原是相輔相成相互促進的。」從這兩個方面入手，半個世紀以來，林庚不但

「在新詩創作方面走過了漫長的道路」，而且「對新詩的格律也逐漸形成了一些個人的意見」。他把這些意見「主要歸納為以下三點」：

一、要尋求掌握生活語言發展中含有的新音組。在今天為適應口語中句式上的變長，便應以四字五字等音組來取代原先五七言中的三字音組；正如歷史上三字音組曾經取代了四言詩中的二字音組一樣。二、要服從於中國民族語言在詩歌形式上普遍遵循的「半逗律」，也就是將詩行劃分為相對平衡的上下兩個半段，從而在半行上形成一個類似「逗」的節奏點。三、要力求讓這個節奏點保持在穩定的典型位置上。如果它或上或下、或高或低，那麼這種詩行的典型性就還不夠鮮明。[16]

根據林庚的這種總結，以下，我們僅就他在這期間的詩學中影響最大、最有代表性，也最有理論價值的兩個方面的形式理論，結合他的全部詩學思想，作一個集中的闡述。

第一個方面是他的「半逗律」的理論。林庚最早提出「半逗律」的理論，是在 1948 年的一篇名為《再論新詩的形式》的文章中。在這篇文章中，林庚在談到詩的「形式的普遍性」的問題時說：「詩的形式正是要從自然的語吻上獲得，從文字的普遍性上尋求」，他以《楚辭》中「兮」字的作用為例，來說明中國古代詩歌對這種「普遍形式」的「尋求」：「如果去掉『兮』字則『世溷濁而莫余知吾方高馳而不顧』、『懷朕情而不發余焉能忍與此終古』，都本無節奏可言，卻因為一個『兮』字的句逗作用而有了

---

[16] 林庚：《問路集》自序，北京大學出版社 1984 年版。

形式」。他把這個「兮」字的作用「稱之曰『逗』」，認為「一個詩行在中央如果能有一個『逗』，便可以產生節奏」。用這個「逗」的理論來觀察中國古代詩歌的節奏，他發現「四言詩乃是二、二，五言詩乃是二、三，七言詩乃是四、三」，也都是「在詩的半行上有一個明顯的『逗』」。通過對中國古典詩歌節奏規律的總結，他發現了「中國詩歌形式上值得注意的一個普遍現象」。這個「普遍現象」，也就是他後來稱之為「半逗律」的理論思想的萌芽。

　　值得注意的是，林庚在這裏提出的詩的「普遍形式」問題，是從「詩」與「大眾」（「自然」）的關係問題談起的。他說，新詩運動，經過了一個「擺脫舊詩的時期」和「擺脫西洋詩的時期」，到抗戰爆發以後，是走到了一個「要求擺脫不易淺出的時期」，亦即是通常所說的要求詩歌的「大眾化」（詩風的平易「自然」）的時期。他認為這個時期是新詩「走向成熟」的時期。在這個時期，詩既要符合大眾要求的「淺出」，又必須是「詩」的，要做到「接近於大眾而不流於淺，獲得詩的表現而不落於深」，就必須「打通這由淺到深的一條通道，就必須有一個橋樑，那便是詩的普遍形式」。他認為，「詩的形式真正的命意」，就在於「在一切語言形式上獲取最普遍的形式」。而這種「普遍形式」的獲得，「原出於語言的節奏自然的形成」，即由於語言的變化自然而然地形成的一種詩語的節奏。在歷數中國古代詩歌從四言到五七言的語言的節奏的變化之後，他又把這種自然形成的「語言的節奏」，具體歸結為新的音組的發現和增多。「從四言詩到五七言詩的發展上，我們又可以看到另一個公認的現象；那便是隨著語言上的發展，詩行的趨勢是在逐步的放長。這種放長又正是由於新

音組的出現」。「詩能夠掌握語言上的新音組，詩才能有全新的普遍的語言，詩行才能成為一個明朗不盡的形式。深入與淺出，在這形式上，乃從而獲得新的解放與統一」。[17]從抗戰期間一個緊迫的文學問題──詩與大眾的關係問題入手，提出詩的大眾化、詩的「淺出」與「自然」，必須找到一種「普遍的形式」，這種「普遍形式」的獲得，有賴於從不斷變化的語言中發現新的音組，以此改變詩行的句「逗」，創造出新的適合於今天的白話與口語的詩歌節奏。這就是林庚在 40 年代後期提出詩行節奏的「半逗」問題、也是他的「半逗律」的理論思想萌芽的全部邏輯思路，從這個邏輯思路中，我們不難看出，這個問題看起來似乎是一個比較純粹的詩歌創作的形式和技巧問題，卻同樣也與抗期間開始的文學的新的價值取向有關。儘管林庚當時並未接受毛澤東的文化思想和文藝思想的影響，但這個問題的提出仍然是對於新的民族化和民間化（大眾化）的詩歌形式的一種理論探索。正因為在林庚的詩學理論中存在著這樣的一種探索的萌芽和思想基礎，所以，新政權成立後，在 50 年代開始的詩歌形式問題的討論中，他再一次從詩歌「建行」的角度提出了詩行的「半逗」問題，也就是一件自然而然的事情了。而且也順理成章地把這個問題明確地提到了「中國詩歌的民族形式」的高度：「中國詩歌形式從來就都遵守著一條規律，那就是讓每個詩行的半中腰都具有一個近於「逗」的作用，我們姑且稱這個為『半逗律』」。「中國詩歌根據自己語言文字的特點來建立詩行，它既不依靠平仄輕重長短

---

[17] 以上引文均見林庚：《再論新詩的形式》，《文學雜誌》1948 年 3 卷 3 期。

音，也不受平仄輕重長短音的限制；而是憑藉於『半逗律』」。[18]「『半逗律』乃是中國詩行基於自己的語言特徵所遵循的基本規律，這也就是中國詩歌民族形式上的普遍特徵。」[19]

林庚提出的「半逗律」，作為中國詩歌民族形式的一個「普遍特徵」，不是一個簡單地分割詩行的問題，也不僅僅是為了說明這個顯而易見創作現象，而是從闡釋這一創作現象出發，總結中國古代詩歌的民族形式的「普遍特徵」和發展規律，以便更好地根據今天的實際和時代的要求，創造出中國新詩的新的民族形式。因為存在著這樣的一種價值理念和目的指向，所以，他從一開始就把「半逗律」的理論研究重心放在他後來所說的「節奏單位」的問題上。「『半逗律』的全部內容還含有一『節奏單位』問題」。所謂「節奏單位」，「簡單地說就是它將作為『半逗律』劃分的下半行，例如四言詩以『二』為節奏單位，五七言詩以『三』為節奏單位；而今天的白話詩則將以『四』或『五』為節奏單位。」[20]換言之，所謂「節奏單位」，也就是作為「半逗律」劃分的詩行的下半行。早在 1948 年林庚最早提出詩行的「半逗」問題時，就特別注意這個有著不斷變化著的新的音組出現的「下半行」。「看來這新音組的變化主要是發生在詩行的下半行上，當然，如果上半行也發生相應的變化那就更為完滿。但首先，而且主要的是在下半行。」[21]「詩行的節奏是掌握在行的下半段」，「在

---

[18]　林庚：《再談新詩的建行問題》，《文匯報》1959 年 12 月 27 日。

[19]　林庚：《關於新詩形式的問題和建議》，《新建設》1957 年第 5 期。

[20]　林庚：《再談新詩的建行問題》，《文匯報》1959 年 12 月 27 日。

[21]　林庚：《再論新詩的形式》，《文學雜誌》1948 年 3 卷 3 期。

節奏上看來，一個詩行的下半段是更有重要性的」。[22]為了說明
這個問題，林庚在他的研究中，反覆以中國古代詩歌從四言到五
言、從五言到七言的發展變化為例，說明這種變化的發生，主要
是由於語言的變化產生了能夠代表這種變化、適應這種變化的
「新音組」，以這些「新音組」作為詩行的「節奏單位」，詩行的
長度也將隨之發生變化，，由此也便推動了整個詩歌形式的發展
變化。新詩的民族形式的建立也將遵循這樣的規律。與此同時，
林庚還通過自己的創作試驗和對同時代的眾多詩人的新詩創作的
藝術總結，致力於尋找和發現與今天的白話和口語相適應的「新
音組」，為新詩的民族形式的建立積累豐富的感性材料。1935 年
林庚「最初從事於新詩形式的探索」就曾對當時許多詩人創作的
自由詩作了一個統計，統計的結果，他「發現了一個事實，就是
凡是念得上口的詩行，其中多含有以五個字為基礎的節奏單位」。
而且林庚本人此後十餘年來，也以「掌握五字節奏單位嘗試著各
種的詩行，如三五、四五、五五、六五等。」[23]在這個基礎上，
林庚進一步提出了以遵循「半逗律」為主，「先取得基本節奏，
建立起一般的節奏詩行（或稱『節奏自由詩』）」這個「過渡形式」，
由此向「典型詩行」這個「建立詩行的理想目標」前進。這樣，
他就把「半逗律」的理論引向了「怎樣建立詩行」這個「詩歌形
式的中心問題」，開始了他對於民族形式的理想詩行的艱難探索。

　　第二個方面是他的新詩「建行」和「九言詩」的理論。在對
新詩形式問題的探討中，「半逗律」的問題，只是林庚研究新詩

[22] 林庚：《九言詩的「「五四」體」》，《光明日報》1950 年 7 月 12 日。
[23] 林庚：《九言詩的「「五四」體」》，《光明日報》1950 年 7 月 12 日。

形式問題、探求新的民族形式的一個邏輯起點和理論基礎。他的
真正目的是要在這個基礎上，尋找、發現和建立理想的詩行。根
據林庚的理解，「詩歌形式的中心問題」，是「怎樣建立詩行」的
問題，「詩歌的形式問題或格律問題，首先是建立詩行的問題」。
何以如此，原因就在於，「一個理想的詩行它必須是特殊的又是
普遍的，它集中了詩歌語言上的最大可能性；這就是典型的詩
行。它不是偶然的能夠寫出了一句詩或一首詩，而是通過它能夠
寫出億萬行詩、億萬首詩；這樣的詩行，當第一個詩行出現的時
候，就意味著億萬個同樣的詩行的行將出現；詩歌形式因此才不
會是束縛內容的，而是作為內容有力的跳板而便利於內容的湧
現。也只有這樣，詩歌形式的出現才有利於繁榮詩壇。」[24]在這
裏，林庚又提出了一個在他的「建行」理論中具有重要意義的一
個核心的概念──「典型的詩行」，他把這種具有普遍意義的理
想的詩行──「典型的詩行」，稱之為「中國詩歌民族形式的第
二條規律」。「一個詩行的出現，就意味著千百萬詩行的行將出
現，這正是一種典型的力量。」他認為，「四言、五言、七言都
曾經在中國詩歌史上產生過普遍的作用，無數優秀的詩篇正是通
過這樣的詩行而出現的；這也就是典型的詩行。」[25]「典型詩行
因而是詩歌形式的中心問題，也是建立詩行成熟的標誌。」[26]正
因為如此，他認為，新詩「當前在形式上首先要解決的是建立起
可供普遍採用的基本詩行」，即「典型的詩行」。探討新詩的民族

---

[24]　林庚：《再談新詩的建行問題》，《文匯報》1959 年 12 月 27 日。
[25]　林庚：《關於新詩形式的問題和建議》，《新建設》1957 年第 5 期。
[26]　林庚：《再談新詩的建行問題》，《文匯報》1959 年 12 月 27 日。

形式，「最基本的一個問題還是『建行』問題」，「必須先建立詩行」。[27]為此，他除了身體力行地進行創作的試驗，在理論上也提出了許多切實可行的方案。「九言詩」，或者具體地說「九言詩的『「五四」體』」，就是他長期以來在實踐和理論方面艱難探索的一個寶貴的結晶。

所謂「九言詩」或「九言詩的『「五四」體』」，根據林庚的說法，「是指一種九言詩行，而在一行之中它的節奏是分為上『五』下『四』的」。因為「它的節奏近於我們所熟悉的七言詩，所以我們管它叫九言詩」。[28]這種「「五四」體」的「九言詩」，顧名思義，大體有如下兩個方面的特徵：第一個方面的特徵也是最顯在的特徵，就是它的字數是一行九個字。眾所周知，中國詩歌形式的傳統，是由四言發展到五言，由五言再發展到七言的；「從湧現七言詩的隋唐時代到今天」，語言文字已經發生了許多變化，漢語的雙音和多音字詞不斷增加。隨著語言文字的改變，詩行的節奏同時也要發生變化。「照著四言五言七言這發展的程序看來，它絕不會開倒車的變得比七言短些，那麼就應是長些。」而九言詩「不但適合了這長些的要求，而且在這發展中，它還接受了七言的優良傳統」，「在形式上是符合於民族傳統的」。正因為如此，雖然林庚也認為「新詩的節奏當然不只九個字這一種詩行，如『三五』節奏的八字詩行，『五五』節奏的十字詩行，『六五』節奏的十一字詩行，都可能是廣泛使用的形式，但是其中要以九言詩的『「五四」體』最接近於民族傳統，也最適合於口語

---

[27] 林庚：《新詩的建立行問題》，《文藝報》1950 年 1 卷 12 期。

[28] 林庚：《九言詩的「「五四」體》，《光明日報》1950 年 7 月 12 日。

的發展」，因而有可望「代替那傳統七言的任務，成為今天詩歌上一種較為普遍的新形式」。[29]第二個方面的特徵，也是較為內在的特徵，是按照林庚所說的「半逗律」區分的上五下四的節奏。如前所述，從 30 年代中期開始，林庚就在持續不斷地尋找和試驗適合於今天的白話和口語的「新音組」，以便作為新的「節奏單位」，創建新的詩行。在這期間，他尋找和試驗的重點，是在當時的白話自由詩中普遍流行的以五字為節奏單位的「新音組」，認為「五字音組可能是新音組中最近於自然和普遍的語言」，也因此而「多方嘗試過以『五』字音組為基礎來構成各種的詩行」。[30]但是，他逐漸發現，他所孜孜矻矻地試驗和提倡的五字音組，因為是從用「知識分子所熟悉的白話」而很少用人民群眾的口語所寫的自由詩中統計出來的，「所以五字節奏單位所代表的自然是白話而不完全是口語」的音組。「如果用更接近口語的節奏做詩行的主要單位，豈不要比用白話的節奏更近於民族形式嗎？而代替那白話中五字單位的，豈不正是四字單位嗎？」（林庚做過這樣的語言研究）基於這樣的認識，他又開始嘗試與今天人民群眾的口語更為接近的以四字為主的「節奏單位」，「把五五體詩行的下半個五換成了四」。「詩行下半段既以四字單位掌握了全行的節奏，就同時有讓上半段是五字單位的必要；這樣就構成了「五四」體。」「五與四各代表著白話與口語的一致性，這便都統一在口語的發展上。」[31]

---

[29]　林庚：《九言詩的「「五四」體」》，《光明日報》1950 年 7 月 12 日。
[30]　林庚：《再論新詩的形式》，《文學雜誌》1948 年 3 卷 3 期。
[31]　林庚：《九言詩的「「五四」體」》，《光明日報》1950 年 7 月 12 日。

　　作為一個學者型的詩人或詩人兼學者，林庚長期以來，尤其是從 40 年代後期到 50 年代，對新詩形式和格律問題的試驗和探索，是彌足珍貴的。這些試驗和探索，一方面反映了中國新詩從「五四」開始所經歷的一個由突破規範到尋找新的規範、由廢除格律到重建新的格律的否定之否定的歷史行程，另一方面，他又把這種試驗和探索，與中國古代詩歌的藝術傳統結合起來，在發掘和利用傳統的詩學資源的同時，又在創建新詩的形式和格律的過程中，促使中國古代詩歌傳統向現代發生創造性的轉化。就前者而言，林庚作為一個詩人，對新詩（主要是自由詩）的散文化和自由化的創作積弊，是有切身體驗的。他之不滿足於自由詩而轉向格律詩，即由此而來。但是，他的這個轉向，又不是簡單地放棄現代自由詩的寫作轉向古代的格律詩，也不是拿西方詩歌的格律套用於中國的新詩，而是根據語言文字的發展變化，尤其是人民群眾的口頭語言的發展變化，去確立新詩的形式和格律的語言規範。這樣，林庚就不但把自己的追求和探索與復古主義和西化的格律區別開來，而且也與現代的大眾語運動和文藝的大眾化的潮流聯繫起來，從而使他的追求和探索走上了一條與中國的語言文化和文學的現代化進程完全一致的發展道路。就後者而言，作為一個學者，林庚對中國古代詩歌的歷史是有深入研究的，對中國詩歌的民族傳統也有獨到的體認，而且確信中國古代的詩歌傳統是應該更新也可以更新的。在談到五七言的傳統形式時，林庚曾說：「它支配了二千來年詩壇及民間的文藝形式。我們順著這一個形式的傳統它就很容易普及，離開了這一個傳統就難於為大眾所接受」。雖然這番話後來屢遭詬病，但卻代表了林庚對繼

承中國詩歌傳統的一個基本理解。因為有了這個基本的理解作前提，所以，林庚對新詩形式和格律的追求與探索，就始終是以民族的詩歌歷史和詩歌傳統為根基，由此出發，去創建新的民族形式。他的詩學理論也因此在切合大眾化（民間化）的方向的同時，也切合民族化的方向。在談到繼承五七言的傳統時，林庚曾說，「今天我們要接受這一民族形式就得要把五七言形式的傳統同今天語言文字（也即口語或白話）的發展統一起來」[32]。「『民族傳統』與『口語的發展』應該是今天詩歌形式上最主要的問題」[33]。這也是林庚長期以來探索新詩的形式和格律所遵循的一個基本的理論原則。他就是遵循著這樣的理論原則為中國的新詩「創造合乎規律的完美形式」的。

但是，也應當看到，林庚對新詩的形式和格律所作的試驗探索，也有它不可避免的理論局限。這種理論局限主要表現在如下兩個方面，第一個方面是它的理論資源比較單一，主要強調了民族詩歌傳統的發展，未能兼顧外來詩學資源的借鑒和新詩自身創作經驗的轉化。因為單純強調民族的詩歌傳統，又把這種傳統集中在五七言的形式上，按照這種傳統的形式去創造新詩理想的詩行，雖然也有語言文字的發展所創造的新的音組表示出與傳統的區別，但終究是在傳統形式的軀殼之內騰挪變化，故而仍然未能從根本上中跳出傳統形式的窠臼。須知，新詩之所以需要一個廢除舊詩的形式的革命，並非僅僅因為舊詩的形式（詩行）不能容納日漸取代文言成為文學的主要表現工具的現代白話（口語），

---

[32]　以上引文見林庚：《新詩的『建行』問題》，《文藝報》1950 年 1 卷 12 期。
[33]　林庚：《九言詩的『「五四」體》，《光明日報》1950 年 7 月 12 日。

而是因為這種形式本身便是一種僵死的形式，缺少一種原創的生命活力。在這種形式中憑藉語言的變化求革新，從根本上說，與清末改良派的「詩界革命」以白話和口語入詩，並無本質的差別。只不過改良派要以白話和口語的字、詞和句法，取代文言的字、詞和句法，林庚則要以白話和口語的「音組」（「節奏單位」）和節奏（「逗」），改變五七言的「音組」和節奏。其實以白話、口語入詩和講究「自然的音節」（白話、口語的音節），正是早期白話新詩所要解決的一個創造新形式的中心問題。但結果是，新詩並未因此而走上一條格律化的道路，相反卻出現了一個自由化的趨勢。看來爆發於「五四」時期的那場詩歌革命的意義，並不在於或不完全在於用白話、口語取代文言作為藝術表達的工具，而在於從根本上拋棄了用文言創造的束縛人的思想感情的全部古典詩歌的格律形式。新的詩歌形式的創造，無疑主要是取法於西方的現代詩歌；新詩之所以在破除了舊的形式和格律之後，又要創造新的形式和格律，也是因為在西方詩歌的影響下，基於自身的經驗出現了這樣的創作需求。因此，在繼承中國詩學傳統的同時，現代西方詩學和新詩自身的創作經驗，也就理所當然地成了創造新的形式和格律的重要理論資源。與此相關聯的是，第二個方面的理論局限，是它過於強調「普遍形式」和「典型詩行」。誠然，詩的形式和格律不能不講究「典型」和「普遍」，不能不有一種共同遵守的原則和規範，但是，相對於古典詩歌而言，在現代新詩中，這種原則和規範，似乎又只是一種原則和規範，並不一定要訴諸某種具體的形式，尤其是不能「定型」於一種或幾種形式。即如胡適所說：「今日作『詩』，……要各隨所好，各相

題而擇體」[34]。這也就是後來所說的內容（「題」）決定形式（「體」）的意思。胡適在這裏雖然重點說的是「長短無定」的自由詩，但同樣也適用於講求形式規範的現代格律詩。「各隨所好」、「各相題而擇體」，這就是一種有關新詩的形式和格律的原則與規範。人為地設定一個「典型的詩行」，要求所有的詩行都要遵循這個「典型」的模式，而且這種「典型」的模式還是從古典的模式中脫胎出來，這無疑仍然是在用一種形式的「枷鎖」束縛活潑的思想，名為「普遍形式」，實則只有形式本身的「普遍」性，並不能真正「普遍」適用於不同詩人的不同感情和思想。雖然林庚也說過「詩壇的『多樣化』是一個好的現象」，除了「九言詩的『「五四」體』」以外，其他各種格律形式，「都可能是廣泛使用的形式」，但又說「詩歌形式上的百花齊放，最後總還要統一在一個或幾個基本形式上，民族形式的詩行則將是最主要的，最受歡迎而廣為流行的」[35]。這無疑仍然是在「民族形式」的旗號下獨尊一種或幾種「典型的詩行」，其他詩行則因為不是「民族形式的詩行」而不可能成為「普遍形式」和「典型詩行」，因而也就不可能真正百花齊放。林庚的這些理論局限，同時也是這期間所有主張民族形式和新詩格律論者的共同局限，因為強調「民族的」就偏廢「世界的」，強調格律就否定「自由」（包括否定自由詩的歷史）。這期間有關新詩形式和格律問題的探討，大半都不了了之或無疾而終，除了政治的影響以外，皆因這種理論的「偏至」所致。

---

[34] 胡適：《答錢玄同》，《中國新文學大系·建設理論集》，良友圖書公司1935年版，第87頁。

[35] 林庚：《五七言和它的三字尾》，《文學評論》1959年第2期。

而這種理論「偏至」本身，無疑也是這期間的政治思想影響的結果。

　　如果說林庚在這期間對詩歌的形式和格律問題的探討，是從新詩的「建行」這個有關詩歌的形式和格律的最基礎性的工作入手，去探討建立一種新的格律詩體的可能性及與之有關的一些形式問題的話，那麼，另一個同樣是學者型的詩人或詩人兼學者的何其芳，則主要是在整體上為建立新詩的格律和形式的規範確立一種理論基礎和努力方向。這位在 30 年代中期就因與卞之琳、李廣田合出《漢園集》而詩名大噪的現代詩人，雖然早期的創作也受過「新月派」的「新格律」的影響，但其主要的傾向仍然是自由詩。何其芳後來在回憶他的創作經歷時曾說：「我初學寫詩的時候寫的是小詩。後來又寫過一個時期每行字數整齊或有規律並且押韻的詩。再後就是寫自由詩了。因為愛讀我國的古典詩歌，自己又寫過每行字數整齊或有規律並且押韻的詩體，所以我的自由詩也並非徹底自由的，我仍然比較注意自然的節奏，而且也並不避免自然地碰上的韻腳」[36]。這番自述，大體上能說明何其芳的早期創作的基本狀況。這樣的創作經歷和閱讀愛好，無疑為何其芳後來轉向尋求新詩的格律、提倡新格律詩，準備了一個主體的條件和創作的基礎。但是，真正促使何其芳的創作轉向，最終走上探索現代格律詩的道路，並非詩人自身這種先在的條件和必然的趨勢發展的結果，而是民族解放戰爭的洗禮和在這期間

[36]　何其芳：《關於詩歌形式問題的爭論》，《文學評論》1959 年第 1 期。

所接受的新的文化和文藝影響。1938 年，何其芳與「漢園三詩人」之一的卞之琳來到延安，參加了實際的抗戰活動和根據地的文化和藝術教育工作，親身體驗了人民群眾的文化需求，瞭解了他們的興趣和愛好，也轉變了自己的感情和思想。尤其是 1942年的延安整風和毛澤東《在延安文藝座談會上的講話》，更從根本上轉變了何其芳的文化立場和文藝觀念，同時也轉變了他的詩歌創作的藝術方向。1944 年，何其芳在談到這種轉變時說：

> 中國的新詩我覺得還有一個形式問題尚未解決。從前，我是主張自由詩的。因為那可以最自由地表達我自己所要表達的東西，但是現在，我動搖了。因為我感到今日中國的廣大群眾還不習慣於這種形式，不大容易接受這種形式。而且自由詩本身也有其弱點，最易流於散文化。恐怕新詩的民族形式還需要建立。這個問題只有大家從研究與實踐中來解決。[37]

　　雖然何其芳在這期間仍未完全放棄詩歌創作，但他卻感到面對新的人民群眾，他的創作已經難以為繼。同樣是在 1944 年，何其芳在他的詩集《夜歌和白天的歌》的初版「後記」中，就表示過這樣的苦衷：「我擔心那種歐化的形式無法達到比較廣大的讀者中間去」。他甚至因此而中斷了一首長詩的寫作，也曾接受別人的建議，「試驗過用五七言體寫詩」，結果「總是感到彆扭，不自然」，寫出來的詩「自己很不滿意」。既對自己以前寫作的歐

---

[37] 何其芳：《談寫詩》，《何其芳文集》第 4 卷，人民文學出版社 1983 年版，第 62 頁。

化的自由體的新詩在形式上「發生了疑惑和動搖」，又不滿意於自己所寫的五七言體的舊詩，更不願意再回過頭去繼續用自由體寫作，這種難以解脫的苦惱和矛盾，最終便使得何其芳不得不在1942年以後「基本上停止了」詩歌創作。

也許正是因為何其芳在40年代經歷了這樣的一種苦惱和矛盾，仍然未能解決「用一種什麼樣的形式來代替」自己以前寫過的歐化的自由詩的問題，所以新政權成立後，他在轉向學術研究的同時，也把自己在詩歌領域的探索由創作轉向對新詩形式和格律問題的理論思考。如前所述，1950年在參加《文藝報》「關於新詩歌的一些問題」的筆談中，他雖然「對於詩歌的形式問題還沒有很具體的主張」，但卻在重申40年代的一些觀點的同時，對新詩的形式問題，也提出了自己的一些頗帶「原則」性的看法。這些看法歸納起來，大體有如下幾個方面：第一個方面是進一步明確地肯定了「讀者更習慣於格律詩」，從而為建立新格律詩的理論確立了一個廣泛的社會基礎。「至今為止，自由詩雖然已經成為一種誰也否認不了的形式，但就整個世界的詩歌說來，仍然是格律詩佔優勢。這就可以看出還有一個讀者的習慣問題」。何其芳在這裏所講的「讀者的習慣問題」，就中國新詩的讀者來說，實際上也就是他在40年代所說的「今日中國的廣大群眾」即工農兵群眾的閱讀習慣問題。第二個方面是基於40年代的創作經驗，進一步明確指出了已有的格律詩存在的局限，不能完全依靠已有的格律詩來創建現代的新格律。「五言七言雖說曾經是中國舊詩裏面的一種比較優良的形式，但打算主要依靠它們，或者完全依靠它們來解決今天中國新詩的形式問題，恐怕還是把問題看

得太簡單了」。「要反映豐富的新社會的生活，要反映複雜的人民群眾的鬥爭，恐怕五言七言並不是一種很適宜的形式」，「舊詩是一個很長很長的傳統，因而也就是一個很豐富的傳統。然而由於在形式上（首先是語言文字上）距離我們遠一些，它的形式就不宜於簡單搬用」。就是民歌體的形式，「也只能成為新詩的重要形式之一種而已，未必就可以用它來統一新詩的形式，也不一定就會成為支配的形式。民歌體也有限制。」與此同時，他又提出了一個在創建新格律詩的過程中，應當重視「五四」以來的新詩這個「新傳統」的問題，認為「這個傳統距離我們很近，或者說就一直連接著我們自己，我們就更必須細心地領取它的經驗教訓。如果以為它就是一段盲腸，乾脆割掉，重新開步走，那也是錯誤的。」第三個方面是在此基礎上，提出了現代新詩的形式和建立現代新詩格律的原則標準。這個原則標準也就是他後來總結的「既適應現代的語言的結構與特點，又具有比較鮮明的節奏和韻腳」。但是與此同時，對於新詩的形式和格律，何其芳又認為，「不可能定於一，也不必定於一」，而是預期它在「將來也許會發展到有幾種主要的形式，或者也可能有一種支配的形式」，[38]等等。對於何其芳在這期間對新詩的形式所作的這些初步的思考，因為沒有形成一些「具體的主張」，一般論者都認為無關緊要，在研究中往往一筆帶過。但是，正是這些並不十分具體的「原則」性的看法，卻是何其芳對新詩的形式問題長期思考和探索的理論結晶，也是他提出「建立中國現代格律詩」的主張的邏輯起點，而

---

[38]　以上引文見何其芳：《話說新詩》，《文藝報》1950 年第 2 卷第 4 期。參見何其芳：《關於詩歌形式問題的爭論》，《文學評論》1959 年第 1 期。

且此後一直影響到他的整個「現代格律詩」的理論建構。正是在這樣的一個起點上，何其芳在這次討論過去後的一、二年內，逐漸「有了一個比較確定的看法」，按照何其芳的說法，「這個看法說來也是很平常的，那就是雖然自由詩可以算作中國新詩之一體，我們仍很有必要建立中國現代的格律詩」。[39]至此，何其芳關於「建立現代格律詩」的思想才漸趨成熟，「才有了比較具體的建立現代格律詩的主張」。「1954 年發表的《關於現代格律詩》，就是我這些年來考慮的結果」。這篇論文也因此而成了何其芳的「現代格律詩」理論的一個有代表性的文章。以下，我們僅就何其芳的這篇論文的一些主要觀點，結合他在其他文章中的看法，對何其芳關於建立「現代格律詩」的理論思想，作一個集中的闡述。

綜觀何其芳的「現代格律詩」的理論思想，大體可分為如下兩個方面：第一個方面也就是他自己提出的「為什麼有建立現代格律詩之必要」的問題。第二個方面則是如何建立「現代格律詩」，也就是以什麼為根據建立「現代格律詩」的問題。這兩個方面的問題雖然是互相聯繫的，密不可分的，但以第二個方面的問題最能表現何其芳對「現代格律詩」的獨特看法，因而也引起了較多的爭論，對當代詩學建構，最有理論價值。我的闡述不打算過多涉及這些爭論，只著重就何其芳在上述兩個問題上的理論觀點，談談一些看法。

就第一個方面的問題而言，何其芳在闡述為什麼要建立「現代格律詩」的理由時，其參照系統也如前述田間、林庚一樣，不

---

[39] 何其芳：《關於寫詩和讀詩》，《何其芳文集》第 4 卷，人民文學出版社 1983 年版，第 467 頁。

是當今世界各國的詩歌潮流，而是中國古代的詩歌傳統。雖然在
陳述理由的過程中，他也提到了外國詩歌，但那僅限於與我們在
政治上關係比較密切的蘇聯和德意志民主共和國的極少數詩人
的詩歌創作，而且是他們比較注重詩歌的格律化和格律詩的一
面，除此而外，對這期間在世界範圍內廣為流行的自由詩，尤其
是西方各國以現代主義詩歌為主的自由詩的創作潮流，卻缺少應
有的關注，甚至由於政治的原因而取一種排斥的態度。這樣，何
其芳關於現代格律詩的提倡，也就自覺不自覺陷入了在這期間的
詩學中普遍流行的一種古典主義的理論偏向。雖然從常識的角
度，他也談到了「中國的和外國的古代的詩歌，差不多都有一定
的格律」；某些生活內容雖然適宜於用自由詩來表現，也有些生
活內容「更適宜於寫成格律詩」；很多讀者「長期習慣於格律詩
的傳統」，「往往更喜歡有格律的詩」，以及建立現代格律詩，接
受格律詩的訓練有利於詩歌的發展等等方面的理由，作為他提倡
現代格律詩的理論依據，也就是他自己後來總結的：「我是從詩
歌的傳統、詩歌的內容、詩歌的讀者習慣和詩歌的發展等方面來
考慮」建立現代格律詩的問題的。但是，在他的全部論述中，真
正重要的實際上也是唯一重要的理由，也如前述田間、林庚等人
一樣，是著眼於繼承和發揚中國古代詩歌的格律傳統。在提出建
立現代格律詩的主張時，何其芳就從詩歌的形式方面指出過「現
代的新詩和中國古代詩歌的優秀傳統脫了節」的問題，後來在對
上述建立現代格律詩的理由作「補充」時，又把這個判斷擴大到
了整個現代新詩的傳統，認為這個傳統有一個「很大的弱點」，
就是「和我國古代的詩歌傳統相當地脫節」。他雖然也說過中國

古代詩歌的形式也是多種多樣的話，但在論及古代詩歌傳統時，
卻不止一次明確地說過，「我國古典詩歌的傳統基本上是格律詩
的傳統」，「我國古典詩歌的傳統是格律詩」。在他看來，「無論如
何，新詩是不應該和古典詩歌的傳統脫節的，在形式上也應該既
有所繼承又有所發展」。既然如此，結論也就非常地明確了，這
就是通過建立新的現代的格律詩，來解決新詩與中國古典詩歌傳
統的「脫節」問題。「要解決新詩的形式和我國古典詩歌脫節的問
題，關鍵就在於建立現代格律詩。就在於繼承我國古典詩歌和民
間詩歌的格律傳統，而又按照「五四」以後的文學語言的變化，
來建立新的格律詩。」他設想，「如果這種格律詩建立成功了，」
它的形式就能「比較符合讀者的習慣」，如果「它的內容又符合讀
者的要求」，「那就可能使新詩和廣大人民結合得更好一些」，也更
有利於新詩自身的發展。這樣，他在上述方面所陳述的諸如「詩
歌的傳統」、「詩歌的內容」、「詩歌的讀者習慣」、和「詩歌的發展」
等等方面的問題，也就可以統一在繼承和發展中國古典詩歌傳統
這個主要的實際上也是唯一的理由之下。正是基於這樣的理由，
何其芳才說，「一個國家，如果沒有適合它的現代語言的規律的格
律詩，我覺得這是一種不健全的現象，偏枯的現象。這種情況繼
續下去，不但我們總會感到這是一種缺陷，而且對於詩歌的發展
也是不利的。」他說，「這就是我主張建立現代格律詩的理由」。[40]

　　就第二個方面的問題而言，在如何建立現代格律詩的問題
上，按照上述邏輯思路，何其芳理應從中國古代格律詩的傳統中

---

[40]　以上引文參見何其芳：《關於現代格律詩》，(《關於寫詩和讀詩》，作家出
　　版社 1956 年版)，《再談詩歌形式問題》，(《文學評論》1959 年第 2 期)。

去吸取理論資源，以創建他的現代格律詩學。但是，他卻認為，無論是古代格律詩通行的五七言形式，還是受五七言的格律形式影響的民間歌謠，都不能作為創建新的現代格律詩的原型或基礎。在這個問題上，他後來曾對他自己所持的觀點有一個比較系統的總結：

> 認為五七言體與現代口語的矛盾很大，不贊成以它來作為現代的格律詩體；民歌體雖然在節奏上屬於五七言體的系統，但在字數上卻常常突破了五七言，因此表現能力比嚴格的五七言體強一些，它可以作為格律詩的一種體裁；但民歌體每句的收尾基本上是三個字，仍和兩個字的詞最多的現代口語有些矛盾，因此在民歌體之外，還需要建立一種每行基本上以兩個字收尾的新的格律詩。極其簡單地說來，這就是我的關於格律詩的主要論點。[41]

從這個總結中，我們不難看出，何其芳是主張在傳統的五七言和民歌體之外，另起爐灶，重建一種與傳統的格律形式完全不同的現代格律詩體。這個就何其芳個人來說，似乎是與他的關於建立現代格律詩的理由相矛盾的觀點，是基於他對格律詩和中國古代格律詩的形式功能的一種獨特的理解，他認為格律詩和自由詩的主要區別就在於「格律詩的節奏是以很有規律的音節上的單位來造成的」，而「中國古代格律詩的節奏主要是以很有規律的頓造成的」。所謂「頓」，在這裏也就是何其芳所說的「很有規律

41　何其芳：《再談詩歌形式問題》，《文學評論》1959 年第 2 期。

的音節上的單位」。他的具體解釋是「我說的頓是指古代的一句詩和現代的一行詩中的那種音節上的基本單位。每頓所占的時間大致相等。」作為一種「音節上的單位」，「頓」和「意思上的一定單位（一個詞或者兩個詞合成的短語）基本上也是一致的」，「有時為了音節上的必要，也可以不管意思上是否可以分開」。基於這樣的理解，何其芳的結論是，「古代的詩歌的優良傳統我們是一定要繼承的，但我們不能把這種傳統簡單地縮小為五七言的體裁或句法。」「從格律方面說，我們應該採取的只是頓數整齊和押韻這樣兩個特點，而不是它們的句法。它們的句法是和現代口語的規律不適應的。」「過了許多年我才弄清了這樣一個簡單的道理，在格律上我們要從五七言詩借鑒的主要是它們的頓和押韻的規律化，而不是硬搬它們的句法，這或者也可以叫做拋棄了它們的過時的外殼而採取其合理的核心吧。」為了保證新的格律詩具有如同古代格律詩一樣的音樂效果，何其芳又主張「用有規律的韻腳來增強它的節奏性」，從而把押韻這個格律的要素也引入了他所構建的現代格律詩形式。「按照中國的傳統，我主張我們的現代格律詩也押韻。」鑒於自由詩也有押韻的，何其芳又特別強調現代格律詩的押韻要「很有規律」，以與自由詩的押韻相區別。綜合上述「頓」和押韻這兩方面的要素，何其芳最後總結說：「我們說的現代格律詩在格律上就只有這樣一點要求：按照現代的口語寫得每行的頓數有規律，每頓所占的時間大致相等，而且有規律地押韻。」這也就是何其芳為他構想中的現代格律詩所勾畫的一個理想的輪廓。為了防止這樣的格律詩在每節詩的行數，每行詩的字數或每行、每節的音節數上的絕對整齊劃

一，重蹈「豆腐乾式」的覆轍，何其芳又提出「我們的格律詩可以有每行三頓、每行四頓、每行五頓這樣幾種基本形式」，而且「每頓字數不定，從一字到四個字都可以」，「除了從頓數的不同和變化上格律詩可以有種種樣式而外，從分節和押韻的差異上又還可以派生出多種不同的樣式。」關於構成現代格律詩的節奏單位的要素，究竟以什麼為準，何其芳曾說，「在我的設想中，好像只有兩個辦法，一個是以字為節奏的單位，一個是以頓為節奏的單位。我是肯定後一個辦法的。」[42]儘管他所肯定的這個辦法最終並未被眾多論者所首肯，甚至還招來了許多激烈的反對意見，但他畢竟抓住了「節奏的規律化」這個格律詩之為格律詩的根本，作為建構他的現代格律詩的形式的基礎，從而在理想中而不是在實踐中完成了他對於現代格律詩的理論建構，同時也為新詩的格律化和新格律詩的建立確立了一個基本的原則標準。

　　眾所周知，新詩的格律化和格律詩的理論，從來都是與詩歌的民族形式和民族傳統問題密切相關的。何其芳的現代格律詩理論也不例外。如果追溯他在民族形式問題上的內在理念的文化背景和思想淵源，應該上溯到發生在 40 年代的那場關於文藝的民族形式問題的激烈爭論。在這場爭論中，何其芳自認是持一種「調和的」立場，即在「主張以原有的舊形式為基礎來加以發展」，和「主張以『五四』以來的新形式為基礎來加以改造」這兩種意見之間，持一種「調和的意見」：

---

[42]　以上引文參見何其芳：《關於現代格律詩》(《關於讀詩和寫詩》，作家出版社 1956 年版)，《再談詩歌形式問題》(《文學評論》1959 年第 2 期)。

就我的理解簡單說來，民族形式問題實質上是一個文藝與
中國廣大人民結合的問題。因此，凡是符合今天中國人民
的需要，能夠為今天中國人民服務的，無論它是新形式或
從新形式改造過來的，無論它是舊形式或從舊形式改造過
來的，都是民族形式。[43]

基於對文藝的民族形式這樣的認識和理解，何其芳同樣也
認為「如果不是就其方向而僅僅是就其樣式來說，新詩的民族
形式也是可以多樣化的。既成的民歌體和其他民間韻文形式自
然是民族形式。從民歌體和其他民間韻文形式提高發展而來的
形式也是民族形式。以古典詩歌、民歌和「五四」以來好的新詩
的某些成分為基礎建立一種新的格律詩，如果成功了的話，也是
民族形式。甚至就是自由詩，雖然我認為它今後不會是詩歌的主
流，也未始不可以把它改造得更中國化更群眾化一些。」[44]在這
裏，何其芳著重強調的是「今天中國人民的需要」這個他認為
是「最高的也是最寬的標準」，亦即是毛澤東在 40 年代所說的
為人民群眾所「喜聞樂見」的標準。正是根據這個標準，何其
芳感到舊有的五七言體和屬於五七言系統的民歌體的形式，雖
然毫無疑問是一種民族形式，但因為其體裁和句法已經不能適
應今天的人民群眾藝術表達的需要，所以就不能簡單地襲用為
今天的民族形式。與此相對的是，「五四」以來的自由詩，雖然
並非本民族固有的詩歌形式，脫離本民族的固有的詩歌傳統，

---

[43] 何其芳：《略論當前的文藝問題》，《何其芳論文集》第 4 卷，人民文學
出版社 1983 年版，第 112 頁。

[44] 何其芳：《關於詩歌形式問題的爭論》，《文學評論》1959 年第 1 期。

但由於在實踐中已逐漸形成了一個「新傳統」，逐漸為今天的讀者所接受，並為其中的一部分人所鍾愛，已經在民族的詩歌園地中生根、開花，結出了豐碩的果實。如果根據人民群眾的需要加以改造，使它在語言、音節和表現方法上，更帶有民族的特點，同樣可以成為一種新的民族形式。正因為如此，針對那些「把自由詩當作非民族形式看待」的觀點，何其芳說：「我倒傾向於承認自由詩也可以成為我國詩歌的民族形式之一種，外來的東西也是可以民族化的。」「格律詩和自由詩都可以是民族形式，也可以不是民族形式」，「民族形式也是多種多樣的，不會只是一個樣子，一個格式。」關鍵就在於是否能夠符合今天的人民群眾的需要，能夠為今天的人民群眾所接受。雖然如此，但是，在建構現代格律詩的理論實踐中，何其芳還是沒有選擇「發展」舊有的民族詩歌的格律形式，或是「改造」新的民族詩歌的流行形式的道路，而是如同他在 40 年代討論文藝的民族形式問題時那樣，選擇了一條創造新的現代格律形式的「調和」路線。這條「調和」路線的實質仍在於作者認定這樣的一種「和現代口語更相適應的」現代格律詩，較之舊的民族詩歌的格律形式，和在此基礎上「發展」、「改造」而成的某種新的格律形式，更能符合今天的人民群眾的要求，更能為今天的人民群眾所接受。正是從今天人民群眾的需要這個「最高的也是最寬的標準」出發，所以何其芳才在「主張民歌體、現代格律體、自由詩體都可以存在，都可以成為民族形式」的同時，又獨標現代格律詩體，體現了他的現代格律詩主張所獨有人民性或群眾化的特色。

　　綜上所述，我們不難看出，圍繞現代格律詩的提倡，何其芳在建構詩歌的民族形式的問題上，大體有如下三種思路：第一種思路是對舊的格律形式的批判繼承，例如前述對五七言體的節奏和押韻的規律化的肯定等。第二種思路是對新的民族詩歌的格律化的期待，例如上述寄望於自由詩在形式上的「改造」等。第三種思路就是對於現代格律詩的提倡，即期望在已有的和現存的各種格律形式之外，根據今天的人民生活和現代口語的特點另創一種全新的格律詩。應該說，何其芳在創建現代格律詩的過程中，是注意到了這三個方面的思路各自的合理性和同時並存的可能性的，在創建現代格律詩的過程中，又努力地將前兩種思路中的合理因素吸收到他所主張的現代格律詩形式中去，作為這種新的現代格律形式的構成要素，而且期望它在實踐中逐漸形成一種或幾種基本的或主要的格律形式，以取代傳統意義上的格律詩。在這些問題上，較之同期的其他詩歌理論家，何其芳都表現出了一種難得的批判精神和包容氣度，他的詩學理論也因此而顯得更具原創色彩和超前意識。但是，問題是，何其芳既然把他所提倡的現代格律詩看作是中國新詩的一種新的民族形式，就不能不注意到一種民族形式自身的形成和發展的歷史，以及這種民族形式賴以存活和生長的群眾基礎。就後一方面而言，何其芳雖然注意到了今天的人民群眾的需要，而且把種需要看作是創建一種新的民族形式的「最高的也是最寬的」的標準，但是，卻沒有注意到，一種民族形式之所以成為民族形式，之所以為全民族的整體所需要，包括作為這個民族整體的歷史延續的「今天的中國人民」所需要，還有一個不可或缺的重要因素，就是這種文學或藝術的形

式是否符合一個民族的整體在長期的文學（藝術）接受活動中所形成的審美趣味和習慣。離開了這一點，就難免要把今天的人民群眾的需要抽象化，也就難免用自己的主觀想像和抽象的理論論證，代替今天的人民群眾的實際需要和審美狀況，因而也就導致了他所設想的現代格律詩最終不能不成為一種理想的空中樓閣。何其芳雖然批評過「五四」以來的自由詩與中國古代詩歌傳統嚴重「脫節」，但他自己為糾正這種「脫節」現象所倡導的現代格律詩，卻無意間也陷入了另一種意義上的「脫節」狀態。正因為如此，所以，何其芳所倡導的現代格律詩，雖然以滿足今天人民群眾的需要為目的，但卻不能為今天的人民群眾所接受，甚至連專業的詩歌作者也不願採用。所謂今天的人民群眾的需要也就成了一個虛擬的立場和標準，何其芳所提倡的現代格律詩也因此而成了一個虛擬的詩學理想。這當然不是何其芳個人的問題，而是這期間一切以人民的代言自居的文學理想和詩學理想的必然歸宿。

第四章　走向民間：對民間詩歌的極度推崇

——新民歌討論中的詩學問題

　　在中國詩歌史上，對民間詩歌的重視淵源有自。原因不外乎以下兩點，其一是從藝術發生學的角度看，最早的詩歌是起於民間，經過文人的收集、刪訂，才成為完全意義上的文學作品。其二是從詩歌發展史上看，大凡文人的創作接近枯竭，就要求助於民間的資源，歷代民歌因而就是一味振弱起衰、重現生機的良藥。尤其是在中國詩歌從古典向現代轉型的近代以迄五四前後，民間詩歌在其中更起了一種舉足輕重的作用。從總體上看，清末維新派的「詩界革命」，無非借助兩個方面的詩歌資源，一個是中國古典詩歌內部「變法」的積極成果，例如黃遵憲反覆闡述的源自韓愈而到宋代大張其幟的「以文為詩」的理論就是。另一個就是源自民間的山歌、民謠，引「流俗語」入詩，採山歌民謠為體，這也是為黃遵憲所反覆申述的一種「革命」主張。而且就這次「詩界革命」的總體傾向看，雖然最終未能使「革命」後的詩歌真正走向民間，但民間詩歌的通俗、真率和言文合一，卻始終是「詩界革命」諸子所心儀的價值目標。清末維新派的「詩界革命」雖然仍舊走的是一條在傳統中求變通的歷代詩文革新的老路，但因為處在一個社會轉型和文學轉型的歷史關口，因而他們

在「詩界革命」中對民間詩歌資源的重視和利用,也就使得民間
詩歌在促使中國詩歌從古典向現代轉型的過程中,肩負了一種特
殊重要的使命。

　　如果說近代「詩界革命」對民間詩歌的重視,還只限於文學
本身為著變革的需要向民間詩歌尋求活力的源泉的話,那麼,到
了五四時期再一輪詩歌革命的興起,則在這一層意思之外,另有
一層很重要的意思就是,隨著「人的文學」和「平民文學」浪潮
的興起,對民間詩歌的重視和利用民間詩歌的資源,同時也成了
對深受封建奴役的下層「平民」的人生疾苦報以人道主義關懷的
表現,重視民間詩歌因而也就意味著同時也在觀念上提升了民間
詩歌創作主體的地位。此後,在中國新詩史上,對民間詩歌的重
視和利用民間的詩歌資源,主要是沿著這一條路線發展的。民間
詩歌在新詩創作中的意義和價值的被強調,總是與民間詩歌的主
體,即工農大眾在革命中的主體地位的上升密切相關。到了 40
年代的革命根據地,尤其是在毛澤東的「延座講話」以後,重視
民間詩歌和開發、利用民間詩歌資源,就不僅僅是為著認同和強
化民間詩歌主體在革命中的主體地位,同時也成了一條以民間為
主體的新的革命文藝路線(工農兵文藝)的一個重要組成部分。
民間詩歌,包括以民間詩歌形式為摹本的各種文人的擬作(即所
謂民歌體的新詩和新民歌),事實上已經逐步取代了五四以來由
文人學者創作的新體詩歌(主要是歐化的自由詩),成了中國新
詩的一個新的發展方向。這樣,對民間詩歌的重視和開發、利用
民間的詩歌資源,也就成了與一種新的文學本質緊密相聯的一個
極為重要的詩學理念。從 40 年代的根據地到新政權成立後的

50、60 年代的詩學，就是在這一理念的支配下，與一種回歸傳統的趨向合流，為當代詩歌設計了一條理想中的發展道路。

在當代詩學中，對民間詩歌的重視和開發、利用民間詩歌資源，不是始於眾所周知的在 1958 年的大躍進浪潮中興起的新民歌運動，而是在新民歌運動興起之前關於詩歌形式包括格律問題的諸多討論。如前所述，在 1950 年《文藝報》開展的關於「新詩歌的一些問題」的筆談中，在論及當前的詩歌創作和詩歌運動存在的問題時，許多論者就主張通過向古典詩歌和民歌學習，來匡正詩歌創作過於「自由」和脫離群眾的時弊，認為問題的癥結就在於當前的詩歌創作「和中國古典的詩脫節，和民間的詩歌也脫節」（蕭三）。尤其是在 40 年代的根據地以李季等為代表的民歌體的新詩創作，更受到了論者的一致肯定，認為這是當前的詩歌應當學習效法的榜樣。有的論者甚至明確指出，這些民歌體的新詩，表明：「毛主席指出的工農兵的文藝方向，使詩歌像其他姊妹文藝一樣由向外國學習轉過頭來向民間學習，打破了和工農兵的隔閡，呈現出新的民族風格。無疑的，這是詩歌發展的正確道路。」（賈芝）[1] 即使是談到對古典詩歌傳統的繼承，也大都把民間詩歌也歸入這個傳統之內，作為受這個傳統影響和這個傳統本身的一個重要組成部分。因而在這次討論中，所謂回歸傳統和走向民間，事實上是一個問題的兩個方面，問題的實質就在於，受前述毛澤東的新民主主義文化思想和文藝思想的影響，這期間的詩人和詩論家大多認為，只有通過一個民間化的過程並在這個

---

[1]　以上引文參見：《新詩歌的一些問題》（筆談），《文藝報》1950 年第 1 卷第 12 期。

過程之中，才能造就一種新的民族形式，從而與民族的詩歌傳統接緣，使這種民間化的新的民族形式，成為民族的詩歌傳統的一個自然的延伸。民間詩歌既然被賦予了這樣的一個再造傳統的意義，則在這期間有關詩歌的形式、格律和民族形式問題的討論中，無一不涉及到民間詩歌，而且除何其芳、馮至等極少數人外，又大多對民間詩歌持一種無條件的肯定態度。民間詩歌就是在這樣的一個回歸民族詩歌傳統，再造新的民族形式的時代要求和藝術氛圍中，再一次被推上了歷史的祭台。

與此同時，在這期間已經開始萌芽的工農群眾的詩歌創作，尤其是繼根據地農民的詩歌創作之後興起的工人的詩歌創作，作為一種新的民間詩歌形式，也受到了專業的詩人和詩歌理論家的高度重視，力揚在這次討論中就提出了「幫助工人寫詩，多寫工人的詩」的主張，對工人的詩歌創作給予了很高的評價。事實上，鼓勵工農群眾的詩歌創作，培養工農詩人的作者隊伍，總結工農作者的創作經驗，幫助工農作者在藝術上迅速得到提高，始終是這期間各級文藝部門的一個重要任務和中心工作。在 1958 年大躍進期間群眾性的詩歌創作浪潮興起之前，這期間從工農群眾中事實上已經湧現出了許多頗有影響的工農詩人。這些工農詩人的出現，不但實現了毛澤東所期望的使工農群眾真正成為文學創造的主體的文化理想，而且也為嗣後在 1958 年的大躍進運動中，在更大範圍內和更高的意義上，發動工農群眾從事文學創造，奠定了基礎，鋪平了道路。尤為值得注意的是，這些工農作者的創作儘管在藝術上還遠未臻於成熟，對他們的作品的具體評價也褒貶不一，但是，這種來自民間的詩歌創作及其所代表的一種詩學

原則，作為一種文藝方向上的標幟，卻是無庸置疑的。由工農群眾創作的新的民間詩歌的這種無庸置疑的權威力量，無疑對這期間的詩學建構，也產生了重要的影響。這期間的詩學逐漸向民間偏移，最終走向對民間詩歌的極度推崇，從這種影響中即可以找到它的內在的端倪。

　　民間詩歌在當代詩學中受到高度重視和極度推崇，並且最終左右了這期間詩歌創作和詩學發展的方向，固然有後來發生的大躍進這個特殊的社會、政治和經濟因素的作用，但是，也不能不看到，這同時也是在 40 年代的根據地時期開始萌芽、生長卻未能完全實現的一種詩學理想，在當代得以發展完成的結果。眾所周知，在前述毛澤東的新民主主義文化思想和文藝思想，尤其是與文藝問題直接相關的「延座講話」的影響下，在 40 年代的根據地時期，實際上就已經出現了一個民間化的文藝運動和詩歌運動，只是由於處在一個特殊的戰時環境和主要是由來自大後方的知識分子構成的文藝隊伍之中，這種民間化的詩歌運動和文藝運動，雖然在理論上也特別強調工農（兵）群眾作為創作主體的地位和作用，事實上也出現了極少數農民出身的民間詩人和工人、士兵中的詩歌作者，但卻無法使更多的人也成為真正意義上的創作主體，他們的極為有限的創作同樣也不足以影響這期間的詩歌創作和詩學發展的方向。恰恰相反，這期間真正代表這種民間化的詩歌運動和文藝運動，引領著這個運動的方向，並且取得了創作的實績的，是以李季、趙樹理等為代表的專業的文藝工作者的文學創作。從這個意義上說，在 40 年代的根據地發生的這場民間化的詩歌運動和文藝運動，實際上只是根據某種文化理念和文

學理念，對這種民間化的詩歌運動和文藝運動的一種歷史的想像。因為是一種歷史的想像，所以也就帶有極強的理想主義色彩。而真正理想中的主角的登場，往往是在各種歷史的條件完全具備之後。此前，則只能由那些持有這種理想的理想主義者，以他們披荊斬棘的努力來為這種理想的實現開闢先路。正因為這種想像中的民間化的詩歌運動和文藝運動的真正理想的主角是工農（兵）群眾，所以，當一個人民當家作主的時代到來之際，「人民的詩歌」的真正主角才開始正式登場。儘管在大躍進的浪潮興起之前，這期間詩歌創作的主體事實上仍然是專業的詩歌作者，但專業的詩歌作者在這期間所佔據的只能是一個「替代性」的主體的地位，這個「替代性」的主體的地位，終究要被真正的主體所替代，這是一個人民的時代歷史發展的必然趨勢，也是一個「人民的詩歌」的時代詩歌創作和詩學發展的必然歸宿。

綜上所述，在 1958 年大躍進浪潮中興起的新民歌運動發生之前，由於上述原因，在關於詩歌的形式和格律問題的諸多討論中，事實上就已經廣泛地涉及到了與民間詩歌相關的諸多理論問題，就已經表現出了向民間詩歌傾斜的一種理論偏向，這種理論偏向在這期間的表現，綜合起來，大體有如下幾個方面：第一個方面是基於在 40 年代確立的文藝發展的方向和藝術實踐的道路，在詩歌創作和詩學研究中，進一步把向民間詩歌學習和扶持民間詩歌創作（在普及的基礎上提高），看作是專業的詩歌作者改造世界觀、走與工農群眾相結合的道路，實踐毛澤東的文藝方向的一個重要途徑。第二個方面是基於在 40 年代的根據地的詩歌運動中所取得的創作實績、所積累的創作經驗，進一步把對於

民間詩歌資源的開發和利用，以及工農群眾的詩歌創作，看作是新的人民詩歌的重要藝術資源，是新的人民詩歌獲得藝術新質的重要途徑。第三個方面是基於在 40 年代的根據地形成的新的民族文化和民族文藝的理念，進一步把吸收和借鑒與民族的詩歌傳統緊密相聯的民間詩歌的藝術形式（包括音韻格律），看作是創造新的人民詩歌的民族形式的一個重要的來源和必經的途徑。第四個方面是基於上述偏向，和在這種偏向的主導下，對中國古代和近、現代民間詩歌創作所給予的高度歷史評價，包括對工農作者的詩歌創作和群眾性的詩歌創作活動的無條件的肯定等等，並以此作為上述偏向的一種理論的佐證。凡此種種，這些理論偏向出現在這期間關於詩歌形式（包括格律）問題的諸多討論和詩學研究之中，集中體現了這期間的詩學走向民間的一種理論趨勢，這種理論趨勢同時也為在 1958 年的新民歌運動興起之後，整個當代詩學走向對民間詩歌的極度推崇，作好了一個理論的鋪墊，準備了一個認識的基礎。

儘管如此，作為對 1958 年大躍進運動中興起的新民歌問題的討論的序曲和前奏，仍然是在這期間發生的對民間詩歌的認識和評價的分歧與爭論。首先表現出這種認識上的分歧，挑起這場有關民間詩歌問題的爭論的，是何其芳在上述 1950 年由《文藝報》組織的那次關於「新詩歌的一些問題」的討論中發表的筆談文章。在這次筆談中，最後發表意見的何其芳，卻出人意外地說出了一個與參加筆談的眾多論者大相徑庭的觀點，這個觀點就是他後來一直堅持始終的認為民間詩歌（包括 1958 年的新民歌）

也有局限性的看法。何其芳最初提出民間詩歌的局限性問題，是針對這次討論中有人提出以中國古典詩歌的五七言的形式為基礎來建立現代新詩的詩體形式的，他認為不但這種格律謹嚴、與人民群眾的口頭語言不相適應的五七言體，對於表現今天的社會生活，「不是一種很適宜的形式」，而且，即使是對五七言體有所變通的某些現代民歌（陝北民歌），也只能作為現代新詩的詩體形式之一種，而不能用它來「統一新詩的形式」，更不能作為現代新詩的「支配的形式」。原因是這種新的民歌形式雖然不在字數上嚴格地限定為五七言，但卻依舊是採用五七言體的節奏，這樣，「它的句法就常常也要以一個字收尾，或者在用兩個字以上的詞收尾的時候必須上面加一個字，這就顯得節奏單調並且不自然」，與今天的口語的句法和節奏不合。何其芳據此得出的結論是：「民歌體也有限制」。[2]此後，何其芳在提出建立現代格律詩的主張的時候，又重申了這一觀點，理由仍然是上述理由，著眼點也仍然是在於新詩形式（格律）的建立應當以什麼為基礎。

　　對何其芳的這一民歌局限說，雖然在這期間就有一些不同意見，也受到了一些批評，但真正引發一場大規模的理論討論，則是何其芳發表在 1958 年第 7 期《處女地》上的一篇名為《關於新詩的「百花齊放」問題》的短文。在這篇短文中，何其芳針對公木對他的民歌局限說的批評，在堅持上述民歌體的局限性的觀點的同時，又集中從以下兩個方面對這一觀點作了補充闡述：第一個方面是從實證的角度看，究竟什麼樣的形式才是人民群眾所

2　參見何其芳：《話說新詩》，《文藝報》1950 年第 2 卷第 4 期。

喜聞樂見的詩歌形式。在這個問題上，何其芳堅持認為人民群眾
的主體構成是多樣的，因而對詩歌的愛好和需求也是多樣的，不
會僅僅局限於某一種或幾種詩歌形式，更不會僅僅限於公木所說
的歌謠體。並用工農群眾的多樣化的詩歌創作實踐，進一步說明
人民群眾對於詩歌形式的愛好和需求的多樣化問題，以此來證明
民歌體也不是盡善盡美的，不應獨尊民歌體。第二個方面是從「一
些帶理論性的問題」上看，「新詩的民族形式是否只有一個樣式，
還是多樣化的？新詩的民族形式是否只能利用舊形式，而不可能
創造出新的民族形式來？新詩的民族形式是否只能向我國的古
典詩歌和民間詩歌學習，還是同時也還可以適當地繼承五四以來
的傳統並吸收外國詩歌的影響？」凡此種種，在這些有關新詩的
民族形式的一系列理論問題上，何其芳自認是「一直主張多樣化
的民族形式的」，即主張他提出的這些問題的後一個方面而反對
前者。正因為如此，他才反對把新詩的民族形式僅僅局限於歌謠
體的形式，他才在已有的和現存的各種民族形式的詩體之外，又
主張另創一種現代的格律詩，作為一種新的民族形式，以適應今
天的口語的特點，滿足人民群眾多樣化的需要，同時也以此來證
明「新詩的發展和繁榮也是只能通過『百花齊放』的道路」[3]，
而不能只允許歌謠體一花獨放。

　　綜上所述，如果僅就何其芳對民間詩歌的看法這個核心問題
而言，他的這篇短文其實並沒有多少新的意見，只不過根據爭論
對手提出的問題，略加發揮，將之引伸到不同的層面而已。但是，

---

[3]　以上引文均見何其芳：《關於新詩的「百花齊放」問題》，《處女地》1958
　　年7月號。

只要對這期間影響中國文學發展的諸多社會政治因素稍有瞭解的人，就不難看出，何其芳寫作這篇短文的背景，較之他在前此一個時期談論新詩的形式和現代格律詩問題，已經有了極大的改變。首先是 1956 年「雙百方針」的提出，開始了一個比較活躍的文學創作和理論探討的局面，為何其芳在長期以來極度推崇民歌的文學語境中，獨標民歌局限說提供了一個可靠的政治保證。他的這篇短文的整個立論依據和中心觀點就是闡述新詩形式的多樣化亦即「百花齊放」問題的；這種政治上的保證應該說對何其芳堅持的民歌局限說是一個有力的支持。但是，問題是，經過了 1957 年的「反右」鬥爭，不但左的傾向又有所抬頭，而且在 1958 年的大躍進開始以後，這種左的傾向又集中地表現為對大躍進運動的主體，即人民群眾的主體力量的無限張揚。詩歌在這期間也就成了顯示人民群眾的主體力量的一個重要工具。民歌這個由勞動人民創造的，為他們所熟習和喜愛的，同時在今天仍然為他們所「利用」的詩歌形式，也就被賦予了一種新的本質，披上了一件神聖不可侵犯的外衣。在這種情況下，儘管何其芳也可以以人民群眾的藝術需要的多樣化和「雙百方針」的名義，為自己的民歌局限說辯護，但已經顯得十分軟弱無力。尤其是當這個問題涉及到新詩的民族形式和發展道路問題時，何其芳的辯護就更無法抗衡已經在隱隱發生作用的毛澤東的在古典與民歌的基礎上發展新詩的權威論斷了。

　　與何其芳的這篇短文一起引發這場討論，同時也是作為眾多論者的批評對象的，是發表在同期《處女地》上的卞之琳的一篇名為《對於新詩發展問題的幾點看法》的理論文章，在這篇文章

中，一向與何其芳的現代格律詩理論持大體相同看法的卞之琳，在對待民間詩歌及與之有關的一些詩歌理論問題上的觀點，也與何其芳表現了驚人的一致。卞之琳雖然沒有直接「說過民歌體『有限制』這類話」，但說學習民歌不能「依樣畫葫蘆」，要結合舊詩詞和五四以來的新詩的「優良傳統」，以及外國詩歌的「長處」，「創造更新的更豐富多彩的詩篇」，而且也不同意把新詩的民族形式「瞭解為只是民歌的形式」，等等，「都包含了『有限制』的意思」。與何其芳一樣，卞之琳也是本著「百花齊放，百家爭鳴」的精神提出這些問題的，而且特別強調「不能以『讀者意見』（尤其以部分讀者意見）代替評論」，而應有「大批既注意群眾意見又敢講自己的不同意見的詩歌評論文章」，作為「我國詩歌發展的一個重要條件」。[4]

　　如果單單從學理上講，應該說，何其芳和卞之琳的上述意見都是合乎邏輯的，也有比較充足的理論根據，但是，這兩篇文章發表後，卻在全國的許多重要報刊引起了廣泛的討論，受到了參與討論的眾多論者的普遍批評。這些討論和批評意見的主要指向，大體有如下幾個方面：第一個方面是何、卞二人所持的民歌局限論及在對民歌傳統的繼承和學習新民歌的問題上的「形式主義」觀點；第二個方面是他們在論述民族形式的多樣基礎和多樣化的民族形式時，涉及到的對五四以來的新詩歷史的評價問題；第三個方面的是他們所持的民族形式的多樣論和建立現代格律詩（或稱新格律詩）的主張，涉及到的究竟以什麼為基礎建立

---

[4]　卞之琳：《對於新詩發展問題的幾點看法》，《處女地》1958 年第 7 期。

新詩的民族形式和建立怎樣的民族形式，以及對民族的詩歌傳統的態度問題；第四個方面是與新詩的民族形式緊密相關的，究竟是以什麼為基礎發展新詩，亦即新詩的發展方向和道路的問題。此外則是由上述問題引申而來的對何、卞二人的階級立場、政治傾向、思想方法和個人的藝術趣味的批評等。何其芳後來把全國各地報刊對他的這篇短文的批評意見歸納為十三個方面，其中最主要的一個方面，也是受到的批評最為激烈的一個方面，就是所謂民歌局限論問題。因為這個問題，眾多論者便認定何其芳「懷疑民歌，輕視民歌，否定民歌，歧視民歌，或者說懷疑新民歌，輕視新民歌，否定新民歌，」進而由此斷定他有「形式主義的觀點」；「輕視」民族詩歌傳統，片面強調五四新詩傳統；「貶低了」在古典與民歌的基礎上發展新詩的努力（包括在此基礎上發展新形式、創造新格律的努力），認為他在這些問題上存在著「主觀唯心論」，「資產階級藝術趣味和個人主義傾向」，對「詩人和群眾結合、知識分子詩人的徹底改造或工人階級化有所抵觸」，「影響人們不去深入群眾鬥爭的生活」，並把這些問題上升到「思想問題」的高度，認為「是要不要走群眾路線的問題，是要不要真正的民族風格問題，是為什麼人唱什麼歌的問題，是『什麼時代唱什麼歌』的問題」[5]，等等。

何其芳後來感慨由他的這篇短文引起的「擴大到許多報刊上的爭論」，竟有那麼多的人用「歪曲」和「武斷」的辦法來批評他的觀點，並對這些批評意見──作了辯解，同時也對他的論敵

5　參見何其芳：《對詩歌形式問題的爭論》，《文學評論》1959 年第 1 期。

進行了反批評。在今天看來，對這些批評和反批評意見，也許都應該進行一番學理上的辨析，但問題是，1958 年的大躍進形勢和新民歌所代表的文藝方向，都不允許對民歌的歷史和新民歌，包括與民歌的歷史有關的民族的詩歌傳統和新民歌所開闢的新詩的發展道路，有絲毫的懷疑和動搖的態度，即使是有充足的理論根據，符合邏輯和實際也無濟於事。因為在這樣的情勢下，對新民歌包括整個民間詩歌傳統以及與之有關的民族的詩歌傳統的認識和評價值問題，已經不是一個藝術問題和學術問題，而是一個政治問題和思想問題。對這種性質的問題的討論，通常也無須一種學術立場和藝術理論，需要的只是一種政治態度和思想傾向。而且在對這種性質的問題的辯論中，又往往需要確定一個「他者」作為對立面，以便在對對立面的批評或批判中，表明自己的政治態度和思想傾向。在由何其芳和卞之琳的兩篇短文所引起的這場波及到全國許多重要報刊的討論中，何其芳和卞之琳不幸就作了這樣的「他者」和對立面。因此有關這場討論對當代詩學的意義，在今天看來，與其說是表現為討論各方的觀點在理論上的是非正誤為當代詩學所提供的思想資料，不如說是這場討論本身的非學術化傾向，表明當代詩學這期間在一種政治形勢的支配下已經走上了一條極度推崇民間詩歌的發展偏向。

與何其芳和卞之琳的這兩篇短文所引起的討論先後開始、互相呼應、交叉進行的，是在「反右」鬥爭後經過了改組的《星星》詩刊上開展的關於「詩歌下放」問題的討論及其所引起的反應和爭鳴。這場討論雖然是由一個地方刊物發起的，討論的範圍起先也基本上是局限在這個刊物所在的地區之內，但由於發起這場討

論的《星星》詩刊所在的四川省最先獲悉、也是最先以文件的形式公佈毛澤東在成都會議上關於詩歌發展道路問題的講話精神[6]，因而討論便逐漸轉向新詩的發展道路問題，同時也波及到全國許多重要報刊正在開展的，包括上述由何、卞二人的文章引起的討論在內的關於新民歌和新詩問題的討論，與這些討論匯合一起，成為 1958 年有關新民歌和新詩發展道路問題的一場最為引人注目、也最具代表性的理論爭鳴。

根據當時在四川省委宣傳部擔任領導職務的李亞群所寫的一篇標誌著這場討論的一個階段性的總結的文章中說，這場討論的緣起，是在去年（1957 年）「反右」鬥爭後，批判了本省文藝工作特別是有些演出團體「脫離政治、脫離實際的傾向」，「為了堅決貫徹文藝為工農兵服務的方針，針對過去詩歌嚴重脫離勞動人民的現象而提出『詩歌下放』的。」「目的是要詩歌真正為工農兵服務，與當前的現實鬥爭相結合。」他說，詩歌究竟怎樣「下放」，怎樣才能達到「詩歌下放」的目的？開始大家對這個問題的認識還比較模糊，問題的提法也不太準確。後來是由於省委發出了關於收集民歌民謠的通知（實則是變相地傳達了毛澤東在成都會議上關於詩歌問題的講話精神），才「覺得黨給詩歌指出了一條廣闊的道路」[7]，問題的性質（包括提法）也開始明確起來。

---

[6]　《中共四川省委關於收集民歌民謠的通知》，見 1958 年 4 月 20 日《四川日報》。涉及到毛澤東的這一講話精神的原文是：「中國詩的出路，第一是民歌，第二是古典詩詞歌曲，在這個基礎上產生出來的新詩，可能更為人民群眾所歡迎。這種新詩應該是革命的現實主義和革命的浪漫主義相結合，形式是民族的。」與後來公佈的有關文獻記載的毛澤東的講話記錄原文略有出入。

[7]　參見李亞群：《我對詩歌道路問題的意見》，《星星》1958 年 11 月號。

　　雖然如此，但真正的「討論」（包括批評）仍然是由對這個
問題的不同意見引起的。詩人雁翼在肯定了「詩歌下放」的口號
「是積極的、適時的，是富有戰鬥性的」前提下，也對這個問題
提出了一些不同的意見。這些意見後來引起討論、受到批評的，
主要有如下兩個方面：第一個方面是不同意對五四以來的新詩即
「過去詩歌」的否定評價。「我反對那種把『詩歌下放』的口號
曲解成是過去詩歌成績的否定」，認為詩歌下放的提出，恰恰「是
為了更好的、更具體的發展過去詩歌的主流」。「過去的詩歌」雖
然存在著「某些脫離群眾的傾向」，但「成績是主要的，方向是
正確的、明確的，發展也基本上是健康的」。第二個方面是認為
「詩歌下放」主要是指它的思想內容，而不是藝術形式。「至於
形式，它只是表現思想內容的一種手段」。只要詩歌的形式「讀
能讀懂，聽能聽懂」，除了短小精悍的街頭詩外，就不應當否定
其他的詩歌形式也可以「下放」，「街頭詩不是唯一能夠下放的
詩」[8]。這兩個方面的意見綜合起來，實質上仍然是一個對五四
以來的新詩的評價問題，亦即是五四以來的新詩的主流是不是為
人民群眾的，它今天還能不能為人民群眾所創作，為人民群眾所
利用的問題。與何其芳和卞之琳不同，雁翼雖然是從與民歌相對
的新詩一面提出問題，但無疑也包含有對民歌的態度和評價。尤
其是與對民歌和新詩的態度與評價相關的，民歌和新詩的地位孰
主孰次的問題上，雁翼的意見無疑觸及到了這期間的詩學的一個
極為敏感的問題，他因此也不可避免地要像何其芳和卞之琳那

---

[8]　參見雁翼：《對詩歌下放的一點看法》，《星星》1958 年 6 月號。

樣，成為這期間確立民歌的方向和主導地位的一個不可或缺的對立面和「他者」。

如果說雁翼是以一個成熟的詩人的身份從歷史聯繫的角度來談論「詩歌下放」所涉及到的詩學問題的話，那麼，紅百靈就是以一個未出茅廬的年輕學子的身份從個人體驗的角度來表達他對「詩歌下放」問題的看法。如同他的文章的標題《讓多種風格的詩去受檢驗》所標示的那樣，紅百靈參與討論的兩篇短文集中談論的是詩歌的形式和藝術風格的多樣化問題。他認為「詩歌下放」不是叫詩人們放棄「原來跳動著時代脈搏的各種風格」，而去「千口一致地唱一個調子的民歌」，「詩歌下放，除了多用民歌體唱給人民外，還必須詩人們帶著自己風格的詩去受大眾的檢驗。不一定在形式上死套民歌，像民歌一樣樸實優美的用語簡明、韻調和諧、形象生動、氣象宏偉的他種風格的詩，也同樣是人民需要的、歡迎的。」「設想世上只有牧童、農叟的竹笛單響，而沒有響徹街頭的銅鼓、沒有音調繁複的鋼琴等的合奏，我們的生活會成為什麼樣子？」即使是民歌，也「還是有缺點的」，也要「在詩人幫助下好好改造才行」。「把目前的民歌看成是我國當代不可逾越的詩的頂峰是不能成立的」，「把我們今天的詩歌事業看成是只有唱好民歌才是唯一的路徑，把唱好民歌就認為是達到了詩的最高峰的『一元論』，不能不說是理由太不充足了呵！」[9]如同何其芳以「雙百方針」為依據反對民歌一花獨放一樣，紅百靈反對民歌的「一元」獨尊，也是強調多種形式和風格的詩歌百

9　參見紅百靈：《讓多種風格的詩去受檢驗》（《星星》1958 年 8 月號）《我對詩歌下放的補充意見》（《星星》1958 年 9 月號）。

花齊放。但是，問題是，在雁翼和紅百靈發表上述意見的時候，民歌已被推上了一個歷史的祭台，接受人們狂熱的祭祀和膜拜。尤其是在毛澤東關於詩歌問題的講話精神發表以後，對這個問題的討論就不可避免地要上升到一個政治的高度，這場討論也因此而不可避免地要走向一個極端推崇民歌（尤其是新民歌）的偏向。

　　最能代表這種極端偏向的，無疑是上述李亞群的那篇頗帶總結性的理論文章。在這篇文章中，李亞群主要談了三個方面的問題，第一個方面的問題是關於詩歌的形式問題。他認為雁翼所主張的「形式無關論」，「其實是『形式有關論』，甚至可以說是『形式要命論』」，「實質上是他們不願意放棄自己熟悉、喜愛、自認為是很好的形式」，「是掩飾自己不願意放棄自己熟悉的那種形式的擋箭牌，也即是不願向新民歌學習的擋箭牌。」「這個問題從表面上看來，好像是單純的文藝理論問題，其實還是有關文藝方針的問題，亦即願不願意為工農兵服務的問題，也是誰跟誰走的問題。」第二個方面的問題是關於五四以來的新詩的評價問題。在這個問題上，李亞群首先區別了五四以來的新詩有「以郭沫若為代表的、充滿了民主革命的激情的新詩」，和「李金髮等」「以及胡風的信徒們」的「資產階級的」所謂自由詩的「濫流」兩種類型，然後指認紅百靈所「推舉的自由詩的標兵」和雁翼近來所寫的詩，「都是脫離民族、民間傳統基礎的東西」，認為他們要用這一類的詩來爭詩壇的「主流」，「是同勞動人民在詩歌戰線上爭正統、爭領導權的問題。」「一定要堅持這種詩才是主流，最根本的問題，是在於對勞動人民及其作品的態度」問題。總之是五四以來的自由詩不應當是也不可能是詩歌的主流，只有新民歌才

「應當是、也必然是詩歌的主流」。「因為新民歌是最能代表、最有資格代表『中國作風和中國氣派』、『為中國老百姓所喜聞樂見』的，具有共產主義萌芽思想的詩歌，它應當是、必然是六億人民大合唱的基調和指揮。」第三個方面的問題是關於新民歌的評價問題。在這個問題上李亞群列舉了種種理由駁斥民歌局限說，認為新民歌「有局限性、容量不大」的說法是「沒有道理的」。對新歌作品指手劃腳地挑「缺點」，「是以資產階級老爺的態度對待勞動人民及其作品」，認為「對新民歌的看法，不能離開了立場、觀點、思想、感情的問題，」「像紅百靈這樣的知識分子，首先還應當是考慮如何自我改造，不應當是考慮如何『改造』新民歌。」[10]

　　由於有李亞群這樣的文章作結，尤其是作者的特殊的領導身份的影響，《星星》詩刊上歷時九個月的關於「詩歌下放」問題的討論也就暫告一個段落，此後的討論便轉向新詩的發展道路問題。事實上，在《星星》詩刊的討論轉向以前，毛澤東在成都會議上關於詩歌問題的講話精神已經深入地影響了這期間關於新詩和新民歌問題的各種討論，這期間關於新詩和新民歌問題的各種討論也因此而逐漸集中到新詩的發展道路問題上來，形成了一個總的潮流和發展趨勢。就這股潮流在此後的發展看，誠如《星星》詩刊在結束了「詩歌下放」問題的討論後，重開「筆談新詩的道路」專欄的編者按中所言，「經過『詩歌下放』問題的討論，絕大多數同志都比較深入地領會了黨對中國詩的出路的指示。但

---

[10]　李亞群：《我對詩歌道路問題的意見》，《星星》1958 年 11 月號。

是，究竟新詩該怎樣在民歌和古典詩詞歌曲的基礎上發展」的問題，仍「值得大家來討論」[11]。《星星》的這則編者按明白無誤地指出，關於新詩的發展道路問題的討論，實質上是一個如何深入領會和貫徹執行「黨對中國詩的出路的指示」的問題，亦即是如何深入地領會和貫徹執行毛澤東在成都會議上關於詩歌問題的講話精神的問題。既然如此，有關這個「指示」和講話精神本身，也就是一個毋庸置疑的前提；只有在承認和肯定這個前提的條件下，才有可能（也才能允許）對這個問題發表討論意見。因為受這個帶有極強的政治性的前提的限定，所以，此後有關這個問題的各種討論，也就不能不成為一種「注經式」的討論，即討論的目的旨在證明一種先在的論斷的正確性和合理性，而這個論斷本身則是一個不可動搖的也無法動搖的正確結論。《詩刊》編輯部後來在編輯《新詩歌的發展問題》的討論集時，對這期間的討論所作的一個「編輯說明」，就指出了關於這個問題的討論的如下一個「特點」：「雖說意見還不一致，但參加討論者，大都主張新詩應有格律，新詩應在民歌和古典詩歌的基礎上來發展。對這兩個問題，還沒有聽到分歧意見。」[12]所謂「意見還不一致」，是指在與新詩的發展道路相關的一些具體的理論問題上，還存在著一些不同的意見，而這些不同意見又大多是發生在前此階段的討論中涉及到的那些具體的理論問題上。對這些具體的理論問題的進一步討論，有些因為新詩發展道路的明確提出而有所進展，有些則同樣是因為這個原因而趨於後退，甚至還出現了在前此階

---

[11]　《星星》1959 年 1 月號。
[12]　見《新詩歌的發展問題》第四集，作家出版社 1961 年版。

段的討論中受到批評的論者，迫於形勢不得不檢討和修正自己的
觀點的現象。像何其芳那樣在這期間仍然堅持「五四以來新詩的
某些部分也未嘗不可以作為今後發展的新詩形式的基礎之一」，
認為「以民歌和古典詩歌為基礎來發展新詩，這不過是原則性地
指出方向。到底以那些因素為基礎，又到底應該怎樣發展，都完
全可以討論也需要討論」[13]，已屬空谷足音。但即便如此，他仍
然是在區別了「帶有方向性」的基礎論，和僅僅是作為「構成形
式的因素或傳統」的基礎論這樣的兩種理解之後，在承認和肯定
前者的「方向性」的前提下，才來談論後者的形式構成因素問題
的。由此可見，經過這樣的討論，這期間的詩學實際上已經完全
統一到在古典與民歌的基礎上發展新詩這一方向和道路上了，民
間詩歌也因為成為中國新詩的這一發展方向和道路的基礎而被
推崇到了極致。

以上，我們主要是從 1958 年大躍進期間及其後一段時間，
就正在蓬勃興起的新民歌及與之相關的詩學問題展開的討論，集
中闡述了在這些討論中所出現的一種理論偏向；闡述的重點不在
討論中各家各派的具體意見，而在通過一些典型個案和有代表性
的觀點的分析，從總體上展示這期間詩學發展的一種主導傾向。
如前所述，由於這期間圍繞新民歌問題展開的討論，摻雜了很多
政治因素，帶有極強的政治色彩，加上用一種群眾運動的方式開
展詩歌問題的討論，參與討論的並非都是專業的詩人或詩歌研究

---

[13] 參見何其芳：《關於詩歌形式問題的爭論》(《文學評論》1959 年第 1 期)，
《再談詩歌形式問題》(《文學評論》1959 年第 2 期)。

和評論工作者，因而在討論中所發表的意見，除了一些表明立場、態度的言論外，大多是一些在個人的日常經驗中所得的感受，即使是涉及到一些詩歌理論問題，又大都局限在常識的範圍或囿於一些政治權威和文藝領導的論斷，並無多少有價值的觀點。我們在以上的闡述中之所以把對個人的觀點的分析重點放在一些在討論中受到批評的論者身上，原因就在於，正是這些在討論中不趨就政治時尚、不曲附話語權力，敢於堅持自己的主張和看法，敢於進行大膽的實驗和探索的詩人和詩歌理論工作者，包括與他們的觀點相同或相近的論者，才為這期間的詩學提供了一些可資後人借鑒的理論觀點，才顯示了這期間的詩學的一種不同流俗的理論價值。但是，儘管如此，當我們今天回過頭去清理這期間有關詩歌問題的討論和理論研究所留下的思想資料，我們仍然不能不承認，作為一種歷史的存在，這期間的詩學的主導傾向仍然是對民間詩歌（尤其是新民歌）的極度張揚。既然如此，在清理了這期間有關新民歌問題的討論中所顯示的主導傾向之後，理所當然地也應當對這期間極度推崇新民歌的有代表性的理論觀點，作一個集中的理論闡述。

在這期間所有極度推崇新民歌的理論觀點中，作為文藝界的主要領導人和新民歌運動的主要闡釋者，周揚對新民歌的論述無疑具有極大的代表性和權威性。作為一位文藝界的領導人，他在這期間不但密切關注著新民歌運動的發展，而且還身體力行地收集、整理新民歌作品，與郭沫若一起，仿效中國古代詩歌典籍《詩經》的編輯方式，從全國各地的新民歌作品中，選取了三百首詩作，編定為一本名為《紅旗歌謠》的新民歌選集。儘管今人對這

本新民歌選集多有詬病,但仍然不能不承認,它是迄今為止在1958 年大躍進運動中產生的新民歌的一本最有代表性也最有權威性的選本。在這本以郭沫若、周揚署名的新民歌選的「編者的話」中,他們對新民歌的思想和藝術以及將要對詩歌和文藝的發展產生的影響,都作了扼要的闡述。其理論觀點,主要有如下幾個方面:第一個方面是新民歌的思想。認為新民歌是「大躍進形勢下的一個產物」,「是勞動群眾的自由創作,他們真情實感的抒寫」,實現了「詩歌和勞動在社會主義、共產主義新思想基礎上重新結合」,「是群眾共產主義文藝的萌芽」,「是社會主義時代的新國風」。第二個方面是新民歌的藝術。認為新民歌在藝術上具有「著想超拔,形象鮮明,語言生動,音調和諧,形式活潑」的特點,「它們是現實主義的,又是浪漫主義的」。第三個方面是新民歌將要產生的影響。認為「歷史將要證明,新民歌對新詩的發展會產生愈來愈大的影響。」「勞動人民這樣昂揚的鬥志,躍進歌謠這樣高度的熱情,必然會在文藝上引起反應。我們的作家和詩人將從這裏得到啟示,只要我們緊緊和勞動人民在一起,認真努力,就一定能不斷地產生出毋愧於時代的作品,把我們的文藝引向新的高峰。」[14]

　　《紅旗歌謠》這篇「編者的話」雖然是由郭沫若、周揚共同署名,表明了他們對新民歌的共同看法和評價,但就一種理論觀點的內在聯繫和系統性而言,卻是周揚此前在另一篇重要文章中對新民歌問題的論述的發展和延伸。與《紅旗歌謠》「編者的話」

---

[14] 見郭沫若、周揚選編:《紅旗歌謠》,人民文學出版社 1959 年版。

是具體針對所選編的新民歌作品不同，這篇名為《新民歌開拓了詩歌的新道路》的重要論文，寫於 1958 年大躍進高潮之中，是針對正在蓬勃興起的整個新民歌運動和新民歌運動中產生的全部新民歌的，而且是作為時任分管文藝的中共中央宣傳部副部長的周揚在中共八屆二中全會上的同題發言，發表在新創刊的中共中央機關刊物《紅旗》雜誌的創刊號上的。作者的這種特殊身份和這篇文章的這種特殊背景，以及文章中所透露的特殊的政治信息，和文章本身對新民歌問題的論述的系統和深入，都決定了這篇論文將是有關新民歌問題的一篇重要的理論文獻。從某種意義上說，這也是一篇具體闡釋和貫徹執行毛澤東在這期間有關新民歌問題的指示和黨的文件精神，指導和推動新民歌運動的發展和理論研究的一篇重要論文。總之，無論從那方面說，周揚的這篇文章都是有關新民歌問題的極有代表性也極有權威性的一篇理論文獻，它因此也理所當然地要成為我們研究這期間的詩學極度推崇民間詩歌尤其是新民歌的一個典型個案和重要資料。

在這篇文章中，就新民歌問題，周揚集中闡述了以下幾個方面的理論觀點：

第一個方面是從馬克思主義關於物質和精神互變、經濟基礎和上層建築（意識形態）相互作用的角度，論述了新民歌的社會主義性質：解放了的人民在為多、快、好、省地建設社會主義的偉大鬥爭中所顯示出來的革命幹勁，必然要在意識形態上，在他們口頭的或文字的創作上表現出來。不表現是不可能的。大躍進民歌反映了勞動群眾不斷高漲的革命幹勁和生產熱情，反過來又

大大地鼓舞了這種幹勁和熱情，促進了生產力的發展。新民歌成了工人、農民在車間或田頭的政治鼓動詩，它們是生產鬥爭的武器，又是勞動群眾自我創作、自我欣賞的藝術品。社會主義精神浸透在這些民歌中。這是一種新的社會主義的民歌。

他認為這種「從整風運動和反右派鬥爭中，特別是從生產大躍進以來出現的大量的群眾詩歌創作，反映了我國社會主義革命和社會主義建設的波瀾壯闊的圖景，反映了勞動人民共產主義意識成長的過程。」

第二個方面是從中國古代詩歌和五四以來新詩歷史的角度，論述了新民歌開一代詩風的意義。在比較了我國古代的「採詩制度」和今天的「採詩工作」（收集民歌）之後，周揚認為「那時所採的是奴隸社會、封建社會時代的國風」，「我們今天的民歌則是代表社會主義時代的新國風，表現了社會主義制度下人們的新生活、新思想、新道德和新風俗。」「今天的民歌，是新的農民、工人、士兵的作品，他們已經不完全是口頭創作，有的作者是很有文化的，因此新民歌不但在內容上，而且在風格上也與舊民歌有所不同了，它們保持了民歌的格調，同時又更多地繼承了我國古代詩歌的優良傳統，吸取了新詩的長處。它們正像黃河、長江一樣，以洶湧澎湃之勢，對新詩起著衝擊作用，必將使新詩的面貌為之改觀。」他認為「一面鼓勵群眾的新創作，一面大規模地有計劃地搜集、整理和出版全國各地方、各民族的新舊民歌，這對於我們現在文學的進一步民族化、群眾化，將發生決定的影響，它將開一代的詩風，使我國詩歌的面貌根本改變。」與此同時，他在肯定了五四以來的新詩「有很大成績」的前提下，

也指出「新詩也有很大缺點」,「最根本的缺點就是還沒有和勞動群眾很好地結合。」因此「詩人只有向群眾學習,向民歌,特別是向新民歌學習,才能為我們的詩歌打開一個新局面。」他預期「群眾詩歌創作將日益發達和繁榮,未來的民間歌手和詩人,將會源源不斷地出現,他們中間的傑出者將會成為我們詩壇的重鎮。民間歌手和知識分子詩人之間的界線將會逐漸消泯。到那時,人人是詩人,詩為人人所共賞。這樣的時代不久就會到來的。」

　　第三個方面是從具體分析評價新民歌作品的思想和藝術的角度,論述了新民歌在文學創造上的價值。根據這篇文章的選例,同時也是新民歌在主要方面的代表,周揚認為新民歌的思想內容,「給人突出的印象是勞動人民在國家生活中取得了主人的地位,有了自豪的感覺。」「他們不再在盲目的自然力面前屈居奴隸的地位,而要作自然界的主人,向自然發號施令了。」這種改造世界、征服自然的勞動,「成了新民歌的支配一切的主題。詩勞動化了,勞動也詩化了」。而且他把「勞動」和「詩」的主體,都歸結為「集體農民的總稱」(也是所有「勞動人民」的總稱)這個「大我」,而不是詩歌作者個人這個「小我」。正是憑藉這種「大我」的力量,新民歌才顯示了前所未有的改造世界、征服自然的英雄氣概,才表現了建立在對自身的力量的自信的基礎上的「大膽的幻想,火一般的熱情和輕鬆愉快的幽默」,這種最能體現主體的力量和智慧的藝術風格。周揚認為新民歌在藝術上的這種「敢於幻想,並且能夠用自己的雙手把幻想變成現實」,「把實踐的精神和遠大的理想結合在一起」的特點,「是民歌中

革命的現實主義和革命的浪漫主義結合的根源」,「新民歌表現了這個特色,所以特別值得我們珍貴。」[15]

如果說 1958 年大躍進運動中產生的新民歌,是因為一種特殊的社會歷史和政治經濟因素的作用,而被賦予了一種神奇的力量的話,那麼,最先給新民歌的這種神奇的力量披上一層完整的理論外衣,則無疑是周揚對新民歌問題的這些論述。如上所述,由於周揚在文藝界的特殊身份和地位,這些論述不但是對毛澤東和黨的文件有關新民歌問題的指示精神的權威的闡釋,同時也因為這種闡釋的權威性而對此後有關新民歌問題的討論和理論研究,產生了重要的影響。尤其是一些極度推崇新民歌的理論觀點,其來源和依據大都是周揚對新民歌問題的這些論述,有的則是這些論述的發揮和具體化。而且這期間圍繞新民歌問題開展的其他方面的詩歌理論問題的討論,如民歌的局限性問題、對五四以來的新詩的評價問題、新詩的民族形式和發展道路問題等等,一些持論者的觀點,都可以從周揚對新民歌的這些論述中找到其理論的濫觴和端倪。從這個意義上說,就這期間的詩學對民間詩歌尤其是新民歌極度推崇的傾向而言,周揚在這方面的作用和影響無論怎麼評價,都不為過分。

---

[15] 以上引文均見周揚:《新民歌開拓了詩歌的新道路》,《紅旗》1958 年第 1 期(創刊號)。

「現代」與「後現代」
詩學的崛起

——20 世紀 70 至 80 年代
的詩學

第一章　詩歌創作的復甦和詩學問題的凸現

——70 至 80 年代詩學的創作背景和發展概況

　　在本書的上編，我們在論及 50 至 60 年代詩學的創作背景時，曾經說到新政權成立後，詩歌創作的轉換對這期間的詩學的影響，這種因詩歌創作的變化所引起的的詩學理論的變化，同樣也發生在文革結束後的 70、80 年代這一當代詩學發展的新階段。如果說從 40 年代到 50、60 年代詩歌創作的轉換對這期間詩學理論的影響，是用一種在 40 年代的革命根據地內部業已成形，在新政權成立後的 50、60 年代得到進一步確立的文學方向和理論原則，去規範詩人的創作，從而影響了這期間詩學的發展的話，那麼，從 50、60 年代到 70、80 年代詩歌創作的轉換，就是以對 50、60 年代已經成熟並日漸走向極端的文學規範的反撥，和追求革新與開放的態勢，影響這期間的詩學發展的。如同從40 年代到 50、60 年代詩歌創作的轉換，離不開新政權的成立這個歷史的前提一樣，從 50、60 年代到 70、80 年代詩歌創作的轉換，同樣也離不開結束文化大革命、進入歷史的新時期這個劃時代的巨大變化。由這個變化所引起的詩歌創作的復甦和詩歌藝術的革新，是影響這期間詩學發展的一個決定性的社會政治因素。

　　眾所周知，中國當代詩歌在新政權成立後的一個相當長的時間內，如同其他文學樣式一樣，也是一種為政治服務和日漸政治化的文學。到了 60 年代中期爆發的文化大革命期間，更發展到了一種登峰造極的地步。從 60 年代中期到 70 年代中期，整個文化大革命期間在公開報刊和某些打著文學旗號的出版物中，雖然一直不乏所謂詩歌創作和詩歌作品，尤其是在一些政治節日和政治慶典活動中，詩歌竟成了裝點門面的一種最好的政治飾物。這種所謂詩歌作品，充其量不過是徒有一種分行、押韻的外表，究其實不過是一種裹著詩歌的外衣的政治宣傳品，或者乾脆就是一種政治口號。從這個意義上說，如果說文化大革命中還有所謂詩歌存在的話，那只不過是一個僵硬的軀殼，它的靈魂早已被政治的利刃所閹割，它的生命早已被政治的烈焰薰製成了風乾的肉條。難怪連發動文化大革命、親手製造了這個悲劇性的結局的毛澤東，最後也不禁要發出「沒有詩歌」這樣的歷史浩歎。詩歌創作的現狀是如此，詩歌歷史的遭遇也不例外。文化大革命開始後的「橫掃」和「批判」，不但徹底否定了五四以來的新詩歷史，而且也從根本上否定了中國古代優秀的詩歌傳統，包括與中國詩歌尤其是新詩的發展密切相關的外國詩歌的優秀遺產。與此同時，由於長期以來閉關鎖國的文化政策的影響，當代詩歌對 20 世紀下半葉在世界範圍內得到最新發展的現代主義和繼之興起的後現代主義的詩歌潮流，完全處於一種隔絕狀態，甚至在這種完全隔絕的狀態下，還要將這些現代詩歌的新潮視著資產階級腐朽文化的代表，進行無情的揭露和批判。到了文化大革命期間，更將這種揭露和批判納入到權力鬥爭的軌道，成了政治博奕中的

一道籌碼。凡此種種，整個文化大革命期間的詩歌除了甘願充當政治的侍從之外，就只能接受這種「欺師（外國詩歌）滅祖（中國詩歌傳統）」的命運。

　　但是，誠如魯迅在《野草》的「題辭」中所說：「地火在地下運行，奔突；熔岩一旦噴出，將燒盡一切野草，以及喬木，於是並且無可腐朽。」[1]就在文化大革命這片死寂的荒原上，卻有一股今人稱之為「地下文學」或「潛在寫作」的「地火」在「運行、奔突」。尤其是「地下」或「潛在」的詩歌創作這股從地心深處升起的烈火，更是經過了長久的積聚，凝成了巨大的能量，最後的「噴出」，終於燃成了燎原大火，不但燒盡了一切腐朽，而且也使劫後的荒原煥發出了一片勃勃生機。這股「地下」詩歌的潮流，就其對文化大革命以後的詩歌創作的復甦和詩學發展的影響而言，主要有以下兩個方面：第一個方面是以一些政治受難者和藝術零餘者為代表的「地下」詩歌創作。這些作者大多是新詩史上活躍在不同時期的著名詩人，他們或因政治問題蒙受災難（包括文革災難）而中止了詩歌創作，或因藝術追求不合時宜而成為新的文學時代的零餘者。前者的代表如一些「七月派」詩人，後者的代表如一些「九葉派」（或稱「《中國新詩》派」）詩人。他們在這期間的詩歌創作大體不出「賦詩言志」和「以詩明道」兩途，亦即是以詩歌來表達自己的人格操守和理想追求，同時也以詩歌來實現自己的藝術主張和詩學理想。他們的創作在思想和藝術上雖然也難免要受這期間的政治時尚和藝術風氣的某些影

---

[1]　《魯迅全集》第 2 卷，人民文學出版社 1981 年版，第 159 頁。

響，但卻基本上能夠堅守自己的思想情操和藝術追求，因而表現
了某種相對獨立的思想品格和藝術格調，有些詩人的創作在這期
間還因這種精神煉獄的熬煉而日漸走向成熟。這批在文革結束後
復出詩壇被稱作「歸來者」的詩人，在這期間的「地下」創作的
意義，除了在思想和藝術上的反抗時尚之外，更重要的是為中國
新詩在文革結束後的創作復甦保持了一脈薪傳，為文革結束後的
新時期詩歌跨越斷裂、回歸傳統，建立起了一種聯繫的紐帶。第
二個方面是以文革中一批「上山下鄉」的知識青年為代表的「地
下」詩歌創作。這些後來被稱作「知青詩人」在這期間的詩歌創
作，較之前一批詩人，在思想和藝術上都帶有明顯的反叛色彩：
在思想上的反叛是因其從政治漩渦的中心走邊緣而引發的懷疑
和思考，在藝術上的反叛則是因為這種懷疑和思考無法訴之於通
常的表達方式，尤其是這期間乃至整個當代詩歌的一些流行的表
達方式。因為這種不合流俗的反叛，也就迫使這些年輕的詩人從
思想到藝術都走上了一條艱難探索的道路。這種探索又因為一些
偶然因素的影響，例如通過傳閱一些作為「內部讀物」的黃皮
書[2]，接觸最新翻譯的一些西方現代派的文學作品和其他哲學或
文化思想方面的理論著作等。當然首先是由於這種探索的懷疑精
神和人本主義的性質，以及文革的政治環境對人的壓迫與西方社

---

[2]　指一批出版於 60 年代、主要供高級幹部和專業人員的「批判」、研究用
　　的「內部發行」的讀物。這些「內部讀物」涉及到西方現代哲學、文學
　　和社會政治文化學的其他方面，其中尤其是西方現代主義的哲學和文學
　　作品，如薩特的存在主義哲學論著，塞林格、克魯阿克的小說，金斯伯
　　格的詩等，對這些「知青詩人」的思想和藝術更產生了有可忽視的重要
　　的影響。

會普遍存在的人的「異化」現象，在他們的感受和思考中，與西方現代主義的哲學和文學作品中的論述和描寫有著某種表現上的近似性等等。由於這些原因的作用和影響，這些年輕的詩人在探索的過程中，必然會與西方現代主義的哲學和文學產生一種天然的親近感，甚至會有一種似曾相識和相見恨晚的感覺，他們因此也必然會以自己所獲得的這種新的哲學思想和文學思想，作為他們思考社會人生問題的有力武器，作為表達他們的思考和感受的有效方式。這種探索也便因此而與西方現代主義的哲學和文學產生了千絲萬縷的精神聯繫。這種聯繫後來被人們認定是在這期間的詩歌創作中萌生的一種潛在的「現代主義潮流」或「現代主義傾向」的表現，在這些「知青詩人」的創作浮出水面後，它也就自然而然地成了一種帶有現代主義性質的詩歌潮流或現代主義傾向的詩歌創作的一種思想和藝術的濫觴。與前一個方面詩人的「地下」詩歌創作不同，這些「知青詩人」在這期間的思想和藝術探索，對於文革結束後詩歌創作的復甦和詩學發展的意義，就在於他們以一種特有的「反叛」傳統和「反抗」規範的姿態，為新時期詩歌創作和詩歌理論革新開拓了先路，開創了風氣。同時也為新時期詩歌創作和詩歌理論革新積聚了思想的資料，提供了創作的實績。

　　作為文革期間在地下奔突、運行的一股「地火」，無論是後來被稱作「歸來者」的詩人還是當時的「知青詩人」的「地下」創作，無疑都是文革結束後新時期的詩歌創作和詩歌理論革新的一種不可或缺的重要動力。但是，這股力量畢竟還十分渺小，畢竟還處在「地下」狀態，還局限在一些詩人個體或詩歌群體之內，

因而還不足以從整體上改變文革期間的詩歌狀況。只有當這股「地下」詩歌的暗流，作為一種人民的思想和人民的情緒的表現，作為人民對於現狀的不滿和要求改變現狀的呼喚，匯入到一個以人民為主體的更為壯闊的詩歌洪流中去的時候，它們才能真正成為一種改變當代詩歌同時也是改變當代歷史命運的現實的推動力量。這股以人民為主體的群眾性的詩歌運動的洪流，就是發生在 1976 年 4 月 5 日的「天安門詩歌運動」。作為一種文學現象同時更重要的是作為一種政治和社會文化現象，天安門詩歌所表達的人民群眾被壓抑的呼聲，不但集中反映了人民群眾的思想和情緒、願望和要求，從而為結束文化大革命和新時期的思想解放、社會變革打下了堅實的群眾基礎，作好了思想和輿論的準備，而且它的獨特的表達方式及其所體現的文學特質，也一反文革詩歌的幫風幫氣和極端政治化的創作模式，表現了一種自由的文學精神和開放的文學態勢，因而也為文革結束後的文學變革和詩歌革新，創造了一個觀念的背景和歷史的前提。天安門詩歌運動在文革的歷史上雖然只是最後瞬間的一個短暫的爆發，但它所積聚的政治能量和文學能量，它所預示的歷史趨勢和文學趨勢，以及它對當代社會和當代文學所發生的實際的作用和影響，都足以使它成為開創一個歷史新時期的文化和文學上的重要標誌。

　　正是以天安門詩歌運動為標誌，文革結束後的新時期詩歌經過了一個艱難復甦的過程，才逐漸走上了一條藝術革新之路。作為新時期詩歌的這個復甦過程的起點，仍然是 1976 年年初在天安門詩歌運動中被壓抑的思想情感，在這一年的 10 月粉碎四人幫以後出現的二度爆發。這種二度爆發的詩歌運動，主要不是就

其表現形式而是就其精神實質而言，亦即是，主要不是以天安門詩歌那樣的群眾運動的形式，而是以恢復了創作權利的專業詩人的詩歌創作的形式，繼續和發展了天安門詩歌所體現的人民的願望和意志，同時也繼續和發展了天安門詩歌在藝術上的真率和自由的特色。這種以恢復了創作權利的專業詩人的詩歌創作為主體的詩歌運動，雖然仍然是以人民的代言的方式來表達人民的思想感情，但由於經歷了一個詩人與全體中國人民一起受難，一起企盼解放的非常時期，詩人和人民的感情已經達成了高度的一致，詩人和人民的思想也已經達成了高度的共識，在這樣的情況下，詩人作為人民的代言，就不是一種政治的矯情，而是人民的心聲的一種真實的傳達。從文革的死寂中復甦的詩歌也因此而獲得了一種真實的力量，抒真情、說真話、表達真實的思想感情，也就成了這期間的詩歌以及整個文學所共有的一種時代特色，一種為全體詩人和作家所共同遵循的創作追求和最高的也是最基本的美學原則。進入歷史的新時期之後的 20 世紀 70、80 年代的詩學，也就是以這樣的一個對真實性的創作追求和美學原則為起點，開始自己對於前此時期的詩學理論的反撥和新的詩學理論的建構的。

在整個中國當代文學和當代詩歌發展的歷史中，恢復對真實性的追求、真實性重新成為一種創作原則，也就意味著長期以來受到歪曲、在文革期間更被毀滅殆盡的中國新文學的現實主義傳統，同時也在得到恢復和發展。在這個過程中，一批在中國新詩史上代表不同時期的現實主義詩歌的創作特色和成就的詩人，在經歷了長期的政治磨難之後應時「歸來」，無疑為這期間中國新

詩現實主義傳統的恢復和發展，起了一種推波助瀾的作用。就這批「歸來」詩人的構成而言，雖然有代表 30、40 年代現實主義詩歌高峰時期的詩人如艾青，代表 40 年代中後期現實主義詩歌新變時期的詩人如「七月派」詩人，和代表 50 年代現實主義詩歌遭受挫折時期的詩人如公劉、白樺、邵燕祥、流沙河等所謂「五七族」詩人等不同類型，他們「歸來」後的詩歌創作，從思想內容到藝術風格，也都有很大的差別，但無論是像艾青這樣老一代詩人終生不倦地禮讚光明，追求哲理化的詩歌意象，還是像「七月派」這樣早已進入中年的詩人，矢志堅守不變的人生信念，高揚詩化的人格個性，抑或是像公劉、白樺這樣事實上已經告別青年的所謂「五七族」詩人，依舊不放棄當年的政治理想，在詩中重新點燃激情的火焰，等等，都有一個共同的特點，是忠實於主體的思想和情感，同時又把自己的作品看作是一定時代的社會生活和人民情緒的反映。這種現實主義的創作原則也就使得這批「歸來者」的詩歌創作理所當然地成了結束文革後的歷史轉折期的一代知識分子的心路歷程的忠實記錄，同時也是記載這個特殊的歷史轉折時期整個民族從昏亂走向清明的一部「詩史」。「歸來者」的詩歌創作的這種現實主義特色，理所當然地要被看作是這期間的文學恢復和發揚現實主義傳統的一個重要表現，是復興的現實主義文學傳統的一個重要組成部分，它同時也為這期間正在恢復重建的現實主義文學理論（包括詩歌理論）提供了重要的創作資料和經驗的實證。如同他們所顯示的創作傾向一樣，這批「歸來者」在一些重要的詩歌理論問題上，也都有著鮮明的現實主義立場，他們事實上也是這期間恢復和重建現實主義文學理論

（包括詩歌理論）的一支重要的生力軍。文革結束以後的新時期詩歌理論恢復與傳統的聯繫由茲開始，嗣後現實主義詩學與崛起的現代主義詩學乃至整個文學理論中的現代主義傾向的衝突，也因此而埋下了很深的歷史契機。

如果把「歸來者」的範圍擴大到直接的政治受難者以外，但又確係政治的原因中斷了詩歌創作而後又復出詩壇的詩人，情況當然也有例外。而且這種例外又並非是完全與歷史無關的某種純粹偶然個別的因素，而是聯繫著一種內在因緣和歷史趨勢。這個例外就是復出後的「九葉派」的某些詩人的創作及其所引發的某些詩歌問題的爭論。其中尤其是杜運燮寫於 80 年代初的一首名為《秋》的作品所受到的批評，竟使得後來一些年輕詩人的「新潮」詩歌創作獲得了一個共同的命名。[3]杜運燮的這首詩所受到的批評，作為一樁文學公案，無疑有著超出批評者的批評意圖之外、為批評者所意料未及的一種內涵和意義。批評者所指責的杜詩的「朦朧」，實則是「作者運用四十年代就嘗試過的把官能感覺和抽象觀念聯結起來的現代藝術手段，來表達他新生活的喜悅」[4]，亦即是用一種屬於現代主義範疇的有別於現實主義的藝術表現方式來反映生活現實。這樣的批評之所以能夠轉嫁於、同時也普遍適用於一些新進的知青詩人的創作，作為以他們為主體

---

[3]　杜運燮的這首詩發表在《詩刊》1980 年第 1 期，詩人章明在同年《詩刊》第 8 期上發表了一篇名為《令人氣悶的「朦朧」》的文章，批評杜運燮的這首詩，文章稱這一類詩為「朦朧體」的詩，「朦朧詩」即由此得名，後轉指以知青詩人為主體的「新潮」詩歌創作。

[4]　洪子誠、劉登翰：《中國當代新詩史》，人民文學出版社 1993 年版，第 330 頁。

的「新潮」詩歌的一個藝術的共名，正表明在復出的「九葉」詩
人和崛起的「新潮」詩人的之間，存在著某種曲折而又微妙的內
在聯繫，這個聯繫也就是他們所共有的某種現代主義的藝術傾
向。這樣的聯繫同時也表明，「九葉派」這個在 40 年代帶有鮮明
的現代主義傾向同時又具有某種現實主義特徵的新詩流派，復出
於文革結束後的新時期詩壇，又一次為復甦的中國新詩注入了一
種藝術的新質。「九葉派」的一位女詩人也是詩歌理論家鄭敏，
在論及知青詩人的「新潮」詩歌與「九葉派」的帶有現代主義傾
向的詩歌之間曲折而微妙的內在聯繫時，曾經列舉過一個重要的
例證，她說：「幾個年輕詩人在翻閱上半個世紀的現代主義詩集
時，發現了灰塵覆面，劫後餘生的 40 年代的詩作，為之震驚，
他們說：這些詩正是我們想寫的，於是開始了自己的開墾。」據
此，她認為，「如果將 80 年代朦朧詩及其追者的詩作與上半世紀
已經產生的新詩各派大師的力作對比，就可以看出朦朧詩實是
40 年代中國新詩庫存的種子在新的歷史階段的重播與收穫。」[5]
事實上，「九葉派」詩人不但以他們帶有現代主義傾向的詩歌創
作，影響了新進的知青詩人，啟發他們開始了自己的藝術探索，
而且復出後的「九葉派」詩人，如鄭敏、袁可嘉這樣的詩歌理論
家，同時也以他（她）們對西方現代主義詩歌和中國新詩歷史上
的現代主義詩歌潮流的研究和評介，為文革後新時期詩歌乃至整
個新時期文學的現代主義實驗，提供了重要的歷史和藝術的參
照。無論從那個方面說，新時期現代主義詩歌園地的開拓，都是

5　鄭敏：《新詩百年探索與後新詩潮》，《文學評論》1998 年第 4 期。

由「九葉派」詩人播撒了最初的種子。因此作為一個特殊的「歸來者」群體,「九葉派」詩人對這期間詩歌創作的復甦和詩學理論的發展,都有著特殊重要的意義。

如上所述,「歸來」詩人這兩種不同類型的創作群體,對新時期詩歌創作和詩歌理論的影響雖然各不相同,但有一個共同之處,是二者都著眼於在歷史和現實之間建立某種聯繫,以便通過恢復和重建某種歷史傳統,為文革結束後的詩歌創作和詩歌理論的發展,找到一個可靠的邏輯起點,提供一種合理的歷史依據。因為有這樣的一個共同之處,所以就「歸來」詩人的整體而言,在創作和理論上,都帶有一種回歸傳統的趨向。或者說,他們是通過回歸新詩傳統、借助新詩傳統的資源,完成跨越文革的斷裂,開創當代詩歌發展的新時期的。與這些「歸來」詩人回歸傳統的趨向完全不同甚至截然相反的是,對文革的現實(包括思想和藝術)本來就具有某種反叛傾向的知青詩人,在文革結束後逐漸由「地下」浮出海面,從思想到藝術都給人以一種離經叛道、驚世駭俗的印象。圍繞他們的詩歌創作所提出的問題,也因此而引起了激烈的爭論。關於這些知青詩人(包括與他們年齡相近的其他青年詩人甚至某些中年詩人)的創作,人們習慣於在整體上籠統地以一個「朦朧詩」、「新詩潮」或「新潮詩歌」、「現代主義詩歌」這樣的共名相稱,事實上,這個群體如同「歸來」詩人群體一樣,也有著複雜的構成成分。如果僅就他們的創作所表現出來的思想和藝術傾向而言,至少可以將這個群體區別為以下三種類型:第一種類型是與「歸來」詩人和文革後恢復創作的其他詩人從思想到藝術最為接近的一部分詩人。這部分詩人這期間的詩

歌創作同樣大體不出「傷痕」、「反思」和「改革」的主題，藝術的表達方式也大體比較傳統，有的甚至還襲用了諸如「政治抒情詩」這種風行於 50、60 年代的詩體，或其他在藝術表達上比較明白曉暢的現實主義詩歌體式及其變體。這一部分青年詩人的詩風其實並不「朦朧」，他們的詩中所表達的思想感情也頗為切合時宜。他們的創作事實上是這期間正在恢復的現實主義詩歌傳統的一個新的發展，相對於 50、60 年代的現實主義詩歌來說，「發展」的表現是強化了思考的成份和詩人的主體性，在藝術上也顯得較為開放。從這個意義上說，這部分青年詩人在期間的詩歌創作同時也是現實主義詩歌新變的一個重要表現。如果要以「新潮」論之，則他們的創作實質上是一種現實主義性質的詩歌新潮。第二種類型是由傳統向現代轉變，或者具體說，是由傳統的浪漫主義向帶有現代主義傾向或現代主義詩風轉變的一部分詩人。這部分詩人最初的創作所受的影響，往往是來自中國新詩或西方詩歌的某種浪漫主義（也有某些現實主義的因素）的藝術傳統，借這種浪漫主義的詩歌藝術來表達詩人在文革期間所經歷的苦難生活的感受，歌頌在苦難的生活中相濡以沫的友愛親情，或通過一種浪漫主義的想像營造一種虛幻的童話世界，以求得對苦難的超脫和昇華。這一部分詩歌作品也大都明白曉暢，也不存在藝術上的「朦朧」問題。從這個角度看，這一部分青年詩人的初期創作同樣也帶有某種接續傳統的意義。只是當他們接觸了早期知青詩人在文革期間和文革後創作的一些詩歌作品，在驚歎於他們的作品的新奇怪異的同時，也激發了他們藝術創新的熱情，他們的創作才開始由浪漫主義向現代主義發生轉變。在這個轉變的過程

中，由於 70、80 年代之交的一些社會思潮和文學思潮尤其是西方現代主義哲學思潮和文學思潮的影響，他們的創作從思想到藝術才開始顯出某種「朦朧」色彩，才具有某種先鋒和前衛意義，也才開始被人們目為一種現代主義詩歌新潮的表現。但是，即便如此，其中有些人的詩歌創作在轉變之後仍然保持了一種明朗的詩風，而大多數詩人的創作則在轉變之後很快就與新潮詩歌中最為激進的藝術實驗合流，成為這期間新潮詩歌的一股引人注目的中堅力量。第三種類型是最能體現這期間新潮詩歌的本質特徵、代表了這期間最為激進的詩歌藝術實驗、最具先鋒和前衛色彩，因而最為突出地顯示了這期間新潮詩歌的現代主義傾向的一部分詩人。這一部分詩人包括在文革期間就開始思想和藝術探索的早期知青詩人，和文革結束後浮出海面實際上引領著這股詩歌新潮的一些知青詩人。雖然前一部分知青詩人的藝術探索對這期間的新潮詩歌乃至整個新時期詩歌和後一部分知青詩人的詩歌創作，都產生了深遠的影響，但由於他們在文革結束後過早從詩壇淡出，故而這期間圍繞著新潮詩歌展開的爭論，主要是集中於後一部分知青詩人和上述轉變後的一些青年詩人的詩歌創作。這一部分新潮詩人的詩歌創作和藝術實驗所提出的問題，尤其是有關藝術革新和現代主義的詩學問題，因而也就成為這期間詩學研究的主要思想資料和理論資源。

　　以上，我們論述了文革結束後的新時期詩歌從現實主義傳統的恢復到現代主義新潮的湧現，和「歸來」詩人與新潮詩人的不同類型，目的旨在說明，文革結束後的新時期詩歌創作的復甦，經歷了一個極為複雜的過程，有著極為複雜的表現，因而作為這

期間詩學理論的發展背景，同時也具有極為複雜的構成因素。就一個縱向的過程而言，嚴格意義上的創作復甦，事實上在 70、80 年代之交經過政治上的撥亂反正和理論上的正本清源，隨著文學上的現實主義傳統的恢復，也就意味著被文化大革命窒息的詩歌創作已經得到了全面復甦。「歸來」詩人的創作就是一個證明。但是，問題是，這個創作復甦的過程，又不是對歷史的一個簡單的重複，而是在經歷了一個否定之否定的辯證的歷史行程，和在思想與藝術上的揚棄之後，又加入了一些新的因素。這些新的因素的加入也就使得得到恢復的現實主義傳統，不復是原來的樣子，而是同時也發生了新的變化。這種變化既有「歸來」詩人的藝術發展，也包括新潮詩人正在萌芽的藝術探索。而當這種發生了新變的傳統仍然不能滿足一個開放的時代藝術革新的需要時，新的裂變又要發生。新潮詩人相對於「歸來」詩人的創作變化，是這種裂變的表現；更新一批後來被稱之為「後新詩潮」詩人相對於新潮詩人的創作變化，也是這種裂變的表現。

　　所謂「後新詩潮」詩人，是 80 年代中期前後崛起的一個極為複雜的詩歌群體。這個群體中有極少一部分人是從新潮詩歌內部分裂出去的一些更為激進的新潮詩人，絕大部分人則是這期間活躍在各大學校園的一些更為年輕同樣也更為激進的校園詩人。這些校園詩人大多受過新潮詩歌的影響或追隨過新潮詩歌創作，而後則因為新潮詩歌從思想到藝術、從觀念到方法，都不能滿足他們對於詩歌的更為激進的要求，加上多少也受了這期間從國外介紹進來的極為有限的後現代主義思潮的影響，和當時思想

文化界關於文化問題的討論中涉及到的某些文化觀念的啟示，這批校園詩人開始走上了一條反叛新潮詩歌的道路。PASS 舒婷、PASS 北島是寫在他們的旗幟上的一個激進的口號。尤其是新潮詩歌中所表現的從文革的苦難中昇華出來的對於悲壯和崇高的美學追求，和在新潮詩歌中普遍流行的意象化的表現方法，更是他們集中攻擊的主要目標，反崇高、反意象也因此而成了他們共同的理論趨向。這批後新詩潮詩人不但是以一種激進的觀念、激進的姿態，同時也是以一種激進的方式崛起於 80 年代中期前後的詩壇，他們在很短的時間內成立了許多詩歌派別，發表了許多理論宣言，打出了許多創作旗號，又在 1986 年以「大展」的方式，在報刊上集中展示了他們的陣容。雖然他們以這樣的方式突兀崛起於 80 年代中期的詩壇，被認為是這期間的詩壇的一次「暴動」和「騷亂」，他們自身也確實存在著許多問題，尤其是理論上的隨意性和理論與創作脫節的現象，更是他們致命的弱點。但是，儘管如此，這些後新潮詩人對於新潮詩歌的裂變行為本身，對於這期間的詩歌創作和詩歌理論的發展，仍然是具有積極意義的。它不但以一種激進的方式顯示了這期間的詩歌不斷革新變化的總體趨勢，同時也引起了詩歌理論的不斷革新和變化。而且後新潮詩人對於一些詩歌理論問題的思考和他們所發表的宣言、主張儘管還不夠成熟，也不成系統，但其中的一些合理的因素和一些原創性的思考，對於這期間的詩學建構，也不是毫無意義的。20 世紀 70、80 年代的詩學正是經歷了文革結束後的創作復甦和在這個過程中所發生的一系列藝術的裂變，並以之為背景，開始了獨特的理論追求的。這種理論追求因為從不斷發生裂變的詩歌

創作中吸取豐富的經驗材料和思想資源，而富於一種創造的活力
和開放的色彩。

　　在整個 20 世紀下半葉中國的社會政治生活中，文學藝術活
動始終佔據著突出的位置。就文化大革命前的 50、60 年代而言，
這期間頻繁開展的政治運動，大都是從一些文學藝術問題發難，
以文學藝術問題為突破口發動起來，而後轉向一些實質性的政治
問題，或始終是以文學藝術的名義進行的政治運動。60 年代中
期開始的文化大革命及文革期間的政治鬥爭更是如此。由於這一
特殊的社會政治和歷史原因的影響，以至於在文革的最後瞬間爆
發的天安門詩歌運動，也帶有極為濃厚的政治色彩，或者說，它
本身就是一場以詩歌的名義開展的政治抗議運動。天安門詩歌的
這種特殊的政治性質，就使得文革結束後的 70、80 年代詩學從
一開始就因為社會歷史的巨大變動，而被一股政治的力量推向了
歷史的前臺，凸現於文學的前景之上。而且此後在一個相當長的
時間內，詩學問題都與這一時期若干社會政治問題和文化問題密
切相關，都因此而在整個文學乃至社會文化問題中佔有特殊的位
置，受到文學界乃至整個社會的密切關注。

　　這期間的詩學問題凸現於歷史的前臺，首先是開始於對天安
門詩歌運動的歷史評價。1978 年天安門事件平反，是文革結束
後政治上撥亂反正的一個重大舉措，也是撥亂反正的一個重大政
治成果。正因為如此，所以對天安門詩歌的評價，理所當然地就
成了這一撥亂反正運動的一個重要組成部分，成了這一撥亂反正
運動的某些政治思想主題在詩學領域的具體表現。在這期間對天

安門詩歌的評價中，涉及到詩學問題的，大體有如下幾個方面：第一個方面是天安門詩歌抒真情、說真話的精神。這種精神在中國詩歌歷史中，本來是發源於「詩言志」的一種詩學傳統，所謂「在心為志，發言為詩」、「情動於中而形於言」，都是說詩是一種真情實感的自然流露，都是建立在抒真情、說真話的基礎上的。二千多年來，中國新舊詩歌的一些優秀作品，無一不是真情實感的產物；一些為人稱道的詩人，無一不是有至性至情的詩人。文化大革命毀滅了詩歌，也毀滅了這種詩歌精神。天安門詩歌使這種精神得到了恢復，既是對中國詩歌傳統的一種繼承和發展，也是以民族詩歌的這種深厚的精神傳統，對抗文革期間流行的假、大、空的詩歌風氣，同時也是對抗這種詩歌風氣賴以成長、存活的假、大、空的政治風氣。而且這期間對天安門詩歌的評價，尤其重視對後者的政治意義的闡發，正是借助後者的政治意義，它在詩學上的意義才獲得了更高的評價。第二個方面是天安門詩歌的情感特質和理性精神。在這期間對天安門詩歌的評價中，普遍認為，天安門詩歌是一種「憤怒的詩」：「憤怒出詩人」。對這種「憤怒」的感情的肯定，既是對詩之為詩的一種情感化的特質的肯定，同時也是對天安門詩歌所表達的一種政治抗議的肯定。這樣的評價因而既具有一種詩學的意義，同時也具有一種政治學的意義。與此同時，對天安門詩歌的理性精神，論者也給予了很高的評價。儘管這些極為有限的同時還難免帶著那個時代特有的政治局限的理性思考，在天安門詩歌中並未佔有太大的比重，但基於這種思考所顯示的一種新的思想萌芽和政治傾向，仍然受到了人們的高度重視。對天安門詩歌的這種理性精神的重視，既是

一個撥亂反正、解放思想的時代的一種迫切的政治需要，也是一個反思歷史、重建理性的文學時代的一個重要的詩學問題。這個詩學問題在這期間凸現於歷史的前臺，也是因為它具有這樣的雙重意義。第三個方面是天安門詩歌自由的創造和開放的文體。儘管天安門詩歌是一種憤怒的情感的自然流露，在藝術上是一種未經打磨的急就章，而且主要出自一些普通群眾之手，如果套用一般的藝術標準，無疑很難獲得肯定的評價。但就是這種衝破了一切規範和約束，打碎了一切鐐銬和枷鎖的自由的表達，和古今中外盡為我用的不拘一格的文體，不但是對文革文學的清規戒律的一個大膽的反叛，而且也是一種無拘無束的自由的思想的表現。人們看重它的正是這種自由的文學精神和開放的文體特徵，給這期間的文學革新和詩歌革新，乃至整個文化思想上的解放所帶來的啟示意義。凡此種種，這期間對天安門詩歌的評價，由於一種特殊的歷史原因，尤其是其中的政治因素的影響，而具有一種特殊的意義。這期間對天安門詩歌的評價也因此而被推到了歷史和文學的前臺，成了 70、80 年代詩學發展的第一個階段的標誌。此後的一段時間對「歸來」詩人的創作評價和詩學研究，所涉及的大體也是上述方面的問題。作為這期間現實主義詩學傳統得到恢復和發展的表現，這些問題也因此而成了這期間的詩學理論的一個基本內容和重要特點。

　　20 世紀 70、80 年代詩學發展的第二個階段，是圍繞新潮詩歌的討論中所涉及到的詩學問題。這場通常泛稱「朦朧詩」問題的討論，從 70、80 年代之交一直持續到 80 年代中期前後，是這期間的詩學發展中最為引人注目、涉及到的問題最多、最具實質

性，因而對這期間的詩歌和文學發展也最具影響力的一場有關詩歌問題的討論。這場討論的緣起首先是由一些新潮詩人的詩歌作品的認識和評價問題引起的。如前所述，文革期間早期知青詩人在「地下」狀態所從事的藝術探索，經過他們的後續者在文革結束後所創造的一個「半地下」狀態的《今天》時期[6]，已經受到了人們的普遍重視，也得到了詩壇的公開承認。與此同時，一些直接受到早期知青詩人或《今天》影響的青年詩人的詩歌創作，也因為思想和藝術的近似而逐漸引起了人們的關注。但是，儘管如此，這些詩人的作品，從思想到藝術，仍然是正在復興中的現實主義詩歌潮流中的一個異數。接納這樣的詩人和詩歌作品，仍然需要在觀念上來一個更新和革命。因此，圍繞這些青年詩人的創作討論也就不可避免。早在 1979 年，詩人公劉針對在詩壇上嶄露頭角的顧城的一些寫於文革期間，表現了詩人獨特的思考、奇妙的幻想和憤世嫉俗的情緒的作品，就提出了一個如何理解和研究這些青年詩人從思想到藝術都令人「不勝駭異」的詩歌作品問題，認為對他們的作品，不應「過於簡單的否定」，而應「努力去理解他們，理解得愈多愈好」，「即或這些詩作中有著消極的甚至是頹廢的一面，但其所以會出現這種狀況的社會心理因素，也還是值得認真研究的。」[7]與此同時，公劉對這些青年詩人勇

6　指由早期知青詩人之一北島創辦並主編的《今天》雜誌，1978 年底出刊，1980 年停刊，共出 9 期，以打字油印的方式非正式地在民間發行。刊載了大量早期知青詩人在文革期間的詩作和最新創作，對延續早期知青詩人的藝術探索和集結新的詩歌隊伍，起到了很大作用。後來的研究者把集結於這個刊物的早期知青詩人和受他們影響的後進，統稱為「今天派」。

7　公劉：《新的課題——從顧城同志的幾首詩談起》，《星星》1979 年 10 月復刊號。

於思考和大膽探索的精神，也給予了充分的肯定。此後，圍繞這些青年詩人的創作，詩歌界在各種場合、利用各種方式相繼展開了熱烈而廣泛的討論。

在對這些青年詩人的創作討論中，從 1980 年開始，持續幾近兩年的另一個討論的熱點，是在南方的《福建文學》上展開的關於當地的一位年輕的女詩人舒婷的創作問題的討論。如同這期間嶄露頭角的一些知青詩人一樣，舒婷的創作也是開始於文革期間，但與上述從事獨特的思想和藝術探索的早期知青詩人不同，她這期間的作品主要不是以思想的反叛和藝術的怪異取勝，而是以表現疏離政治的友愛親情為主，在藝術上則帶有很重的自我表現的傾向和浪漫主義的憂鬱與感傷的色彩，文革後的創作則受到了早期知青詩人藝術實驗的一些影響。《福建文學》在開闢這一討論專欄的編者按語中說：「舒婷的創作，不是偶然出現的個別現象，而是當前詩壇上一股新的詩歌潮流的代表之一。如何分析這股新詩潮，是目前詩歌界普遍關注和思考的中心，也是我們這場討論爭議的焦點。」[8]對舒婷的創作的討論，涉及到的不僅僅是舒婷的作品的具體評價問題，同時還有諸如詩與政治的關係問題、詩人表現自我的問題，以及向外國詩歌學習和新詩發展的經驗教訓問題等等。

以顧城和舒婷為中心展開的對新潮詩人的創作討論，是這期間詩歌創作也是詩學理論嬗變的一個重要表現。尤其是對顧城的創作討論，更具典型意義。顧城的父親顧工也是詩人，與詩人公

8　見《福建文學》1980 年第 2 期。

劉既是同輩朋友，建國後又都在部隊從事詩歌創作。對顧城的
詩，顧工後來也寫過一篇名為《兩代人》的文章，表達了與公劉
類似的意見。在文革動亂期間，當顧工領著他的家人下放到灘河
灘上時，顧城只有 14 歲，那時候他就開始寫詩，但畢竟天真、
幼稚。文革結束後，顧工從顧城的詩中突然發現，他的兒子長大
了，兒子的詩也長大了，但卻變得「晦澀」、「低沉」、「難懂」。
他感到「忿怒」和「驚愕」不解。他把這一切都歸結為文革動亂
在顧城「幼小的心靈中留下了太多的『冰川的擦痕』」。他執意要
「想辦法幫助他把這些『擦痕』擦掉」，讓他的心靈「像一片磨
得沒有一絲細紋的透鏡」，「永遠充滿瀑布般的陽光」。因為他們
「當年行軍、打仗的時候，唱出的詩句，都是明朗而高亢，像出
膛的炮彈，像灼燙的彈殼」[9]一樣。顧工的這種心情，比較集中
地表明瞭兩代詩人之間的差異和矛盾，這種差異和矛盾，同時也
是兩種詩歌觀念、兩種詩歌風格的差異和矛盾，亦即是長期以來
形成的為政治服務的詩歌觀念和現實主義的詩歌風格，與以自我
表現為中心的詩歌觀念和帶有現代主義傾向的詩歌風格之間的
差異和矛盾。這種差異和矛盾所導致的詩歌理論上的衝突，在這
期間雖然是見諸個別青年詩人的創作討論，但實際上卻是在兩
個不同的詩歌群體或兩代人之間展開的思想和藝術衝突，因而
這個衝突又帶有一種詩歌的歷史轉換和代際嬗變的性質。衝突
中所涉及到的問題，既是這期間的詩學研究和新的詩學建構的
一些核心問題，又因為與這期間整個文學的革新變化和對外開

---

[9]　參見顧工：《兩代人》，《詩刊》1980 年第 2 期。

放密切相關,因而事實上也成了這期間整個文學革新問題的焦點對象。

　　緊接著這場討論展開的,依舊是以這些年輕詩人的創作為對象的,是由前述對「九葉派」詩人杜運燮的詩歌新作的評價引起的關於詩的「朦朧」和「朦朧詩」問題的討論。這場討論從表面上看來主要是圍繞讀者對這些青年詩人的詩作的閱讀反應問題展開的,亦即是「讀得懂與讀不懂」的問題,但實際上仍然是上述問題的一個理論的延伸。在這場討論中,爭論比較熱烈的關於「朦朧詩」的概念和如何看待詩的「朦朧」問題,其實並無多少新的理論價值,而當問題涉及到詩的「朦朧」和「朦朧詩」的成因時,就不能不追問作者對社會人生問題的思考和藝術表達方式,即作者所持的人生哲學和藝術哲學問題。分歧便由此而生。因為造成所謂詩的「朦朧」與「難懂」的問題,從根本上說,仍然不外乎是它的思想內容難以理解和藝術表達難以接受兩個方面。這兩個方面的問題,前一個方面涉及到的無疑是詩人以何種人生哲學看取社會人生,他(她)的思想感情是否合乎某種普遍的思想和政治規範。後一個方面涉及到的則是詩人以何種藝術哲學從事藝術創造,他(她)的藝術表達方式是否合乎某種藝術和審美規範。這兩個方面的問題涉及到的因而實質上都是一個規範與反規範的衝突問題。這樣,關於詩的「朦朧」與「朦朧詩」問題的討論就勢必要涉及到一些更深層次的詩學理論。討論必然要逐漸升級。關於這些更深層次的詩學理論的討論,雖然在上述討論中已有所涉及,但較為集中深入地展開的,是圍繞謝冕、孫紹振和徐敬亞三人的三篇有關新潮詩歌的文章展開的激烈爭論。這

場爭論後來通稱為「三個崛起」問題的討論，原因是引起這場討論的三篇文章的篇名都含有「崛起」的字樣[10]。這當然只是一種表面現象，實質是，這三位作者的立場、態度和觀點，都有許多近似之處，都是站在這些青年詩人的立場，以為他（她）們的新潮詩作辯護的態度，對他（她）們的創作進行闡釋和論證的，他們也因此而成了這些年輕的新潮詩人在理論上的重要代表。在這「三個崛起」中，如果說最先發表意見的謝冕的文章，還主要是針對當時正在進行的對諸如顧城、舒婷等青年詩人的創作討論，以新詩尤其是當代詩歌的歷史為鑒，呼籲人們對這些青年詩人的創作給予更多的「容忍和寬容」，以便於詩歌藝術的創新和發展，為新潮詩歌在理論上開拓道路的話，那麼，孫紹振的文章就以一種挑戰的姿態，把由新潮詩歌所代表的一種「新的美學原則」，與當代詩歌長期以來所遵循的一種舊的美學規範之間的對立與衝突，提到了人們面前，而且比較系統深入地論述了這種「新的美學原則」的主要表現和本質內涵，為新潮詩歌確立了一塊理論的基石。嗣後，似乎是要為孫紹振的文章作注，但事實上是與孫文同時寫作的徐敬亞的長文，則結合這期間的一些新潮詩人的創作和新潮詩歌的發展，從思想到藝術，系統地分析論證了新潮詩歌的現代特徵，同時也以此為基礎並由此出發，預言了當代詩歌

---

[10] 這三篇以「崛起」命名的文章分別是：謝冕：《在新的崛起面前》，發表於《光明日報》1985 年 5 月 7 日；孫紹振：《新的美學原則在崛起》，發表於《詩刊》1981 年第 3 期；徐敬亞：《崛起的詩群——評我國詩歌的現代傾向》，正式發表於《當代文藝思潮》1983 年第 1 期。徐文作於發表前 2 年，是作者的學士學位論文，此前在學生自辦的刊物上發表，已產生了一定的影響。

的現代化趨勢，為新潮詩歌地位的確立提供經驗的實證。這三篇文章雖然不是一個理論家成體系的詩學思想，但卻從不同方面集中代表了這期間新潮詩歌的主要理論話語和基本理論傾向，是這期間詩學研究的一些重要的思想資料。

新潮詩歌討論在 20 世紀 70、80 年代，是一個重要的文學事件，也是一個重要的社會文化事件。這些討論雖然是發生在詩歌領域，是圍繞一些詩歌創作和詩歌理論問題展開的，但由於詩歌問題從文革後期對結束文革起著重要作用的天安門事件，到文革結束後新時期的整個歷史轉換和文學復甦，乃至此後的改革開放和波瀾迭起的藝術革新，詩歌都是處在整個社會文化和文學的前沿位置，因此有關詩歌問題的討論又總是與這個激變時期許多敏感的社會政治問題密切相聯，詩學問題也因此一次又一次地被推向歷史的前臺。尤其是新潮詩歌討論和其中所涉及到的詩學問題，更與文革結束後從撥亂反正、解放思想到實行改革開放政策的過程中遭遇到的諸多社會政治和思想文化問題，有著千絲萬縷的聯繫。這場討論因而常常糾纏於一些社會政治和思想文化問題，而未能就詩學問題本身進行深入的理論探究。因為新潮詩歌所提出的許多重大的詩學理論問題未能得到根本的解決，故而當更新一代的後新詩潮詩人崛起之後，很快就以他們並不精良的武器和雜亂無章的戰法，衝破了新潮詩歌的理論防線，後新潮詩歌的所謂理論、宣言和藝術主張，一時之間如決堤之水，汪洋恣肆，任意氾濫。而且在經歷了新潮詩歌曠日持久的爭論之後，面對這股新的詩歌潮流，人們已感疲於應付，而且在理論上也無足夠的準備，故而這股比上述新潮詩歌更為激進的詩歌潮流，在文學界

並未像新潮詩歌那樣引起太多的爭論，相反，除了這些後新潮詩人的內部騷動之外，整個詩壇的反應倒比新潮詩歌湧起之時顯得平靜得多。但是，儘管如此，在後新潮詩歌內部，仍然有一些詩人和他們的理論代言人在從事著嚴肅的理論探索，透過他們林林總總的宣言、主張，仍然可以尋到若干有價值的理論線索。正是通過這些理論線索，我們才得以把握後新潮詩歌的詩學脈搏。從新潮詩歌到後新潮詩歌，是這期間詩歌內部的一次裂變，由此引起的詩歌理論的變化，也是這期間詩學內部的一次裂變。20 世紀 70、80 年代的詩歌創作和詩歌理論在復甦之後，經歷了從新潮詩歌到後新潮詩歌的激烈動盪及其間的裂變，到世紀末期復歸於平靜。這是當代詩學的一個行程的結束，也是新世紀的又一個行程的開始。

第二章　核心理念：藝術革新和詩歌的現代化

——70 至 80 年代詩學的焦點問題和主導思想

　　以上，我們以文革結束後詩歌藝術的復甦和詩學問題的凸現為中心，系統梳理了這期間的詩歌創作和詩歌理論發展情況，從這種梳理中，我們不難看出，與 50、60 年代的詩歌創作按照某種既定軌道，由一種外在的政治力量左右其發展不同，這期間的詩歌創作則主要是受著它自身力量的驅動，始終處在不停頓的革新變化之中，而且這種變化又不是像 50、60 年代那樣，受制於同一種政治本質，而是同時也伴隨有一種新質的不斷生長。這種不斷生長著的新質不但體現了這期間的詩歌創作不斷追求藝術新變的特色，而且也引起了這期間的詩歌理論的不斷革新變化，從而使這期間的詩歌創作和詩歌理論從總體告別了 50、60 年代已趨於定型的「古典加民歌」的單一模式，走上了一條不斷地追求藝術革新和詩歌現代化的發展道路。

　　20 世紀 70、80 年代是一個藝術革新的年代，中國自有新文學以來，除了五四文學革命和新政權成立之際的文學轉換，劃分新舊兩個文學時代之外，未有如這一次的變化如此之烈，結果的反差如此之大者。論者常以繼五四之後的又一次「文藝復興」和

當代文學歷史的「新時期」，來論述這期間的文學，正是以五四
文學革命和新政權成立之際的文學變化為參照，來觀照這期間的
文學所發生的深刻的歷史變動。相對於五四文學革命和新政權成
立之際的文學變化而言，文革結束後的新時期文學雖然從本質上
說，與文革前的文學在其政治屬性方面並無根本的差別，但由於
經歷了文革的變異，當代文學已經「異化」成了與其固有的政治
屬性相悖的「對立物」。而這種「異化」現象的發生，又並非完
全始於文革期間極左的「革命」，而是有著十分深刻的社歷史原
因。從某種意義上說，造成這種文學「異化」的文革期間的極左
的政治「革命」，正是長期以來某些危害文學的「左」的政治因
素發展到極端的結果。這樣，文革結束後的文學在恢復當代文學
固有的政治屬性的過程中，就面臨著如下兩個方面的歷史任務：
一方面要醫治文革期間極左的政治對文學造成的直接傷害，另一
方面還要清除文革以前一個相當長的時間內逐步形成的某些危
害文學的政治影響。要完成這兩方面的任務，顯然不能僅僅依靠
我們現有的思想資源和文學資源，而是同時還要借助外來的文化
力量和文學力量，包括中國新舊文化傳統和文學傳統內部的活力
因素。這樣，文革結束後的新時期文學又有一個對外開放文禁和
對內體認傳統的問題。而且在經歷了一個長期的閉關鎖國和偏視
傳統的失誤之後，中國文學也急待重新加入世界文學的發展進
程，急待依託一個深厚的傳統背景，從一個新的起點出發走向世
界。所有這一切，都是 70、80 年代藝術革新的社會歷史和思想
文化背景，也是這期間的藝術革新的一個基本的邏輯理路。這期
間的詩歌藝術革新以及與此有關的詩歌的現代化問題，就是在這

一背景下，沿著這一邏輯理路向前發展，並逐漸成為這期間的詩學集中關注的一個核心的詩學理念的。

　　如前所述，文革結束以後的當代詩歌，如同整個當代文學一樣，隨著政治上的撥亂反正和理論上的正本清源，是以恢復被文革中斷了的歷史傳統為己任的。在這個很短的恢復期內，出於對文革的一種本能的政治反彈，同時也受著某種普遍存在的懷舊情緒的影響，在一種有關當代文學的歷史描述中，人們往往有意無意地忽略了當代文學史上實際存在著的許多災難性的事件及其所造成的沉重後果，把當代文學的既往歷史想像成如同這期間人們的政治理想中的當代歷史一樣的「黃金時代」。加上這期間一些「左」的政治影響尚未完全肅清，一些當代文學歷史問題和理論問題尚未完全得到解決，對當代文學的歷史（包括作家、作品、文學思潮和創作現象），在許多方面仍然沿襲了文革以前的描述和評價。而且這期間在落實政策後復出文壇的大批「歸來」作家的創作復甦，在一定程度上也使當代文學史上長期以來存在的某種緊張關係得到了緩解。在這樣的一種社會政治氛圍中，這期間復甦的詩歌創作雖然也加入了某些青年詩人的新的創作萌芽，和「歸來」詩人的詩歌創作中實際存在的某些思想和藝術上的異質因素，但卻因為受制於這期間整體的社會政治和思想文化潮流，而被一種復興的現實主義文學傾向所抑制，未能得到及時的發展。藝術革新既未提上這期間詩歌創作的議事日程，因而也就不可能成為這期間詩歌理論集中關注的對象。

　　但是，如同一切歷史文化現象的「復興」，都不是一個簡單的重複一樣，文革結束後的文學創作和詩歌創作的復興，也不可

能是原封不動地重複當代文學和當代詩歌的現實主義歷史，而是由於各種因素的影響，在「恢復」之中事實上也存在著新的萌芽和變化。在本編的上一章，我們已經系統地論及了這一新的萌芽和變化的過程在創作上的具體表現，它在這期間的詩歌理論上所引起的直接反應，就在於，藝術革新問題由一種被復興的現實主義傳統所遮蔽、所覆蓋、所忽略和抑制的狀態，迅速被一股新的藝術裂變的力量推向了歷史的前臺。詩人徐敬亞在他的那篇後來引起激烈爭論的長篇論文中，曾經不無誇張地描述過這股藝術裂變的力量興起的一個標誌性的事件：

> 我鄭重地請詩人和評論家們記住一九八〇年，（如同應該請社會學家記住一九七九的思想解放運動一樣）。這一年是我國新詩重要的探索期、藝術上的分化期。詩壇打破了建國以來單調平穩的一統局面，出現了多種風格、多種流派同時並存的趨勢。在這一年，帶著強烈現代主義特色的新詩潮正式出現在中國詩壇，促進新詩在藝術上邁出了崛起性的一步，從而標誌著我國詩歌全面生長的新開始。

按照徐敬亞的說法，在十年動亂中「幾乎被異化到娼妓」的地步的詩歌藝術，儘管在文革結束後的最初幾年得到了「奇蹟般的復甦」，使五四以來的新詩傳統「幾乎全面地得到了恢復」，出現了「六十年來少有的繁榮局面」，但是，由於社會生活和社會心理的劇烈變動，「短短幾年，覺醒了的詩人們又親眼目睹了大量詩壇曇花一現的衰亡史。」「當直接干預生活的政治興奮消逝之後，敏感的詩人們便把思考的方向逐步轉向了詩歌本身」，「於

是，中國的詩人們不僅開始對詩進行政治觀念上的思考，也對詩的自身規律進行認真的回想。」「八〇年初，正當詩歌理論界還仍在詩的外圍作戰的時候，刊物上已經開始零星地出現了引人注目的、角度新穎的詩。」「如果說七九年新詩主要在內容上得到了成功，那麼一九八〇年，詩則獲得了藝術上的全面進取，這是一次新鮮萌芽的豐收。」[1]

　　儘管以一個具體的自然年度來界定一種新的詩歌潮流的出現和詩歌藝術更替的歷史，也許難免膠柱鼓瑟之嫌，但是，這種描述本身卻也道出了這期間詩歌歷史變化的一個基本事實。對於這樣的一個基本事實，儘管不同論者的描述細節各有不同，在時間的認定上也有一些細微的差異，但承認這種變化已經發生或正在發生，包括它對復甦後的詩歌已經產生與正在產生的影響和衝擊，卻並無太大的分歧。分歧在於：對這股已經崛起或正在崛起的詩歌新潮及其所產生的後果，應當持怎樣的態度和評價。在這個根本性的評價問題上，無論是前述針對個別新潮詩人如顧城、舒婷等的創作討論，還是就一些重大的詩歌理論問題如「三個崛起」問題展開的爭論，都表明在文革後共同致力於撥亂反正、修復歷史，因而事實上也是在共同致力於恢復和重建新詩的現實主義傳統的詩歌界，迅速向相反的兩極發生了分化。這種分化的具體表現，首先便是如何看待這種「崛起」的詩歌新潮，相對於正在恢復之中的當代詩歌乃至整個新詩傳統的關係問題。圍繞這個問題所展開的爭論，是這期間的詩學

---

[1]　徐敬亞：《崛起的詩群──評我國詩歌的現代傾向》，《當代文藝思潮》1983 年第 1 期。

從理論上確立革新變化的觀念和追求詩歌的現代化的一個焦點
問題。

　　在這個問題上，一部分詩人和詩歌理論家竭力維護已經得
到恢復或正在恢復之中的現實主義詩歌傳統，以及與這一傳統
相關的諸多現實主義的詩歌理論原則，和歷史上（包括當代）
所進行的諸多現實主義的詩歌運動。這些詩人和詩歌理論家對
已經得到恢復或正在恢復之中的現實主義的詩歌歷史，依舊沿
襲長期以來所形成的一種「原旨主義」的闡釋和極端政治化的
評價。他們習慣於按照一種階級的和政治的標準，或詩人對革
命的立場態度和詩歌作品的思想傾向，來區分五四以來的新詩
歷史，並貼上相應的階級或政治的標籤。同時也以同樣的方式，
把當代詩歌歷史與一定時期的社會發展（社會主義事業）和政
治活動（黨在一定時期的中心工作）完全對應起來，以對該時
期的社會歷史和政治活動的評價認定該時期詩歌創作的意義和
成就，以之代替對該時期的詩歌歷史的判斷和評價。基於對新
詩歷史和當代詩歌的這種「原旨主義」的闡釋和極端政治化的
評價，這些詩人和詩歌理論家不但拒絕對經過歷史的反覆，和
政治上的撥亂反正、理論上的正本清源之後的新詩歷史和當代
詩歌，作出新的闡釋和評價，包括對他們所信守的「原旨主義」
的闡釋標準和極端政治化的評價方式本身的重新認識和反思，
而且還進一步認定經歷文革、劫後餘生的當代詩歌，只須「繼
承和發揚」根據這種「原旨主義」的闡釋和極端政治化的評價
認定的，五四新詩和當代詩歌「革命的、進步的和積極的、健
康的」現實主義傳統，就能走上一條新的發展道路。尤其是在

50、60 年代風行一時的「古典加民歌」的模式，更被奉為一種新的圭臬，作為新的「詩歌革命」的基礎和方向。與此相反，對新詩歷史和當代詩歌中實際存在著的各種形式的非現實主義和與現實主義異質的因素，他們不但基於同樣性質的「原旨主義」的闡釋，繼續堅持一種極端政治化的否定評價，而且同時也拒絕接納作為這種異質因素的再生形態或與之近似的新的藝術因素的萌芽。尤其是對西方現代主義的詩歌藝術和受其影響的新的藝術實驗，更以一種「資產階級的」或「腐朽、沒落」、「消極、頹廢」的政治本質，將其拒之於對新詩傳統的歷史繼承之外。凡此種種，正是基於對新詩歷史和當代詩歌的這種闡釋和評價，這期間已經崛起和正在崛起之中的新潮詩歌也就無可回避地被推向了新詩的「歷史」和「傳統」的對立面，詩的問題也因此而在文革後再次成了一個新的政治問題。鄭伯農在總結「三個崛起」在闡釋和評價新潮詩歌的問題上的「基本觀點」時就說，它們的共同之處是：「都否定中國的新詩所走過的道路，主張改弦更張；都要求中國的詩歌步西方世界的後塵，發展『現代』傾向。」正因為如此，這個問題也就是一個「如何對待六十年來的革命新詩傳統，如何看待今後新詩的發展道路」的問題，是在「摒棄傳統，走西方現代主義的道路，還是繼承革新『五四』以來的新詩傳統，走具有中國特色的社會主義文藝道路」之間作出抉擇的問題，因而這個問題最終也就成了一個「詩歌要不要堅持社會主義旗幟的重大問題」。論者還進一步把這個問題和當時整個思想文化界的問題聯繫起來，認為「詩歌界的這股潮流已經對整個文化領域發生了影響」，成了

這期間思想文化界某種背離傳統的社會思潮的一個重要組成部分。[2]

　　對新詩歷史和當代詩歌的這種闡釋和評價，以及由此導致的對新潮詩歌的這種認識和態度，不完全是由於某些「左」的政治殘餘的影響，也不完全是出於某些個人的藝術偏見，而是代表了長期以來在新詩歷史和詩歌理論研究中形成的一種占支配地位的主流的思想觀念。突破這種思想觀念的束縛，同樣也不完全是由於某種反傳統的現代思潮的作用，和某些個人激進的藝術觀念的驅動，而是來自於文革結束後的二、三年間詩歌創作的現狀對新詩歷史和當代詩歌所形成的挑戰和衝擊，以及由這種挑戰和衝擊所導致的對整個新詩發展的危機意識。早在新潮詩人在詩壇群體登場之初，詩人北島就說：「詩歌面臨著形式的危機，許多陳舊的表現手段已經遠不夠用了，隱喻、象徵、通感、改變視角和透視關係、打破時空秩序等手法為我們提供了新的前景。我試圖把電影蒙太奇的手法引入自己的詩中，造成意象的撞擊和迅速轉換，激發人們的想像力來填補大幅度跳躍所留下的空白。另外，我還十分注重詩歌的容納量、潛意識和瞬間感受的捕捉。」[3]如此等等，北島在這裏所談的雖然主要限於他個人在詩歌形式和表現手法上的一些新的實驗和追求，但他對於新詩的這種危機意識卻有著廣泛的代表性。正是基於這樣的危機意識，新潮詩人在文革後才不滿足於已經得到恢復和正在恢復之中的現實主義的詩

２　鄭伯農：《在「崛起」的聲浪面前──對一種文藝思潮的剖析》，《詩刊》
　　1983 年第 6 期。
３　見《上海文學》1981 年第 5 期「百家詩會」。

歌傳統，才在這個傳統經過長期的歷史積累已經提供的諸多成熟的藝術形式和表現手法之外，還要實驗和追求一些更新的「表現手段」，以適應新的藝術表現的需要，並借助這股現實需求的推動，把早期知青詩人在文革期間所從事的「地下」狀態的藝術探索，進一步擴展為一股帶有一種激進的反傳統色彩的藝術革新的詩歌浪潮。

如果說新潮詩人對詩歌的危機意識是直接來自於他們在創作實踐中的經驗感受，那麼，他們在理論上的一些代表對新詩所面臨的挑戰以及由此引發的危機意識的覺悟，則是出自於他們對於新詩歷史和現狀的理性思考。與上述新詩傳統的「恢復派」和「維護派」的詩人和詩歌理論家不同，新潮詩歌在理論上的一些代表人物，雖然也不反對恢復五四以來新詩的歷史傳統，也主張維護這個傳統的合理性和合法性，以及由這一傳統所代表的一種文學精神和文化精神，而且在文革結束後的幾年間同樣也為恢復和重建這一傳統大聲疾呼，作出了自己的歷史貢獻。但是，他們所理解的五四新詩傳統，是一個兼容並包，開放多元和不斷革新變化著的傳統。在他們看來，由五四詩歌革命所開創的這個傳統的最可寶貴之處，就在於參與五四詩歌革命的那一代詩人「具有蔑視『傳統』和勇於創新的精神」，「他們生活在一種無拘無束的自由開放的藝術空氣中，前進和創新就是一切。他們要在詩的領域中扔去『舊的皮囊』而創造『新鮮的太陽』」。這個傳統在它的發展過程中，既存在著一種革命的、進步的主流，但主流之外也並非全是反動的、倒退的逆流，或者消極、頹廢的暗流，其中有許多在階級的和政治的內容之外，涵容了更廣泛的人性內容和人

文精神的詩歌作品和創作潮流，也可能是積極的、健康的，也是有利於社會進步和人性完善的，也不能排除在這個傳統之外。同樣，在藝術上，五四以來的新詩，既有一種作為主流的現實主義傳統，也存在著各種非現實主義的和與現實主義異質的因素，尤其是對新詩的發展起著重要促進作用的現代主義的詩歌潮流，在新詩發展史上，不但以其創作上的成就和影響，而且也以其世代之間的遞嬗和一脈薪傳，事實上也已經構成了一個與主流的現實主義並行不悖並且相互補充的傳統。正是基於對五四新詩傳統的這種兼容並包、開放多元的理解，他們不但對新詩歷史上那些因為政治或藝術的原因而受到排斥和冷落的詩人、詩歌流派和詩歌作品，給予了新的闡釋和評價，而且也對有悖於五四新詩這種兼容並包、多元開放的精神傳統的某些主流的詩歌運動和與之相關的一些理論原則，發動了猛烈的攻擊。關於五四新詩六十年來的歷史，謝冕就有一個後來招致激烈批評的總體評價，在他看來，「我們的新詩，六十年來不是走著越來越寬廣的道路，而是走著越來越窄狹的道路。三十年代有過關於大眾化的討論，四十年代有過關於民族化的討論，五十年代有過關於向新民歌學習的討論。三次大討論都不是鼓勵詩歌走向寬闊的世界，而是在左的思想傾向的支配下，力圖驅趕新詩離開這個世界。」儘管他也承認這些為現實鬥爭服務和追求新詩的民族化的詩歌討論，在歷史上「曾經產生過局部的好的影響」，但就總的方面來說，新詩的道路卻是在「走向窄狹」。尤其是這三次影響巨大的討論「不約而同地都忽略了新詩學習外國詩的問題」，他認為「這是受我們對於新詩發展道路的片面主張支配

的」。[4]徐敬亞也說：「三十年來的詩歌藝術基本上重複地走在西方十七世紀古典主義和十九世紀浪漫主義的老路上，從五十年代的牧歌式歡唱到六十年代理性宣言相似的狂熱抒情，以至於文革十年中宗教式的禱詞——詩歌貨真價實地走了一條越來越狹窄的道路。」[5]謝冕和徐敬亞對於五四新詩歷史的這一總體評價顯然有失之偏激和不夠客觀之處，但他們的主導傾向卻是希望通過對新詩歷史的這種重新闡釋和批判性的反思，重新張揚五四新詩兼容並包、多元開放的藝術革新精神，以繼承這樣的精神來發揚五四新詩優秀的藝術傳統，同時為新潮詩歌尋找合理的歷史依據，以此來推動當前正在進行的藝術革新運動。

　　正因為新潮詩歌在理論上的一些代表人物對五四新詩的歷史傳統和中國新詩的發展道路，有著經過了批判性的歷史反思之後的獨特的闡釋和評價，所以，在關於新潮詩歌與五四新詩傳統的關係問題上，他們與上述「恢復派」和「維護派」的詩人和詩歌理論家的分歧，實質上就不是要不要恢復和維護、繼承和發揚五四新詩傳統的問題，而是要恢復和維護、繼承和發揚怎樣的一個新詩傳統的問題。正是基於這樣的一個原則性的分歧，依據對新詩傳統的不同闡釋和評價，新潮詩歌的挑戰和衝擊，才顯示出了不同的價值和意義。否定者視其為有悖於五四新詩傳統的一股逆流，是文革後新詩發展的一條歧路，甚者更將其視為無視藝術規律的旁門左道，擾亂詩壇秩序的洪水猛獸。肯定者則認為新潮

---

[4]　以上引文均見謝冕：《在新的崛起面前》，《光明日報》1980 年 5 月 7 日。
[5]　徐敬亞：《崛起的詩群——評我國詩歌的現代傾向》，《當代文藝思潮》1983 年第 1 期。

詩歌是對五四新詩傳統的一個合乎規律的繼承和發展，同時也是
五四新詩傳統的一個合乎目的的更新和蛻變。它對於傳統中的那
些穩定的趣味和習慣、原則和規範，也許表現出一種叛逆的姿
態，但卻使傳統中那些被長期抑制的活性因素得到了復活，使之
重新煥發了創造的生機和活力。徐敬亞說新潮詩歌「是五四新詩
的一個分支的復活；是三十年代新詩探索的繼續；也是五十年
代民歌道路失敗後的再次嘗試。是我國新詩發展的一段正常銜
接。」[6]儘管他所取的是現代主義詩潮發展的角度，但卻是符合
新潮詩歌與五四新詩傳統的歷史聯繫的實際的。在新潮詩歌的一
些有代表性的理論家的闡述中，新潮詩歌既是五四新詩傳統的一
個合乎目的性又合乎規律性的繼承和發展，因此接受新潮詩歌對
五四新詩傳統中某些陳舊的教條、僵化的模式和某些頑固的習慣
與惰性的挑戰，也就是繼承和發揚五四新詩傳統的題中應有之
義。同時也是克服新詩所面臨的危機、改變新詩的現狀，和進行
新詩藝術的革新、促進新詩發展的現代化的一個必備的前提和條
件。為著創造這樣的一個前提和條件，這期間的許多新潮詩人和
他們在理論上的代表，調動了幾乎可以利用的全部理論知識和邏
輯武器，用措辭激烈的言論，對陳舊的「傳統」和平庸的現狀發
動了猛烈的衝擊，也因此而招致了激烈的批評，引發了劇烈的爭
論，甚至成為全社會為之關注的一種文化現象和文學事件。在這
些風浪平息之後，當我們今天回過頭去檢視這場關於五四新詩傳
統和新潮詩歌的爭論，我們不難發現，這些新潮詩人和他們在理

6　同上。

論上的代表，雖然所持的觀點和持論的方式，甚至包括他們的情緒和態度，無疑都存在著許多過於偏激和失之片面之處，對他們的批評和批判因而也並非事出無因。但如就他們對這期間詩歌發展所起的作用而言，正是因為他們以這種激進的方式動搖了傳統中某種根深蒂固的規範和習慣的根基，給新潮詩歌的發展拆除了障礙，開闢了道路，新潮詩歌的藝術革新才能最終得到合法性的承認，藝術革新和追求詩歌的現代化，才能逐步成為這期間詩歌發展的一種總體趨向、一種驅動力量、一種起主導作用和支配作用的核心理念。這期間的詩歌發展也才能在恢復五四新詩和當代詩歌的傳統之後，又不致於落入某些既定的窠臼，或者沿著某種習慣的軌道滑行，而是走上了一條兼容並包、開放多元的藝術創新之路，中國新詩在經歷過文革的劫難之後，確實進入了一個「全面生長」的新時代。這樣的結果，在詩人孫靜軒的一段自述中，也許可以進一步得到更為具體也更為集中的說明。他說：「當前，中國詩壇上湧現出了許多有才華的青年詩人。他們的崛起，標誌著中國的新詩進入了一個新的歷史時期。我認為新詩屬於勇於探索、追求和開拓的青年一代的。我們四十年代和五十年代成長起來的詩人應當向他們學習，有勇氣否定自己該否定的東西。……我不贊成『新詩要在古典詩詞和民歌的基礎上發展』的主張。我認為，應該在『五四』以來中國新詩的基礎上發展新詩。重要的是在現實生活的基礎上創造嶄新的詩。」[7]

7　見《上海文學》1981 年第 1 期「百家詩會」。

　　如果說文革結束後 70、80 年代之交崛起的詩歌新潮，相對於正在恢復之中的當代詩歌乃至整個新詩傳統的關係問題，是這期間的詩學從理論上確立革新變化的觀念和追求詩歌的現代化的一個焦點問題的話，那麼，與這個問題緊密相關的另一個方面的焦點問題，就是新潮詩歌與西方現代主義詩歌的關係問題。這個問題不但關係到新潮詩歌的文化屬性和藝術屬性，同時也關係到這期間整個詩歌藝術革新追求的目標和方向。因而有關這個問題的討論，對這期間的詩學理論的發展，尤其是這期間的詩學的核心理念的形成和主導思想的確立，同樣有著重要的意義。

　　眾所周知，在西方現代主義與中國新文學之間，存在著一個極為複雜的歷史關係。就詩歌領域而言，胡適最初在海外倡導「詩國革命」，就曾受到過意象主義詩歌的影響。早期白話新詩也或多或少地接受了一些西方現代主義詩歌的藝術浸潤。到了 20 年代中期，以李金髮為代表的象徵主義，更是一股崛起於詩壇的「異軍」。此後，本質上是象徵主義的各種現代主義的詩人和詩歌派別，從 30 年代到 40 年代，在新詩的發展過程中，就如草蛇灰線，時起時伏、時隱時顯，或與浪漫主義合流，或與現實主義融合，抑或自我不斷更新和蛻變，總之是不絕於縷，成了與現實主義詩歌主流並行不悖且相互補充的一種藝術傳統。只是到了新政權成立後的 50、60 年代，由於戰後國際冷戰格局的形成和國內日漸激進的政治影響，西方現代主義文學才被推上了歷史的祭台，被賦予了一種確定的政治本質，成了西方資產階級意識形態在文學領域的代稱。文革當中更被歸於「掃蕩」之列，徹底中斷

了與西方現代主義文學的聯繫。除了前述極少數知青詩人的「地下」探索，現代主義詩歌在中國詩壇亦宣告絕跡。只是到了文革結束之後，由於新潮詩歌的湧起，人們才從他們實際所受的影響和某些藝術觀念與藝術表現的近似性，看到了新潮詩歌與西方現代主義詩歌之間的聯繫。現代主義才再次成為中國新詩發展和詩歌藝術革新的一個眾所關注的理論問題。

　　與上述在新潮詩歌與五四新詩傳統的關係問題上所出現的分歧一樣，有關新潮詩歌與西方現代主義文學的關係問題，在這期間也存在著一種闡釋和評價上的理論分歧。基於長期以來對西方現代主義文學形成的一種政治本質的認定，和同樣是從政治的角度對西方現代主義文學所作的否定評價，在有關這個問題的討論中，一部分論者堅持認為現代主義文學是屬於西方「資產階級意識形態的範圍」，是「西方壟斷資本主義時代的產物」，是「以五花八門的資產階級唯心主義為基礎的」，與「以馬克思主義思想為指導的社會主義文藝」分屬兩種「有著本質區別的社會制度和思想體系」，「不能混同起來」。[8]基於這樣的一種「本質論」的觀點，他們通過對西方現代主義文學從 19 世紀中葉到 20 世紀以來尤其是兩次戰後賴以產生的社會土壤，與文革的災難對一代人（尤其是青年）的心靈所產生的影響，和文革後的改革開放所接受的外來影響（尤其是西方現代主義的影響），進行直接類比，認定新潮詩歌「是十年內亂後遺症和對外開放帶來的新問題相結

---

[8]　參見理迪：《〈現代化與現代派〉一文質疑》（《文藝報》1982 年第 11 期，文玉：《為什麼我國的文藝不能走所謂現代派的道路》（《紅旗》1983 年第 24 期）等文。

合的產物」:「十年內亂後遺症的存在為現代主義思潮提供了傳播的土壤,現代主義思潮為思想迷惘的人提供了精神藥方。於是中國式的現代主義『詩潮』就應運而生。」既然如此,這股「崛起」的詩歌新潮與以追求現代化為目標的詩歌藝術革新,就沒有什麼關係,與正在進行的社會主義現代化,也「扯不到一起」,它的目的就在於:「『崛起』者是要承襲西方現代主義的世界觀和藝術觀,是要讓我們的詩歌走現代主義的道路。」[9]

　　不能說這些論者對西方現代主義文學的所作的這種本質認定,及對其所產生的歷史背景和社會土壤的分析,全無理論根據,恰恰相反,正是根據長期以來在國際冷戰背景和中國國內意識形態領域的階級鬥爭不斷升級的形勢下形成的,對西方社會和西方文化的某種闡釋和評價立場以及由此而生的一種主流的論斷,這些論者的上述觀點在這個急劇的政治變動時期才有著一種無可懷疑的威懾性。但是,也正是囿於長期形成的對西方社會和西方文化的這種闡釋和評價立場及某種主流的論斷,這些論者才無法看到、也不願意看到,西方現代主義文學除了上述政治本質之外,還有著一些遠比這種單純的政治本質要複雜得多的現代性因素。這種現代性因素就是,西方現代主義文學作為西方社會現代化進程中出現的一種精神文化現象,既是資本主義的現代化和資產階級現代文明的產物,因而毫無疑問是屬於「資產階級意識形態的範圍」,但是由於社會的物質生產和科學技術的現代化與精神文化(包括文學藝術)領域的現代性追求之間存在著一種不

9　以上引文見鄭伯農:《在「崛起」的聲浪面前——對一種文藝思潮的剖析》,《詩刊》1983 年第 6 期。

可調和的矛盾，因而在這種被我們認定為屬於「資產階級意識形態範圍」的現代主義文學中，同時又存在著一種反抗資本主義的現代化和與資產階級的現代文明相悖的批判性因素。而且正是這種批判性因素，集中地反映了西方現代主義文學以人為中心、以人為本位的現代性追求。即使是從一種純粹的無產階級立場出發，忠於一種經典的馬克思主義解釋，西方現代主義文學這種性質的現代性追求，對於社會的進步、文明的發展和人性的完善，也是具有積極意義的。

也許從早期知青詩人在一種極度精神饑渴的狀態下，自然而然地親近西方現代主義文學，到文革結束後的一些青年詩人在一種開放的環境中，自覺不自覺地進行現代主義的創作實驗，他們對西方現代主義文學的這種文化特質，都缺乏一種清醒的意識，包括這期間的新潮詩人和新潮詩歌理論家對新潮詩歌的闡釋和自我闡釋、評價和自我評價，對與西方現代主義文學有關的這種現代性的悖論，也不可能有一個明確的認識。但是，他們卻從文革期間極端的政治高壓、思想禁錮和人性扭曲中，直接經驗到了如同西方現代主義作家（詩人），在一種高度發達的物質文明和日益細密的社會體制的雙重壓力下，所經驗到的類似的人生感受。他們在詩中對文革的環境所表達的懷疑和反抗，因而也就如同西方現代主義文學對於資本主義社會的物質和制度文明的對抗一樣，具有一種現代人本主義的文化色彩。尤其是經歷過文革以後所發生的精神失落和信仰危機，與戰後西方社會所遭遇的文化困境更有許多近似之處。如同西方現代主義文學在戰後經歷過一個失落和迷惘的時期，企圖重建新的理性原則和思想信仰一

樣，這些新潮詩人在詩中所表達的因失落而迷惘、因迷惘而困惑、因困惑而懷疑、因懷疑而幻滅、因幻滅而追求的情緒，以及由此構成的一代人的心路歷程，也是經歷過一個歷史的曲折之後，重建新的生活信念和人生信仰的必由之路。凡此種種，正是在這些問題上，新潮詩歌所接受的西方現代主義文學影響，與西方現代主義文學之間所存在的這種同構關係，所發生的這種精神上的契合，以及因此而在藝術上所表現出來的許多近似的特色，都使得它有別於過去年代的當代詩歌（文革及其前的當代詩歌），和已經得到恢復或正在恢復之中的現實主義詩歌傳統，而具有一種與西方現代主義文學相近的現代特質。

正是基於新潮詩歌與西方現代主義文學相近的這種現代特質，一些新潮詩人和詩歌理論家才在他們對新潮詩歌的闡釋和評價中，努力將新潮詩歌與西方現代主義文學相近的這種現代特質，與「五十年代的牧歌式歡唱」、「六十年代理性宣言相似的狂熱抒情」和「文革十年中宗教式的禱詞」相區別，以其作為新潮詩歌所表現的現代情緒、現代思想和現代意識的主要特徵。與此同時，他們又把受西方現代主義詩歌影響、「以象徵手法為中心」的一套與之相適應的的表現方法和技巧，努力與「古典主義的模仿性描寫和浪漫主義的直抒胸懷」，以及現實主義的創作方法相區別，同樣以之作為新潮詩歌在藝術上的現代化的主要標誌。尤其是現實主義的創作方法和「古典加民歌」的藝術模式，更成了他們闡述新潮詩歌的「現代」特徵的直接的參照物和「他者」：「現代詩歌，將在一定程度上排斥所謂的『現實主義』創作方法。」「他們（指新潮詩人身共同地向沒有腳印的地方走，共同

地把『古典加民歌』派作為區別對象。」[10]凡此種種，新潮詩人和詩歌理論家在這期間正是通過對新潮詩歌在西方現代主義詩歌（包括現代主義哲學和文學）影響下的諸多表現所作的「現代」闡釋和評價，來認定新潮詩歌所標誌的一種藝術革新和現代化追求的方向的。新潮詩人和詩歌理論家所認定的這種以新潮詩歌為標誌的藝術革新和現代化的追求方向，雖然在這期間遭遇了來自各個方面的阻力，尤其是上述極端意識形態化的批評，更把新潮詩歌的這種藝術革新和現代化追求推向了政治上的對立面。但是，儘管如此，人們還是普遍接受了新潮詩歌的這個追求方向，以詩歌的現代化作為這期間詩歌藝術革新的主要目標。而且新潮詩歌在上述方面的思想和藝術特質，事實上也已經浸潤到這期間的詩歌創作和詩歌理論的各個方面，包括與新潮詩歌相對的現實主義詩歌創作和詩歌理論，在恢復之後，也接受了新潮詩歌的這些理論觀念、創作方法乃至形式技巧上的影響，並因此而引起了現實主義詩歌乃至這期間整個文學內部的新變。謝冕在有關新潮詩歌的討論已經接近尾聲的 80 年代中期，對新潮詩歌這期間在藝術革新方面的表現、意義和影響，曾經有過一個比較系統的回顧和總結。在回顧了新潮詩歌對「斷裂」的新詩傳統進行「修復」的過程中出現藝術的「傾斜」之後，他說：「新詩潮不是孤立的。它對於不合理的斷裂的「修復」，以及在「修復」過程中的合理的傾斜，鼓湧著的是藝術更新的野性的力量。這種力量目前已在

10　以上引文均見徐敬亞：《崛起的詩群——評我國詩歌的現代傾向》,《當代文藝思潮》1983 年第 1 期。

藝術的各個領域展開。新詩潮預示的是中國藝術悄悄開始的革命的最初信息。」[11]

　　現在的問題是，當我們回過頭去檢視這期間新潮詩人和詩歌理論家對新潮詩歌的藝術革新和現代化追求的闡釋和評價的時候，我們不無驚訝地發現，這期間的新潮詩人和詩歌理論家在維護他們的立場、觀點，反擊對西方現代主義文學和新潮詩歌的社會學和極端政治化批評的時候，他們自己的闡釋和評價方法，從某種意義上說，也未能完全跳出庸俗社會學和某種政治範式的窠臼。如同這期間所有主張現代主義文學和文學的現代化論者一樣，這些新潮詩人和詩歌理論家也把這期間詩歌的現代化追求與社會的現代化進程完全等同起來，用一種直線的環境（基礎）決定論，或在社會的現代化與文學的現代化之間進行直接類比，來代替對詩歌的現代化問題諸多複雜因素的深入分析。關於新潮詩歌湧起的社會歷史原因，徐敬亞曾說：「二十世紀末，中國上空升起了現代化的信號。社會主義思想的復歸，禁錮社會生活和社會生產的鎖鏈的崩裂，同時在外界現實和人民心目中急遽進行。社會湧起了新的心理浪潮，作為精神價值存在的詩歌藝術，受到了社會審美力的猛烈衝擊。」「中國社會整體上變革，幾億人走向現代化的腳步，決定了中國必然產生與之相適應的現代主義文學。……現代傾向的興起，絕不是幾個青年人讀了幾本外國詩造成的，它，產生於中國最新的現實生活」。謝冕也說，新潮詩人的探索，「是為了尋求詩適應社會主義現代化生活的適當方

---

[11]　謝冕：《斷裂與傾斜：蛻變期的投影——論新詩潮》，《文學評論》1985年第 5 期。

式。」[12]而且這些新潮詩人和詩歌理論家也如同這期間主張現代主義文學和文學的現代化論者一樣，大多把「現代」（或「現代傾向」）與「現代主義」、詩歌的現代化與現代主義詩歌，完全混同起來，以新潮詩歌所代表的現代主義傾向，取代這期間詩歌藝術革新所追求的現代化目標。

　　事實上，中國詩歌的現代化追求，不但是這期間的詩歌藝術革新，而且也是整個中國新詩史上的一個極為複雜的理論問題和實踐問題。中國詩歌的現代化追求從五四詩歌革命開始，就與西方詩歌的現代化進程，具有不同的民族特色，走著不同的發展道路。中國詩歌在 20 世紀初期爆發詩歌革命、告別古典時代，就因為整個社會的現代化處於一種「後發外生」的狀態，而被置於西方詩歌的影響之下，西方詩歌在西方社會的現代化進程中已經創造出來的各種現代形式、現代技巧，以及與之相關的現代詩歌的理論觀念和創作方法，都是告別古典時代以後的中國新詩，在追求自身現代化的過程中反覆效法的藝術對象和不斷取用的思想資源。這樣，在西方詩歌影響下的中國新詩，就不但是帶有現代主義傾向的新潮詩歌（包括歷史上已經有過的各種帶有現代主義傾向的詩歌潮流），是中國新詩的現代化追求在藝術上的表現，而且，即使是在西方詩歌的現代化進程中，已經列入經典的浪漫主義和現實主義，在其影響下出現的中國新詩的浪漫主義和現實主義潮流（包括在這期間正

12　參見徐敬亞：《崛起的詩群——評我國詩歌的現代傾向》（《當代文藝思潮》1983 年第 1 期），謝冕：《在新的崛起面前》（《光明日報》1980 年 5 月 7 日）。

在發生新變的現實主義和浪漫主義詩歌潮流），在中國新詩發展的歷史進程中，仍然是中國新詩的現代化追求的重要表現。而且，正是在西方浪漫主義和現實主義詩歌影響下形成的中國新詩的浪漫主義和現實主義的詩歌潮流，構成了中國新詩現代化追求的主導方向和歷史主流。中國新詩正是在這個主導方向上，沿著這一歷史主流，逐漸蛻去其古典色彩，獲得現代的新質，走上現代化的發展道路的。從這個意義上說，把現實主義和浪漫主義性質的詩歌潮流，包括這期間正在發生新變的現實主義和浪漫主義詩歌潮流，排除在中國新詩的現代化進程之外，甚至作為其對立面，在理論上是無視中國新詩現代化追求的歷史實際，以西方詩歌現代化的歷史更替簡單套用於中國新詩的發展，對這期間詩歌藝術革新和現代化追求，是極為不利的。事實上，即使是最為激進的新潮詩人和詩歌理論家，在論及 70、80 年代的詩歌的藝術革新時，也不能不提到這期間正在致力於恢復現實主義傳統的眾多「歸來」詩人和其他類型的詩人，也不能不承認這期間的詩歌藝術革新不僅僅是由新潮詩人和新潮詩歌推動的，而是幾代詩人共同努力的結果。謝冕說：「新詩面臨著挑戰，這是不可否認的事實。人們由鄙棄幫腔幫調的偽善的詩，進而不滿足於內容平庸形式呆板的詩。……一些老詩人試圖作出從內容到形式的新突破，一批新詩人在崛起，他們不拘一格，大膽吸收西方現代詩歌的某些表現方式，寫出了一些『古怪』的詩篇」。「中國新詩失去了平靜，人們因不滿現狀而進行新的探索，幾經掙扎，終於沖出了一股激流。幾代人都在探索：老的、中的、特別是青年人，他們是主要的衝擊

力量。」[13]徐敬亞也說：「新傾向的主要力量———一批青年，在
文化生活極其貧乏的境地裏，甚至在中國的土地上總共沒有幾冊
外國詩集流傳的情況下，零星地，然而是不約而同地寫著相近的
詩，就連那些在中外古典主義和浪漫主義詩人作品的薰陶中成長
起來的中老年詩人們，也在寫著相近格調的詩———一種新的詩潮
就是這樣在『幫派詩』和『紅色詩』的充斥、橫行中帶著一種必
然性生長起來。」[14]而且這些激進的新潮詩人和詩歌理論家，也
在努力地從新潮詩歌以外的眾多「歸來」詩人和其他詩人的詩歌
創作中，去尋找和發現這期間的詩歌創作中正在逐漸萌生的「現
代」因素，正在重新開始的現代化追求。謝冕說：「從艾青《魚
化石》開始，到曾卓《懸崖邊的樹》的發表，可以說，正是由於
前輩詩人的倡導和帶動，實際造成了詩的人的主題的崛起。」他
同樣也以艾青等「前輩詩人」為例，說明他們在藝術上對這期間
的詩歌中的現代因素的復甦和萌芽所起的催生作用。[15]所有這
些，都說明，這期間中國詩歌的藝術革新和現代化追求理念的形
成，是這期間共同致力於恢復和重建中國新詩的多樣化傳統的眾
多詩人和詩歌派別的藝術實踐的凝聚和昇華的結果。

　　這當然只是問題的一個方面。問題的另一方面是，正因為作
為一個「後發外生」型的現代化國家，不但中國社會的現代化，

---

[13]　參見謝冕：《在新的崛起面前》（《光明日報》1980 年 5 月 7 日），《失去
　　了平靜以後》（《詩刊》1980 年第 12 期）。
[14]　徐敬亞：《崛起的詩群——評我國詩歌的現代傾向》，《當代文藝思潮》
　　1983 年第 1 期。
[15]　見謝冕：《斷裂與傾斜：蛻變期的投影——論新詩潮》，《文學評論》1985
　　年第 5 期。

而且中國文學的現代化也始終存在著一種西方「影響的焦慮」。因為這種「影響的焦慮」的作用，現代中國文學一方面不能不把西方文學的現代化進程，當著自己的主要的也是唯一的可資參照、可以追隨的現代性經驗，因而在一個世紀以來，就不斷重複搬演西方文學中已經有過的各種「主義」和「潮流」，不斷跟蹤追逐西方文學的現代化發展的歷史進程。西方文學的這些「主義」和「潮流」，這種發展的歷史進程，因而也就不可避免地成了正在追求現代化的中國文學的一種複製的現代性經驗和現代化的歷史。但是，又由於中國文學的現代化，也如同整個中國社會的現代化一樣，不是西方那種依照一定的階段循序漸進的形式，而是由於一種強大外力（也是來自西方）的作用，在一個很短的時間內迅速被捲入全球範圍內已經發生的現代化進程，並且要在很短的時間內完成這一進程在西方和其他發達國家已經成為歷史的那一部分，趕上西方和其他發達國家的現代化發展速度。這樣，中國社會和中國文學在追求自身的現代化的過程中，在以一種超常方式和超常速度完成「補課」任務的同時，又不能不緊緊瞄準它的前沿位置，緊跟它的前進步伐。其結果，在經濟和科技活動領域，就是直接取用西方和其他發達國家的最新管理經驗和最新科技成果。在文學活動領域，則是透支西方現代主義文學的發展經驗，追趕西方現代主義文學的發展新潮。因為畢竟是西方現代主義文學凝聚了更多更新的現代性經驗，代表著西方文學現代化的最新發展方向。直接切入西方現代主義詩潮，不但意味著進入文學現代化的前沿位置，而且也是中國文學走向世界的現實需要。受西方現代主義影響、在文革的特殊環境中萌芽和

生長的新潮詩歌，就是在這一背景下，受著這股力量的推動，成
為這期間詩歌藝術革新所追逐的現代化目標的。從這個意義上
說，這期間的新潮詩人和詩歌理論家所鼓吹的新潮詩歌的現代性
經驗，所標榜的新潮詩歌的現代化方向，又是對西方文學的「影
響的焦慮」所作出的激進的反應，為著克服西方文學的「影響的
焦慮」所採取的激進的行動的產物。也正是在這個意義上，新潮
詩人和詩歌理論家努力使自己對新潮詩歌的闡釋和評價，接近
西方現代主義詩歌的現代性經驗，進入西方詩歌的現代化範
疇，又具有一定的歷史合理性，它為這期間的詩歌藝術革新所接
受，作為一種現代化的追求目標和方向，也因此而具有一定的現
實基礎。

　　也許在一個「後發外生」型的現代化國家，中國文學的藝術
革新和現代化追求，是一個永恆的困惑。一方面，西方文學（尤
其是現代主義文學）以其不斷萌生的現代性內涵和不斷創造的
新穎的現代形式，吸引中國作家從中吸取藝術革新和現代化追求
的思想和藝術資源，使西方文學如同近代西方文明一樣，一次又
一次地成為中國文學革新變化和發展前進的推動力量。另一方
面，西方文學的這種現代性引力，又常常將中國文學置於它的強
勢影響之下，使許多現代中國作家在追求藝術革新和現代化目標
時，難免陷入這種現代性的迷宮而失卻前程來路，不能自拔。20
世紀 70、80 年代中國詩歌的藝術革新和現代化追求，就遭遇了
這樣的困境。走出這樣的困境，也許最終仍然需要不斷地進行藝
術革新，在追求現代化目標的過程中，不斷地積累對於現代性的
新鮮經驗，以此來探索中國詩歌現代化的獨特道路。從這個意義

上說，儘管這期間以新潮詩歌為中心確立的藝術革新和現代化追求的詩學理念，仍有許多重要的理論問題未能完全解決，但作為這期間乃至今後一個時期的詩歌創作和詩歌理論的發展的主導思想，卻產生了深遠的作用和影響。

第三章　重塑詩魂：對新的美學原則的追尋

——新潮詩歌的詩學問題

　　如前所述，新潮詩歌的興起，從一開始就伴隨著無休止的爭論，這些爭論從表面上看來，最熱鬧的大多是一些閱讀效應和與之有關的一些藝術表現上的問題，即「讀不讀得懂」和怎樣看待新潮詩歌的「晦澀」、「朦朧」之類的問題。關於這些問題的討論和爭論，雖然也包含有一定的詩學因素，但因為問題的提出，不是基於新潮詩歌與前此時期的當代詩歌不同的一種內在的思想和藝術新質，而是它的外在表現有悖於讀者在前此時期的當代詩歌中形成的一種閱讀習慣和藝術趣味（包括某些專業讀者即詩人和詩歌理論家的閱讀習慣和藝術趣味），因而這樣的討論和爭論，就其涉及到的有限的詩學問題而言，往往局限在文學的基本理論和基本常識的範圍，並無太大的詩學價值，也無太多的理論新意。因為這些問題不但在五四以來的中國新詩史上，而且在整個中國詩歌的發展歷史中，都已經成為了一個基本的理論常識，都不成其為一個值得探討的新的詩學問題。只是因為在文革及其前 17 年的當代詩歌中，由於歷史的變化，那些不容易讀得懂和比較「晦澀」、「朦朧」的詩歌已經完全絕跡，人們已經習慣於閱讀那些通俗易懂、明白如話的詩，並且逐漸養成了一種與之相適

應的藝術趣味，所以當新潮詩歌這種本屬正常狀態的詩歌出現在人們面前，對它的閱讀和理解反而成了一個爭論不休的問題了。基於這樣的原因，所以在這些討論和爭論中，即使涉及到一些詩學理論，人們也大多是從文學（包括詩歌）的基本原理和文學（包括詩歌）的歷史發展中去求得證明，並沒有、事實上也無須對這個問題本身進行深入的理論論證，因此關於這個問題的所謂討論和爭論，除了一些態度和情緒上的對抗之外，就是反覆重複一些現成的理論觀點和文學史上已經有過的一些基本事實，並未給這期間的詩學留下多少有價值的思想資料。從這個意義上說，這個在新潮詩歌討論中爭論得最為激烈的問題，實際上是一個「偽」的或「假」的詩學問題。

在新潮詩歌討論中，真正有價值的詩學問題，是新潮詩人自己在創作中提出的，嗣後又在「三個崛起」的討論中得到深化的一些理論問題。當整個詩歌界還在圍繞新潮詩歌的上述閱讀效應問題爭論不休的時候，一些有眼光的詩歌理論家就已經注意到了新潮詩人和新潮詩歌的一些新的創作理念和思想內涵，就已經意識到了新潮詩人和新潮詩歌的崛起對當代詩學所帶來的革新意義。對一群年輕詩人在詩壇的「崛起」，孫紹振在他的那篇後來招致激烈批評的文章中，就曾明確指出：「與其說是新人的崛起，不如說是一種新的美學原則的崛起。」[1]徐敬亞也在歡呼：「詩壇上，升起了新的美」。在論述新潮詩歌在美學上的變革之後，他說，「面對一大批新鮮的詩篇，我們完全可以說它們已經形成了

---

[1]　孫紹振：《在新的崛起面前》，《詩刊》1981 年第 3 期。

一整套獨特的表現手法，促使新詩在結構、語言、節奏、音韻等方面發生了一系列的變革。」[2]正是因為這些新潮詩歌理論家以他們「富於歷史感」的「戰略眼光」（孫紹振語）敏銳地發現了新潮詩歌所代表的一種「新的美學原則」和藝術變革的趨勢，大膽地把這個問題提到了人們面前，新潮詩歌才在理論上獲得了一種合法性的地位，圍繞它的爭論才脫離了趣味之爭的範疇，在理論上得到了深入的發展。這場曠日持久的討論和爭論也才因此而真正具有了一種詩學價值，同時也顯示了這期間詩學發展的主要特點和基本趨勢。

就這期間圍繞新潮詩歌所提出的詩學問題開展的討論和爭論而言，其基本理論內涵，大體涉及到以下三個層面的問題：第一個層面的問題是詩的本體層面的問題。這個層面的問題，主要是新潮詩論中包含的人學觀念和人學思想，即有關人的主體和人的價值等諸多人本問題和人道問題。這個層面的問題因為與文革結束後人的覺醒、人的解放和人性的復甦，以及在撥亂反正和思想解放運動中涉及到的人的「異化」和人道主義問題密切相關，因而具有極強的現實針對性。又因為人的問題從根本上說是作為人學的文學的本體問題，因而這個問題同時又具有一種本體論的意味。這個層面的問題當然也包括詩之為詩的藝術本體論問題。第二個層面的問題是詩的功能層面的問題。這個層面的問題，主要是新潮詩論中包含的有關詩的社會功能和藝術功能的思想。這一部分詩學思想因為是直接針對文革及其前 17 年的詩歌因為日

2　徐敬亞：《崛起的詩群──評我國詩歌的現代傾向》，《當代文藝思潮》1983 年第 1 期。

漸政治化而導致的功能喪失和功能異化問題，因而就具有一種撥亂反正和正本清源的意義，同時也因為新潮詩論對詩的功能的理解，與長期以來主流的革命詩歌所持的功能觀（為政治服務的功能觀）形成了鮮明的反差和對比，因而又具有一種反叛傳統的色彩，也最具藝術革新的意義。第三個層面的問題是詩的表現層面的問題。這個層面的問題主要是新潮詩論中包含的有關現代詩歌的一些新的表現方法和技巧的思想。這一部分詩學思想雖然涉及到的是一些具體的創作問題，但也因為與前此時期當代詩歌的藝術觀念和創作方法密切相關，因而同樣具有重要的理論意義。而且這個層面的問題因為與創作的聯繫更為緊密，因而對這期間詩歌藝術革新所產生的影響也更為廣泛、更加直接。上述三個層面的問題，既是這期間圍繞新潮詩歌所提出的詩學問題展開的討論和爭論的核心問題，同時也是新潮詩歌所提出的詩學問題的主要構成方面。這些方面的詩學問題因為從根本上說，是屬於詩歌美學的範疇，在這些方面所發生的變化，也是詩歌美學領域的一場革命。為了更加切合實際地闡述這期間新潮詩歌討論中的詩學問題，本章的標題借用了孫紹振所提出的「新的美學原則」的概念，以下我們即以這一概論為核心，圍繞上述三個層面的問題，對這期間新潮詩歌在詩學上的理論表現，作一個集中的邏輯整合。

　　作為這期間新潮詩歌「新的美學原則」的本體層面的問題，新潮詩學中有關人的觀念的變化，首先是源於新潮詩人在創作中萌生的一種新的創作理念。眾所周知，文革結束以後詩歌創作的復甦，如同其他文學乃至整個社會文化領域一樣，最為引人注目

的問題，是人的意識的覺醒和人的價值的重建問題。十年浩劫帶
給整個國家民族和全體中國人民的傷害，除了經濟上的損失和肉
體上的摧殘之外，莫過於因此而造成的人的意識的蒙蔽和人的價
值的失落。包括人的感情所受到的蹂躪，人的思想所受到的鉗
制，人的權利所受到的侵犯，人的尊嚴所受到的踐踏，人的關係
所受到的破壞，以及人的青春、理想、事業、愛情、家庭等等方
面所受到的挫傷，等等。因此，文革結束後，在政治上進行撥亂
反正的一個中心任務，就是要通過落實各項政策，彌補文革所造
成的損失，醫治文革所造成的創傷，尤其是文革對人的精神和心
靈所造成的傷害。這同時也是這期間文學創作的一個中心命題。
所謂「傷痕文學」，也就是在這個背景下興起的一股創作潮流。
在這股創作潮流中，人的問題也因此而被提到了空前的高度，例
如前述各種類型的「歸來」詩人的創作對人生信仰和人格理想的
堅守，各種層次的青年詩人的創作對人的自我和人的價值的追
尋，以及這些詩人對人情和人性所發出的共同呼喚等等。新潮詩
歌中人的觀念的變化，也就是在這一背景下開始發生的。尤其是
這期間思想文化界開展的人道主義和「異化」問題的討論，和對
西方現代哲學思潮尤其是現代人本主義思潮的大量譯介，對這期
間新潮詩人和詩歌理論家思考人的問題，更產生了不可低估的影
響。新潮詩人和詩歌理論家對人的問題的思考，也因為接受了這
種影響而有別於「歸來」詩人和其他詩人，帶有較重的現代人本
主義色彩。徐敬亞在描述這種變化的發生時曾說：從 80 年代起，
「一些中青年詩人開始主張寫『具有現代特點的自我』，他們輕
視古典詩中的那些慷慨激昂的『獻身宗教的美』」；他們堅信『人

的權利，人的意志，人的一切正常要求』；主張『詩人首先是人』
——人，這個包羅萬象的字，成了相當多中、青年詩人的主題宗
旨。」[3]關於這期間新潮詩人對人的問題的獨特思考，有兩個比
較典型也比較集中的個案，可以為我們瞭解這期間新潮詩人的詩
學思想中作為詩的本體的人的觀念的變化，提供一些重要的思想
資料。一個個案是 1980 年《詩刊》雜誌開闢的「青春詩會」專
欄，另一個個案是 1981 年《上海文學》雜誌開闢的「百家詩會」
專欄。在這兩個專欄中發表作品的雖然不一定都是新潮詩人，但
卻是以這期間比較活躍的青年詩人為主體。尤其是前一個專欄，
顧名思義，主要是為這期間比較活躍的青年詩人所開闢的創作領
地。在這兩個專欄中發表作品的詩人，一般都配發有一段談詩歌
觀念的文字，正是在這些文字中，我們才得以窺見當時正在崛起
之中的新潮詩人，對作為詩的本體的人的問題的獨特思考。

　　在新潮詩人中，以一首悼念張志新烈士的詩作《小草在歌唱》
而蜚聲詩壇的詩人雷抒雁，在觀念上應該說是比較接近「歸來」
詩人的一類青年詩人，但他在這期間卻明確提出：「我的主題：
人，以及人的解放。一切殘害人和壓制人的解放，都與我的詩格
格不入。」[4]雷抒雁為自己的詩所確立的這個「人」的主題，顯
然是與他對文革的經驗和記憶密切相關的。同樣是基於文革的經
驗和記憶，在新潮詩人中顯得比較溫和的舒婷則希望通過自己的
作品，填平人與人之間的隔閡和鴻溝，她說：「我通過我自己深

---

[3]　徐敬亞：《崛起的詩群——評我國詩歌的現代傾向》，《當代文藝思潮》
　　1983 年第 1 期。
[4]　見《上海文學》1981 年第 1 期「百家詩會」。

深意識到：今天，人們迫切需要尊重、信任和溫暖。我願意盡可能地用詩來表現我對『人』的一種關切。障礙必須拆除，面具應當解下。我相信：人和人是能夠互相理解的，因為通往心靈的道路總可以找到。」[5]另一位女詩人王小妮也說：「我感到，要寫好詩，首先不能想到我在作詩，而是人與人之間的急切的心靈上的交往。」[6]剛剛告別少年時代的梁小斌也希望他的詩「能使讀者感到這些年來人與人之間所缺乏的友愛和溫暖。」他認為「詩人的宗旨在於改善人性，他必須勇於向人的內心進軍。」[7]激進的北島則說：「詩人應該通過作品建立一個自己的世界，這是一個真誠而獨特的世界，正直的世界，正義和人性的世界。」[8]受北島等人的影響後來也日漸激進的楊煉也說：「詩應當努力去深入人本身、人的心靈，這是又一個世界，——又一個比物質的世界更紛繁、更複雜、更變化莫測而又不具形體的精神宇宙。」「我永遠不會忘記作為民族的一員而歌唱，但我更首先記住作為一個人而歌唱，我堅信：只有每個人真正獲得本來應有的權利，完全的互相結合才會實現。為了這個全人類的共同歸宿，我宣告：我的詩屬於這場鬥爭。」[9]如此等等，從這些有代表性的新潮詩人的自述中，我們不難看出，在詩中恢復詩作為一種文學體裁的人學主題，重建作為詩的抒情主體的人的形象，是他們對詩的藝術

5　見《詩刊》1980 年第 10 期「青春詩會」。
6　見《上海文學》1981 年第 9 期「百家詩會」。
7　參見《詩刊》1980 年第 10 期「青春詩會」，《福建文學》1981 年第 1 期「青春詩論」。
8　見《上海文學》1981 年第 5 期「百家詩會」。
9　參見楊煉：《從臨摹到創造——同友人談詩》，（《詩探索》1981 年第 1 期）；《福建文學》1981 年第 1 期「青春詩論」。

的一個共同追求，也是他們對詩的本體的一個共同的理解。而且
他們企望在詩中恢復的人學主題，又不是前此時期的當代詩歌中
極端政治化的人學主題；所企望重建的人的形象，也不是前此時
期的當代文學中同樣帶有極強的政治色彩的階級的或人民的群
體形象，而是拆除了這些政治前綴的普遍的人的主題和獨立的個
體的人的形象。與此同時，他們也把詩的抒情本質建立在人與人
之間的情感共同性的基礎上，而不是相互之間的對立和鬥爭。
即使是涉及到個體與群體之間的關係，他們也不是把個體的人簡
單地置於從屬的工具的地位，而是對這種關係賦予了一種全新的
理解。

　　在所有有代表性的激進的新潮詩人中，江河對詩的人學主題
和人的主體形象的理解，也許最帶傳統色彩，但是，即使是他主
張「詩應當面向世界，只進行自我的關照是不夠的」，他對個體
與群體、主體與客體的關係的理解，與前此時期的當代詩人仍然
有很大的差別。他說：詩「應當從各種不同的角度，通過許多人
的心靈和感官，感知、認識和理解這個世界，之後，世界就會通
過他而歌唱。過去—現在—未來，在詩人身上，同時存在，他把
自己融入歷史中，同富有創造性的人們一起，真誠地實現全人類
的願望。」[10]在這裏，江河所強調的是獨立的個體的人在詩中的
主體地位，群體的人（「許多人」、「人們」）只是詩人向世界打開
的許多「心靈和感官」的門戶與窗口，他通過這些門戶與窗口去
「感知、認識和理解」世界，然後世界才能夠通過詩人的心靈得

---

[10]　見《上海文學》1981 年第 3 期「百家詩會」。

到表現──「通過他而歌唱」。江河不但是這樣理解的，也是這樣實踐的。他的成名作《紀念碑》中就有這樣的句子：「我想／我就是紀念碑／我的身體裏壘滿了石頭／中華民族的歷史有多沉重／我就有多少重量／中華民族有多少傷口／我就流出過多少血液。」這樣的詩句既是作者的上述理解的一個具體的實證，也是作者的詩學觀念的一個形象的表達。與江河在《紀念碑》中的表達相類似，徐敬亞也說：「我用粗糙的心，撫摸了生活的每一道坎坷。身邊那些最普通的人們，把痛苦和沉思一起壓入我的胸膛，我年輕的靈魂沉重起來。生活的巨大問號和詩的強烈衝動，放大了我狹小的心，一切都在我的眼前動起來」，「我要橫向地走入每個人的心中，帶走那些憋滿了的、共同的聲音。」[11]在這個問題上，雖然這期間的新潮詩人不一定都有江河和徐敬亞這樣的理論自覺，但無論是在他們有限的理論表述，還是在他們具體的創作實踐中，個體與群體、主體與客體的關係，都發生了一個根本性的變化，卻是一個不可否認的事實。正是這樣的一個普遍存在的事實，在這期間的新潮詩歌中，形成了一個張揚詩的抒情主體和這種抒情主體的個體主體性的詩學趨向。

如果說，這期間新潮詩人的創作理念中人的觀念的變化所引起的詩學理論的變化，還主要是源於這些詩人的個體經驗和創作實踐的話，那麼，這期間新潮詩歌在理論上的一些代表，對這個問題的闡釋，就是基於對文革乃至整個當代歷史的反思所得的一種理性認識。孫紹振在肯定了新潮詩人在上述問題上的思考的同

---

[11]　見《詩刊》1980 年第 10 期「青春詩會」。

時，又把這種思考歸結為「人的價值標準問題」，認為「在年輕的探索者筆下，人的價值標準發生了巨大的變化」。這種變化就在於「在年輕的革新者看來，個人在社會中應該有一種更高的地位，既然是人創造了社會，就不應該以社會的利益否定個人的利益，既然是人創造了社會的精神文明，就不應該把社會的（時代的）精神作為個人的精神的敵對力量，那種『異化』為自我物質和精神的統治力量的歷史應該加以重新審查。」[12]謝冕也盛讚新潮詩人在上述方面的主張，認為他們「要彌補與恢復人與人之間的正常關係，召喚人的價值的復歸；他們呼籲人的自尊與自愛，他們鄙薄野蠻與愚昧。……」他們的詩的價值就在於「揭示了『人』的存在，而這種『人』，曾經是被取消了的。」[13]劉登翰則更進一步把新潮詩人這種「共同的美學追求」，看作是「經過十年浩劫之後我們的人民和作家的覺醒」的表現，「反映了在批判長久以來僵化我們思想的極左思潮以後，對人的價值觀念的重新評價在我們的詩歌中激起的迴響。」他認為十年浩劫使「文學以及其他一切藝術形式也都隨之喪失了它作為『人學』的描寫人、表現人的本質。批判四人幫，集中到一點，就是恢復人在生活中的主體的價值和尊嚴。人重新成為革命關懷的中心，尊重人，關心人，愛護人，發展人的個性，重新成為社會普遍關注的問題」，他認為，「這種歷史性的變化」反映到這期間的詩歌創作和新時期文學中，「給詩歌創作從思想到藝術的解放帶來的影

---

[12] 孫紹振：《新的美學原則在崛起》，《詩刊》1981 年第 3 期。
[13] 謝冕：《失去了平靜以後》，《詩刊》1980 年第 12 期。

響」，就是「人的價值觀念重新確定」。基於這樣的看法，他認為應當「把人作為詩歌表現的核心」。[14]

　　凡此種種，從以上的引文中，我們不難看出，這三位新潮詩歌有代表性的理論家，對新潮詩人的創作理念中作為詩的本體的人的觀念的闡釋，是符合新潮詩歌的創作實際的。舒婷在一首名為《暴風過去之後》的詩中，針對「官僚主義者」草菅人命所造成的沉船悲劇，發出了這樣的質問：「我爺爺的身價／曾是地主家的二升小米／父親為了一個大寫的『人』字／用胸膛堵住了敵人的火力／難道我僅僅比爺爺幸運些／值兩個鉚釘，一架機器」。舒婷在這首詩裏所揭露的雖然是文革後的一場悲劇性的事件，但她對人的價值問題的思考邏輯，與這些新潮詩歌的理論家，卻有著驚人的相似之處。這種相似之處，正表明這期間的詩學理論中發生的人的觀念的變化，對人的價值問題的重視，確實是由於一種歷史性的變化，而發自詩歌創作和詩歌理論自身的一種內在需求。這種內在需求也就保證了這期間新潮詩歌中作為詩的本體的人的觀念的變化，有著當代詩歌發展和當代生活變化的邏輯依據和現實基礎。

　　在詩的本體層面上對人的價值觀念的重新確定，無疑帶來了對詩的功能的理解的巨大變化。前此時期的當代詩歌因為否定個體的價值、強調群體的價值，否定個體的人（「小我」）、強調群體的人（「大我」）在詩中的主體地位，因而詩人就不能在詩中自

---

[14] 劉登翰：《一股不可遏制的新詩潮——從舒婷的創作和爭論談起》，《福建文藝》1980 年第 12 期。

由地抒發自己的情感，而被要求以一種「代言」的方式，去「抒
人民之情」或階級之情。這樣，詩中的情感也就成了一種普遍的
抽象的情感、摹擬的或虛擬的情感，失去了詩的情感之為詩的情
感的個體感受性的基礎，和這種情感對真實性和個性化的獨特要
求。這事實上也就意味著詩已經喪失了它的抒情的本質和功能，
成了傳達某種時代精神和群體意識的手段和工具。文革中更被陰
謀政治所利用，直接成了政治鬥爭的武器。從這個意義上說，詩
的這種功能的喪失和異化，實質上也是人的功能的喪失和異化，
尤其是個體的人的功能的喪失和異化。因此，要修復詩的這種失
落和異化了的功能，就不能不重視人的價值的重建問題。正是在
這個問題上，上述新潮詩人和詩歌理論家，從個體經驗和歷史的
反思出發，對作為詩的本體的人的問題的思考，才為詩的功能的
修復和重建奠定了一個堅實的哲學基礎。

　　在詩的功能的層面上，這期間圍繞新潮詩歌的討論和爭論的
中心問題，也是這期間整個新潮詩學的討論和爭論的中心問題，
是「表現自我」的問題。作為一種抒情文體，詩歌中不能沒有作
為抒情主體的詩人「自我」；詩人在詩中所表現的也不能不是「自
我」的情感，這本是一個詩學的常識問題，但是，由於長期以來
極端政治化的影響，詩中的「自我」，被剝離了作為抒情主體存
在的主、客體關係的哲學範疇，而被賦予了許多特定的政治內涵
和道德化的理解。「自我」於是便成了資產階級個人主義、自私
自利的道德品質乃至主觀唯心主義的代名詞。正是基於這樣的理
解，長期以來，「自我」在詩中都是與群體、與社會、與客觀世
界相對立的一種孤獨的存在。「表現自我」都是與表現人民（或

階級）、反映社會（或時代）和再現客觀世界（現實）相對立的
一種藝術表達方式。事實上，這期間對「表現自我」的批評或批
判，論者大多仍持長期形成的這種立場和觀點。但是，問題是，
當個體的人的價值不但在文學（詩）中，而且也在一個新的時代
的現實中得到了肯定，個人的情感和思想不但在文學（詩）中，
而且在現實中也得到了應有的尊重，人的獨特個性不但在文學
（詩）中，而且在現實中也允許自由地發揚的時候，「表現自我」
也就獲得了一個合法性的依據，也就不再成為一個不可觸及的理
論禁區。在這種情況下，不但新潮詩人而且所有的詩人，才得以
在創作中自由地「表現自我」，同時也在理論上自由地闡述「表
現自我」的思想和觀念。徐敬亞曾說：從 80 年代起，「一個平淡，
然而發光的字眼出現了，詩中總是或隱或現地走出了一個
『我』！」他總結這期間崛起的新潮詩人的藝術主張，認為他們
「主要藝術主張是表現『自我』」。[15]事實上，早在新潮詩人正在
逐漸浮出海面的 70 年代末、80 年代初，他們在自辦的《今天》
雜誌上，就開始闡述他們的這種「表現自我」的詩歌觀念。芒克
說：「詩人首先是人。詩是詩人心靈的歷史。……我們都是人，
各有各的精神境界。一個人不可能完全進入另一個人的精神境
界。詩人要創造的是自己的世界，這個世界就是理想的詩的世
界。」北島說：「誰也不能給詩下一個確切的定義。詩沒有疆界，
它可以超越時間、空間和自我；然而，詩必須從自我開始。」楊
煉說：「詩向外照亮一切，詩人向內尋找一切」。凌冰也說：「詩

---

15 徐敬亞：《崛起的詩群——評我國詩歌的現代傾向》，《當代文藝思潮》
   1983 年第 1 期。

就是生活，是人類心靈和外界用一種特殊的方式交流的結果，也是詩人靈魂的再現。……我認為：凡是從心靈流出來的就是詩！」小青則說：「詩人就像是原始時期的祭司，試圖用一個形象使自己的神顯現，……有多少個祭司，就有多少位神。詩歌表現為強烈的個性，即使詩人竭力擺脫個人感情，他仍必須用一種非常獨特的方式表達世界，否則就沒有詩。」[16] 在新潮詩人大規模地浮出海面的時候，他們不但更加明確地表達了他們的這種日趨成熟的「表現自我」的詩歌觀念，而且在上述對作為詩的本體的人的觀念的闡述中，也在要求詩應該寫人，以人為中心，表現人的主題的同時，表達了更為強烈的「表現自我」（自我的感情、自我與他人的交流與溝通的需求等等）的要求。無論是上述北島主張「詩人應該通過作品建立一個自己的世界」，還是舒婷希望「用詩來表現我對『人』的一切關切」，抑或是王小妮希望用詩來表達「人與人之間的急切的心靈上的交往」，等等，其基本的出發點都是「自我」，都是「順從自己的心，自己的天性」（顧城語），都是「由心靈來創造的」，都是「我的內在需要的表現」（楊煉語）。「表現自我」已然成了這期間新潮詩歌普遍流行的一種詩歌觀念。

　　與此同時，為了回答對「表現自我」的批評和批判，也為了使詩中的「自我」有一個更堅實、更廣博的情感和經驗的基礎，

---

[16] 這是從一些青年詩人自辦的《今天》雜誌 1980 年第 3 期上一個名為《答覆——詩人談詩》的專欄中摘錄的一些詩人的言論，作者都是早期一些有代表性的知青詩人，他們的言論表明這期間的創作中已經萌發了明確的「表現自我」的詩歌觀念。因為這些材料今天殊為難得，特引錄於此，以饗讀者。

新潮詩人在闡述「表現自我」的詩歌觀念的同時，也在努力辨析「自我」與社會、「自我」與時代、「自我」與人民，以及「自我」與民族的歷史文化傳承等等方面的關係。一般說來，新潮詩人的早期創作大都與時代和人民有著較為緊密的聯繫，他們雖然主張「表現自我」，但卻大都認為詩中的「自我」不能離開「自我」生存其中的社會和群體。尤其是經歷過文革的一代青年，他們的「自我」與整個社會所遭遇的歷史浩劫和人民的苦難與民族的命運，就更有著不可分離的血肉聯繫，他們在詩中所表現的「自我」，因而也就與西方現代主義詩歌中的「自我」存在著很大的差異。這也就是新潮詩人何以在主張「表現自我」的同時，又時刻不能忘懷於國家、民族和人民與歷史的主要原因之所在。即使是後來偏向激進的新潮詩人，似乎也是如此。關於這個問題徐敬亞曾經有一個理論的辨析，他說：「這批新詩人伴隨著民族本身經歷過一場苦難（十年動亂範圍之廣，使任何一個青年都難以躲避）。中國社會生活特殊一致的整體化使他們詩中的『自我』強烈地受到民族潛意識的影響。他們的『自我』是個人對一代人的兄弟般呼籲！是以民族中的一代人抒發對外在世界的變革欲的面目出現。這與西方現代詩歌中，那種在大生產的高度發展，造成一定程度的個人與社會脫節對抗的『隱私式的自我心理』截然不同。西方詩人多是從游離於社會漩渦之外的純個人角度來抒寫。而中國新詩人卻是從階級（這方面較少）、民族、國家或至少從『一代人』的角度來寫詩，絕大多數詩人的『自我』都具有廣義性。」[17]實事

---

[17]　徐敬亞：《崛起的詩群——評我國詩歌的現代傾向》，《當代文藝思潮》1983 年第 1 期。

求是地說，徐敬亞的這個辨析，是符合這期間的新潮詩人的創作
實際的。而且這期間的新潮詩人也大多持這樣的觀念，都十分重
視自己的創作與人民、與民族、與現實和時代的血肉聯繫。張萬
舒說：「人民養育我，我的詩，寫人民，捧獻給人民，……詩的
主旋律，應同人民的呼吸合拍。」[18]常榮說：「我的信念是：先
戰士，而後詩人。我要始終為著人民而歌唱。」[19]江河也說：「我
的詩的主人公是人民。人民，通過曲折的道路走向光明。我和人
民走在一起，我和人民有著共同的命運，共同的夢想，共同的追
求。……我認為詩人應當具有歷史感，使詩走在時代的前
面。……我最大的願望，是寫出史詩。」[20]趙愷說：「尋覓、把
握和表現時代強音，是我們應該為之奮鬥終身的莊嚴使命。」[21]
孫武軍也說：「我希望我的歌和我們的時代一同前進，而不是被
時代拋棄。」[22]張學夢則說：「我覺得，詩是時代的一種音響。」[23]
楊煉也在許多場合多次說過：「我是詩人，我的使命就是表現這
個時代、這個生活。」「我要為人民的苦難深思，燃燒和吶喊。」[24]
凡此種種，這一部分新潮詩人對詩的功能的這種理解，雖然不能
完全代表整個新潮詩人的詩歌觀念，但卻表明了新潮詩歌賴以產
生的一個共同的時代原因和社會基礎。常榮在談到他對詩的功能

---

[18] 見《上海文學》1981 年第 10 期「百家詩會」。

[19] 見《詩刊》1980 年第 10 期「青春詩會」。

[20] 同上。

[21] 見《上海文學》1981 年第 12 期「百家詩會」。

[22] 見《詩刊》1980 年第 10 期「青春詩會」。

[23] 同上。

[24] 參見楊煉：《我的宣言》（《福建文學》1981 年第 1 期），《從臨摹到創造
　　——同友人談詩》（《詩探索》1981 年第 1 期）。

的上述認識時說：「然而，我終於真正地認識了詩，認識了真正的詩，那是在天安門廣場上四月的花潮詩海（指 1976 年 4.5 天安門詩歌運動──引者）。在那裏，我看到了血，我看到了淚，看到了詩：與整個中華民族共命運、同憂患、生死相依時淌出的熱淚，迸出的火花。」[25] 常榮的這番話，正說出了這一代新潮詩人詩中的「自我」何以與時代（社會）、與人民（民族）的命運休戚相關的主要原因。實事求是地說，這樣的理解，與這期間復出的「歸來」詩人和其他詩人對這個問題的看法，並無太大的分歧。在回答「表現自我」問題的提問時，艾青就曾說過：「我有大量的詩寫我自己。但我寫自己都和時代緊密地聯繫起來，離開了這個時代，就找不到我的影子──這是沒有辦法的事。」[26] 顧工也用一種自問自答的「問答體」的形式，表達了類似的看法。他認為：詩，是自我燃燒。它的能源埋藏在心靈中。心靈是整個人生經歷的濃縮，是紛繁複雜的社會的倒影，是取之不盡、採之不竭的礦井。自我是袖珍的社會，社會是自我的總匯。自我的燃燒，在映照著社會；社會的雷電和火光，也在映照著每顆搏動的心靈。在自我和社會的相互映照中迸發了詩；這是真正的詩，燃燒的詩。[27] 新潮詩人對「自我」與群體、「自我」與社會的關係，與「歸來」詩人相近的這種近乎傳統的看法，在楊煉的如下一段話中，也許得到了更為集中、更為完整的表達：

25　見《詩刊》1980 年第 10 期「青春詩會」。
26　見《上海文學》1981 年第 7 期「百家詩會」。
27　見《上海文學》1981 年第 5 期「百家詩會」。

我並不一般地反對「社會效果」，恰恰相反，我認為一個
嚴肅的詩人不可能不意識到自己的「職責」，我反對的是
以強迫方式命令詩人為某些政治目的服務的努力，詩人生
活於社會之中，不可能不表現對於周圍一切的看法，但我
們同樣有「責任」只表現經過自己頭腦思考的東西，如果
別人的思想不經過自己考察就可以支配我們的行為，那麼
要詩人有什麼用呢？一只廣播喇叭足夠了。那「效果」也
會「大」得多！同樣，我也反對那種寫詩只應寫「純自我」
的主張，因為這在今天是不可能的。現實的情況是：人類
仍然苦於無法抓住自己真實的瞬間感受！只要使用語
言，就處處面臨選擇，「純」就不可能達到，我們的「自
我」，應當是詩人氣質與世界的充分呼應。詩人必須對所
有人發言，甚至要在自己的詩中率先進行對現實的變革和
對未來的預言！那種認為「自我表現」和「時代精神」之
間有一條永遠不可逾越的鴻溝的論點尤其荒謬得可笑！
我們正是要填平這道鴻溝，使詩人的「自我」和人類根本
的命運聯結起來，溝通起來。我們真正的職責是要為人在
痛苦和死亡中繼續生存找到更加堅實的根據，我相信：這
填平鴻溝的也恰恰是人所共有的「人性」！[28]

但是，也應當看到，儘管新潮詩人在「自我」與群體、「自
我」與社會的關係問題上，存在著與傳統的詩歌觀念大體相近的
看法，但這種大體相近的看法，只是就詩對於社會人群的關係、

---

[28]　楊煉：《第一次回顧》，《當代文學研究參考資料》1981 年第 8 期。

詩對社會人群所承擔的責任和義務，亦即是詩的社會功能和社會作用而言，如就「自我」在詩的藝術表現中所起的作用，即在詩的藝術表現功能上，新潮詩人與「歸來」詩人和其他詩人所代表的傳統觀念之間，仍然存在著嚴重的分歧。這種分歧的一個核心問題，就是「自我」在詩中的地位、意義和作用的問題。一般說來，只要不是刻意歪曲「自我」的含義，或在所謂「小我」與「大我」之間橫加區別，前此時期的當代詩人事實上也是承認詩中應當有「我」的，也是無法回避在詩中「表現自我」的。上述艾青和顧工的看法，就是一個證明。但是，即便如此，他們所承認的「自我」，在詩的藝術表現中也大多是處在一個被動的位置上，他的意義和作用就在於作為一個群體的代言者，傳達一個群體的聲音（即所謂「抒人民之情」），或基於同樣的身份，去記錄和摹寫外在的現實（即所謂「敘人民之事」）。所謂藝術的創造，只是在這個前提下，在把這種性質的「情」和「事」形象化（即所謂「形象思維」）的過程中，在藝術表現的手法和技巧方面的一種思維活動的創造性罷了。這種創造與上述新潮詩人所理解的，建立在獨立的人的價值的基礎上的，真正意義上的藝術主體的積極能動、自主自由的創造活動，是有根本區別的。對新潮詩人在藝術表現功能上與傳統觀念的這種區別，孫紹振有一個在當時就招致了激烈的批評和批判的總結說：「他們不屑於作時代精神的號筒，也不屑於表現自我感情世界以外的豐功偉績。他們甚至於回避去寫那些我們習慣了的人物的經歷、英勇的鬥爭和忘我勞動的場景。他們和我們五十年代的頌歌傳統和六十年代的戰歌傳統有所不同，不是直接去讚美生活，而是追求生活溶解在心靈中的秘

密。」[29]除去直接針對 50、60 年代詩歌的某些提法，可能觸動這期間比較敏感的政治神經外，應該說，孫紹振的這番總結是符合新潮詩人的創作觀念的實際的。楊煉也明確地說過：「詩的功能不在於只在一個具體的問題上喋喋不休，在於高度綜合世界中人的種種複雜感受，表現對於人類根本命運的關切！詩的創作不會脫離個體事件或形象，但真正的詩與『應景詩』的根本不同在於這種個體是『抽象的具體』，是通過賦予具體的客觀形象以象徵性來達到的高度擴張和綜合──詩人創造的世界是客觀世界的幻影，在那裏，詩人以自己的要求和願望為世界『立法』，他的『位置』是作品中主宰的位置──詩離開了綜合和概括就離開了生命，概括使詩具有連結所有心靈的普遍意義。常常是這樣：一種大家共同感受到的『人生體驗』，由於詩人深刻獨特的表現，在讀到它的人心中喚起一種不可言說的強烈的潛意識衝動，這是區別一首『詩』是否具有詩意的真正標誌。」他由此斷言：詩「不是描寫，而是表現，不是簡單的反映，而是詩人內心活力的外在形式。」[30]楊煉對詩的表現性所下的這個結論，固然依舊停留在詩學常識的範圍，但他所強調的詩人在詩中的「主宰」和「立法」的位置、詩的世界的幻像性，以及詩中的具體個別事物的抽象性和象徵性等等方面的特徵，卻道出了新潮詩人與前此時期的當代詩人，在詩的藝術表現上的根本差異。這一差異也是新潮詩學與前此時期的當代詩學在詩的藝術功能觀上的根本區別之所在。徐敬亞把這種區別歸結為「對詩歌掌握世界方式的新理解」。他認

---

[29]　孫紹振：《新的美學原則在崛起》，《詩刊》1981 年第 3 期。

[30]　楊煉：《第一次回顧》，《當代文學研究資料》1981 年第 8 期。

為，長期以來，我們對「藝術反映生活」的現實主義詩學原則，作了「教條主義式的理解」，使「『反映生活』變成了單純地『描寫生活』」，詩就這樣成了生活的「鏡子」。但是，同樣是「鏡子」，新潮詩人卻用來映照自我的心靈，使詩成為「詩人心靈的歷史」。而且他們在創作中特別強調「詩人對外界現實的主觀驅使力」，「藝術創造者主體對客體的重新組合作用」，和「人類思維對自然形象再支配的主觀權利，甚至向理智和法則挑戰」。「他們力圖在物我之間造成新的存在物」，「使那些被感情浸泡過的形象，依詩人的情感，組合新的形象圖，而輕視真實地描寫」。結果「就使得他們的詩：在抒情方面同傳統的理性詩、在描寫方面同情節詩大相徑庭——比理性十足的詩更富於外在形象感；比情節性很強的詩更富於心靈色彩。因此，這些詩人筆下出現的是被詩人重新點染過了的形象，是被人類的心靈（這是第二顆太陽！）重新照亮了的世界。這樣的傾向無疑更從總體上符合詩的本質特點，即心靈性。」他認為「這是新的詩歌宣言，代表了整個新詩人的藝術主張。」這一藝術主張，「徹底脫離了古典主義的模仿性描寫和浪漫主義的直抒胸懷」，「衝破了現實主義的畫框」，實現了「詩歌掌握世界方式的認識的根本轉移」。[31]

　　徐敬亞所說的新潮詩人這種「新的詩歌宣言」和「對詩歌掌握方式的認識的根本轉移」，事實上已經涉及到了新潮詩學的另一個層面的問題，即詩的表現方法和技巧層面的問題。這個

31　徐敬亞：《崛起的詩群——評我國詩歌的現代傾向》，《當代文藝思潮》1983 年第 1 期。

層面的問題雖然大都比較具體，與詩人的個體創作聯繫比較緊密，但因為一種藝術表現方法和技巧的運用，仍然受制於作者對於詩的本體和功用的理解，仍然離不開一定的創作方法即藝術地「掌握世界的方式」的支配，尤其是在這些因素的影響下所形成的一種審美時尚和藝術風氣，對一個時期詩的藝術表現方法和技巧的運用，更有著重要的影響作用。由於這些因素的作用和影響，詩的表現方法和技巧就不完全是一些帶有很大的隨機性和偶然性的具體表達方式問題，而是也有一些普遍的和共同的規律可尋。這種普遍的、共同的規律，見之於一個時期的詩學理論，也就是這一時期的詩學理論中有關詩的形式和技巧的理論問題。如前所述，由於新潮詩人在作為詩的本體的人的問題上，強調從文革和長期的政治禁錮中解放出來的個體的人的價值，他們在詩中的主體地位，他們的情感表達與情感交流的合理性與合法性的要求，以及因此而引起的詩的功能觀念的變化，「表現自我」成為共同的審美時尚和藝術趨向。受這一詩的本體和功能觀念轉變的影響，作為抒性主體的人的心理意識、感知能力和藝術思維與創造的能力，也得到了極大的解放；不完全為著一定的功利目的、尤其是那些急切的政治功利目的的自由自主的藝術表達，不但成為一種可能，也是一種現實的需要。在這種情況下，早期知青詩人所開始的一種新的表現方法和技巧的實驗，也就成了這期間大面積地浮出海面的新潮詩人普遍的藝術實踐，徐敬亞說：「今天，面對一大批新鮮的詩篇，我們完全可以說它們已經形成了一整套獨特的表現手法，促使新詩在結構、語言、節奏和音韻等方面發生了一系列的變

革。」[32]他把這期間整個新潮詩歌的這種新的表現方法和技巧的實踐，稱之為「以象徵手法為中心的詩歌新藝術」。這個問題也因之而成了這期間對於新潮詩歌的藝術表現方法和技巧的討論和爭論的理論焦點。

　　眾所周知，象徵在中國詩歌乃至整個古代藝術傳統中，並不是一個新的問題。象徵意識的萌芽不但可以追溯到儒家哲學的一些原初觀念之中，而且在這一觀念影響下的中國古代詩歌創作和詩學理論，也留下了豐富的感性經驗和思想資料。即使是就嚴格意義上的現代象徵主義的詩歌藝術而言，在中國新詩史上，似乎也不僅僅是受其影響形成的某些象徵主義或帶有象徵主義色彩的現代主義詩歌流派，同時還有一種日漸普泛化的藝術表現方法和技巧，以及滲透於各家各派的詩學理論中的一些意識和觀念的影響。從這個意義上說，恢復象徵以及與之有關的一系列藝術表現方法和技巧在詩歌創作和詩學理論中的合法地位，似乎尚不具備一種藝術探索和藝術革新的性質。但是，問題是，當象徵不但作為一種藝術表現的方法和技巧，同時也作為一種哲學的觀念和意識，以及現代主義的一種創作方法，在前此時期的當代詩歌乃至整個當代文學中已瀕於絕跡，與之相對的一種寫實主義的觀念和方法，在一種政治和意識形態力量的作用下，已經佔據統治地位，成為當代詩歌創作和詩歌理論的主導潮流，壟斷了一個時代的審美風尚和藝術趣味的時候，恢復和重建這種被中斷了的現代詩歌藝術傳統，改變因過分強調寫實的觀念和方法而導致的日

---

[32]　徐敬亞：《崛起的詩群──評我國新詩的現代傾向》，《當代文藝思潮》1983 年第 1 期。

漸僵化的詩歌形式和技巧，也就具有一種反叛舊規和探索新路的革新意味。如前所述，這期間的詩歌藝術乃至整個文學藝術的革新，事實上也大多是以這種「修復斷裂」和「回歸傳統」的方式為起點的。

尤其重要的是，這種藝術革新的趨向和要求，並非完全源於藝術本身的一種新舊更替，或屈從於某種社會審美風尚和藝術趣味轉移的壓力，而是基於一種新的情感和新的思想在藝術表達上的需要。這種需要也就成了早期知青詩人從事新的藝術探索和藝術革新的內在動力。「形式是很重要的。新的內容必須具備新的形式。因循守舊只能造成返祖或退化現象。」（芒克語）從這個意義上說，儘管早期知青詩人也擺出一副激進的反傳統姿態，提出「要敢於打破傳統」，「必須勇於探索」（芒克語）的主張，但當他們說「我反對『傳統』」的時候，是反對用「傳統」中某種「千篇一律的格調來束縛人的靈魂」（凌冰語），而不是傳統本身。北島有一段話一針見血地說出了這場在藝術上的傳統與反傳統鬥爭的實質，他說：「形式的危機在於思想的僵化。形式應該永遠是新鮮而令人激動的。懼怕談形式的人，只是懼怕觸動他們龜縮在固有外殼中的思想。」[33]由此看來，由早期知青詩人的藝術探索引起的 70、80 年代之交的這場詩歌藝術革新，就不單單是一個如何打破舊的藝術成規、採用新的藝術表達方式（形式和技巧）的問題，而是如何借助一種新的藝術表達方式，來表達一種新的思想和感情。全部的問題就在於從文革的災難中成長起來

---

[33] 這裏所引早期知青詩人的詩論，均見《今天》雜誌 1980 年第 3 期《答覆——詩人談詩》。

的年輕的一代詩人，有一種經過了自己獨特的人生經歷和獨立的
人生思考發酵、凝聚的思想和感情，需要通過詩的形式來表達。
只是為著這種表達的需要，他們才要求「打破傳統」，探索新路。
雖然在這個過程中，他們也接受了作為西方（包括中國新詩史上）
現代主義的一個重要組成部分的象徵主義的影響，但他們鍾情於
象徵主義的，決不僅僅是那些新、奇、怪、異的形式本身的意味，
而是這種形式具有一種超出「傳統」的寫實手法之上的異乎尋常
的藝術表現力。正因為如此，所以，象徵和「以象徵手法為中心」
的一系列藝術表現的方法和技巧，對於新潮詩人來說，就不一定
局限於作為一個流派的象徵主義的表現範圍之內，而是一切與
「象徵」有關的帶有隱喻和暗示性質的，以及作為這一表現方法
的基礎的心理和無意識活動的因素，乃至在音調和色彩，結構和
語言上的表現等等，都屬於新潮詩人所探求的新的表現方法和技
巧的範疇。從這個意義上說，徐敬亞所總結的新潮詩歌「以象徵
手法為中心的詩歌新藝術」，實際上是一種包括西方現代主義多
種流派的詩歌藝術在內的廣義的現代詩歌的表現方法和技巧，其
中甚至還有與現代主義同源的某些浪漫主義的因素。凡此種種，
只有從這個意義上來理解新潮詩學中關於詩的藝術表現層面的
理論，才能抓住全部問題的關鍵之所在。

　　對於新潮詩歌這種新的藝術表現方法和技巧的意識，在
70、80 年代之交，最早是源於「朦朧詩」的討論和爭論中，對
人們所指責的新潮詩歌的「朦朧」和「晦澀」所作的理論闡釋，
謝冕說：經歷過文革的年輕一代的詩人，「他們對生活懷有近於
神經質的警惕，他們擔心再度受騙。他們的詩句中往往交織著

紊亂而不清晰的思緒，複雜而充滿矛盾的情感。因為政治上的
提防，或因為弄不清時代究竟害了什麼病，於是往往用了不確
定的語言和形象來表述，這就產生了某些詩中的真正的朦朧和
晦澀。」[34]徐敬亞在總結新潮詩歌這種新的藝術表現的特點時
也說：「撲面而來的時代氣息，痛切中的平靜，冷峻中的親切。
時代的大悲大喜被他們轉換成獨白式的沉吟。感受生活的角度
與建國以來的傳統新詩迥然相異──詩中，細節形象鮮明，整
體情緒朦朧；內在節奏波動性大，類似電影中的蒙太奇；語言，
似乎可以擦亮讀者的眼睛」[35]。在回答對自己的詩作「是朦朧
的」、「晦澀的」的指責時，楊煉也說：「我的詩是朦朧的嗎？也
許是，我的詩是晦澀的嗎？當然不是。我的詩是生活在我心中
的變形。是我按照思維的秩序、想像的邏輯重新安排的世界。
那裏，形象是我的思想在客觀世界的對應物，它們的存在、運
動和消失完全是由於我的主觀調動的結果。那裏，形象的意義
不僅在於它們本身的客觀內容，更主要的是我賦予它們的象徵
內容，把虛幻飄紗的思緒注入堅實、生動、具有質感的形象，
使之成為可見、可聽、可聞、可感的實體。這是很常見的手法。
另外，現代生活常常令人目不暇接，於是，意象的跳躍、自由
的連接、時間、空間的打破，也就，沒有什麼可奇怪的了。」[36]
如此等等，從這些新潮詩人和詩歌的理論家對新潮詩歌的這些新

---

[34] 謝冕：《失去了平靜以後》，《詩刊》1980 年第 12 期。
[35] 徐敬亞：《崛起的詩群──評我國詩歌的現代傾向》，《當代文藝思潮》
    1983 年第 1 期。
[36] 楊煉：《我的宣言》，《福建文學》1981 年第 1 期「青春詩論」。

的藝術表現手法和技巧所作的理論闡釋中，我們不難看出，新潮詩歌的這些新的藝術表現手法和技巧，之所以給人造成一種「朦朧」、「晦澀」的感覺，確實是源於一種難以確定地表達的內心經驗和感受。正是這種難以確定地表達的內心經驗和感受，才使得詩人不得不在某些與一定的情感經驗和思想內涵已經形成了一種穩定的對應關係的事物（形象）之外，再去尋找新的「客觀對應物」，以便通過這種「客觀對應物」，重新組織和安排自己的經驗、情感和思想，使自己的經驗、情感和思想得到有效的暗示和傳達。對這種確實帶有極強的象徵色彩的藝術表現手法和技巧，以及因此而引起的詩歌形式上的一些變化，許多新潮詩人和詩歌理論家都從理論上作出了闡釋和總結，其中又以詩人兼詩歌理論家徐敬亞的闡釋和總結比較系統，在新潮詩學中較有代表性，影響較大，也較能說明新潮詩學在這個層面的理論特徵。

　　在 80 年代有關新潮詩歌的討論和爭論中，徐敬亞是一位最有爭議的詩人和詩歌理論家。作為新潮詩歌在理論上的重要代言人，這位詩人從新潮詩人尚未大面積地浮出海面的時候起，就開始密切關注他們在自辦刊物上發表的詩歌作品，參與他們的詩歌創作和理論活動。同時也開始了對嶄露頭角的新潮詩人和他們的作品，進行及時的跟蹤研究和評論。在這一階段，徐敬亞就比較系統地指出了新潮詩歌在思想和藝術上的一些主要特徵。在一篇評價《今天》上發表的早期知青詩人和受其影響的新潮詩人詩作的評論中，徐敬亞通過分析一些有代表性的詩人詩作，對新潮詩歌「獨特的」思想內涵，進行了比較深入的分析，指出這些詩人的作品「不是排閑遣愁的牧歌，也不是無病呻吟的小調兒。他們

始終把詩的鏡頭對準生活，對準著倒映生活的年輕心窗。他們不
是頹廢派，不是唯美主義者。恰恰相反，我反覆回味誦讀，倒隱
隱地感到了他們那朦朧的追求，而詩只不過是他們探尋的光束。」
與此同時，對他們的作品的「獨特的藝術形式」和表現手法與技
巧，也進行了初步的理論總結。指出：「《今天》中的詩都貫穿著
簡潔、跳躍、含蓄的格調」，「很少直接吟唱，很少大喊大叫。他
們很注重構思的奇巧，詩情的凝重，」「他們選取沉靜、徐緩的
節奏，符合他們深刻的觀察，符合他們冰冷的主調。」「其他特
點，如用零碎形象構圖；推進的急速跳躍；結句的音節多用雙音；
多數詩無標點；重感情抒發；常常大膽打破韻腳等等。」總之是，
他們的詩作，是一種「奇異的光」，一種「奇特的歌聲」，「分明
給了你什麼，卻又讓你一下子說不出，不得不皺眉回味。他們的
畫面往往揉進很多交叉對立的顏色，跳進零碎雜亂的形象。他們
的歌是那麼有意思的合唱，有時唱得雄壯，有時唱得淒涼，有時
帶著凌晨般的清醒，有時帶著黃昏般的迷茫。他們的詩不僅給人
以新奇的聯想，更給讀者以美、樸素、清新、簡潔的美。在感情
的圖像上，他們往往只為讀者提供幾個簡單的點，在這一系列跳
躍的座標點上，人們可以憑自己的想像去體味、理解並勾畫出各
自不同的曲線。他們的詩，帶動讀者，不是憑緩坡的滑行，不是
用傳統的層層鋪墊，而是用幾層落差懸殊的階石，跳躍地把讀者
拉向感情的高地。」[37] 如此等等，徐敬亞對《今天》上的詩歌作
品所作的這些藝術總結，雖然是針對部分詩人詩作，但因為這些

---

[37]　徐敬亞：《奇異的光——〈今天〉詩歌讀痕》，《今天》1980 年第 3 期。

詩人在藝術上的普遍代表性，因而事實上道出了整個新潮詩歌在藝術表現上的一些主要特徵。正是以這種早期的閱讀經驗為基礎，徐敬亞後來在他的那篇引起爭議的理論長文中，進一步結合更多新潮詩人的創作，把新潮詩歌所探尋的藝術表現方法和技巧，包括與之相關的一些新的表現形式，從理論上進行了更為系統的綜合和概括，並對「以象徵手法為中心的詩歌新藝術」，及其在創作中的具體表現，如象徵手法的運用、抒情和描寫視角的「變異」、對時空關係和詩中事物的「變形」處理、「表現直覺和幻覺」、「通感」和「虛實結合」等，進行了具體的論析。同時，也指出了新潮詩歌的「跳躍性情緒節奏及多層次的空間結構」、詩的「建築上的自由化的新嘗試」，以及「韻律、節奏及標點的新處理」等與新的表現手法和技巧相關的一些形式上的特徵。

　　徐敬亞對新潮詩歌的這些新的藝術表現手法和技巧，以及與之相關的一些形式問題的論述，因為大多是結合一些具體的詩人詩作的分析，因而顯得比較零碎，有點類似於中國古代詩話中的「點評」方式。但唯其如此，才更切合新潮詩人的創作實際，也切合新潮詩人所持的詩歌觀念，早期知青詩人小青就說過：「詩歌是個非常獨特的領域。在這裏，尋常的邏輯沉默了，被理智和法則規定的世界開始解體：色彩、音響、形象的界線消失了；時間和空間被超越，彷彿回到了宇宙的初創時期。世界開始重新組合——於是產生了變形。」[38]北島在談到詩歌「形式的危機」時也說：「許多陳舊的表現手段已經遠遠不夠用了，隱喻、象徵、

---

[38]　見《今天》1980 年第 3 期《答覆——詩人談詩》。

通感、改變視角和透視關係、打破時空秩序等手法為我們提供
了新的前景。我試圖把電影蒙太奇的手法引入詩中,造成意象
的撞擊和轉換,激發人們的想像力來填補大幅度跳躍留下的空
白。另外,我還十分注重詩歌的容納量、潛意識和瞬間感受的捕
捉。」[39]如此等等,這些新潮詩人所持的詩歌觀念和他們的創作
實踐,正好印證了徐敬亞對新潮詩歌在藝術表現層面上的一些主
要特徵所作的理論總結。

　　在所有新潮詩人中,楊煉是一個比較獨特的存在。他的獨特
之處就在於,就創作而言,他不但經歷了從浪漫主義向現代主
義、從「自發的詩人」向「自覺的詩人」的轉變,而且在 80 年
代中期前後,當新潮詩歌已瀕於消歇的時候,他卻依舊把他的創
作延伸到了「後新潮」詩歌的內部,成為後新潮詩人在 PASS 北
島、舒婷之後,所能接納的為數極少的新潮詩人之一(另一個是
芒克)。從這個意義上說,楊煉的創作比較完整地記錄了從新潮
詩歌到後新潮詩歌的創作演進和觀念變化的歷史,是研究這期間
的詩學的一個不可多得的典型個案。更為重要的是,在理論方
面,楊煉又是一個勤於思考、善於總結的詩人,常常能將自己的
創作經驗和對於詩的問題的思考,提升到一定的理論高度,提出
自己的一些獨到的見解,或從事一種自覺的理論建構,因而為我
們研究這期間的詩學留下了豐富的思想資料。在這個問題上,可
以說楊煉是所有新潮詩人中為數極少的具有自覺的理論意識和

---

[39]　見《上海文學》1981 年第 5 期「百家詩會」。

創造衝動的詩人，他在這方面所作出的努力無人可與比肩。而且，楊煉對詩的問題的這些思考和經驗總結，又具有的普遍的代表性，從中，我們也可以大致窺見新潮詩學在這期間的發展演進的思想軌跡。

如同這一代所有新潮詩人一樣，楊煉也有過一段知青生活經歷，正是這一段知青生活經歷，結束了他少年時代對詩的虛無飄渺的美麗幻想，使「土地、生活、人以及對這些的認識構成了我的詩的『根據』」。這一現實的「根據」，同時也是楊煉結束他的未及成形的自然的浪漫詩觀，轉而尋求一種新的表現方式的一個決定性的因素。楊煉的詩歌觀念也由此而開始了新的變化。他曾經自述這個變化的經過說：「我被那無數無名詩人的作品驚服了，那些怪異的面孔以無比親切的詩的原素向我微笑。」於是「那在心中被喚醒的東西昂起了頭，輕而易舉地征服了一切！真誠、技巧、燦爛的美使我的放逐於荒漠過久的心飲到清泉」。只有到這時，楊煉才感到，「如果說：我過去只是憑藉直覺感到自己要作一個詩人，那麼到這時我才算初步認識到自己應當作一個什麼樣的詩人」[40]。楊煉在這裏所說的，無疑是他從這期間正在大面積地浮出海面的早期知青詩人的藝術探索中所接受到的影響。正是這種影響，不但使楊煉的詩歌創作發了一個質的變化，而且也使他對於詩的問題的思考產生了一個極大的飛躍。此後，楊煉不但在創作中孜孜矻矻地探尋新的表現形式、方法和技巧，而且在理論上也在不斷地更新、深化和發展自己的詩歌觀念。尤其

---

[40]　楊煉：《第一次回顧》，《當代文學參考資料》1981 年第 8 期。

是對詩的藝術本體問題，即詩之為詩的本質問題的思考，更貫穿於楊煉對詩的問題的思考的始終，成為他對全部詩歌問題思考的一個主導線索，同時也顯示了他的詩學理論的一個鮮明的特色。

如前所述，在對詩之為詩的本質問題的理解上，楊煉也經歷了這一代新潮詩人所經歷過的一個共同的思想歷程。他後來把這個一代新潮詩人所經歷的共同的思想歷程，歸結為：詩從「自發」階段向「自覺」階段的轉變。「所謂『自發』，指七九年開始的青年詩人們的『第一次否定』」。這一次否定，「針對的是七九年以前氾濫的『非詩』，它反對詩依附於政治但自己仍主要在圖解社會主題，它運用一些現代詩手法卻並未試圖建立自己獨立的詩歌意識，它更大的意義在於詩人的歷史而非詩的歷史。真誠和真實，反抗和覺醒，這些『第一次否定』提出的目標，恰恰延伸成為『第二次否定』的出發點」。所謂詩的「自覺」的階段，也便由此開始。楊煉所說的這個變化，正是這期間整個詩學變化的一個重要特徵。在這個過程中，詩歌創作雖然發生了變化，詩的觀念卻沒有發生根本的改變；詩人「寫什麼」（題材和主題）發生了變化，對詩歌「是什麼」（本質和功用）的理解卻沒有發生根本的改變。通過「第一次否定」，雖然「詩人開始把獨立思考帶入詩中，詩不再僅僅作為拍馬逢迎的工具」，但卻「成為詩人自己的政治、社會、哲學觀念的圖解」，被詩人「今天這樣明天那樣地追逐一廂情願的『真實感』」，「詩的命運依然如故」，整個詩歌觀念和詩學理論仍然停留在舊有的範疇。包括前述一些新潮詩人（也有楊煉自己）在詩的本體、功能和表現層面上所持的一些

折中的或與傳統相近的詩歌觀念，大體也是這一轉變過程的中間物。這個階段的詩歌創作，對文革結束後的歷史轉折和新時期文學的發展來說，其重要性自然不言而喻。但又正如楊煉所說，「『自發的詩人』之重要，在於他對個人的意義──個人欲望的直接表達（因而，大多集中在表達什麼）」。相對而言，對詩之為詩的本質（是什麼）問題和與之相關的詩的創造（怎麼寫）問題，卻甚少獨立的思考，因而對這期間的詩歌理論並未提供多少新鮮的經驗，對這期間的詩學發展也並無太大的意義。

　　「而『自覺的詩人』之重要，在於他對文學現實總體的意義──他的詩歌世界，必須使文學史面臨改寫的危險（所欲表現者與表現的獨創性的合一）」。亦即是強調他的詩的世界的獨特性和獨創性。在這一方面，「自覺的詩人」「不會由於他對詩本身各種可能性增多瞭解而減弱創造的神秘衝動，恰恰相反，詩在更高的基點上俯瞰萬物，具有更強的靈感幅射，更深入的把握和締造新秩序的能力。」楊煉對「自覺的詩人」的這番論述，是他自己也是這一代新潮詩人經過艱難探索，對詩的問題的認識逐步深入的標誌，也是他們在詩的問題上開始的一種理論自覺的表現。正是以這種認識為起點，楊煉開始意識到，「在今天，作為詩人，不僅要意識到生存對於人的壓迫，而且必須意識到整個文化傳統乃至世界文學的總秩序對我們的壓迫。」「我們所進行的是自覺地、內在地分析、把握整個傳統（不僅是四九年以後的歷史）與自己的創作間的複雜關係。並力求不是在題材和主題上、而是在表現本身顯示出思考的深度」。他認為，在「表現本身顯示出思考的深度」，對一個「自覺的詩人」來說，「尤其重要」。正是為了追

尋這種「表現本身」而不是「表現什麼」所顯示出的「思考的深度」，楊煉在前此階段對詩的問題所作的思考和探求的基礎上，開始了對於一個「自覺的詩人」和「詩的自覺」的目標的理論追求。關於這一目標，楊煉在分述了它在詩的「意識」、「方式」和「語言」方面的表現後，有一個集中的理論概括說：「可以這樣概括詩的自覺：對於歷史與傳統，既不是盲目依從也不是簡單地尋求『斷裂』，而是採取平等、正視、自由吸收的態度，讓從古到今的一切成為自覺參照的背景和隨意駕駛的語言；對於自我，既強調體驗性又強調超越性，詩必須在構成本身呈現出經驗的複雜和境界的提升，死亡的豐滿和澄明的單純。每個詩人歷盡滄桑的一生必須用詩賦予無限的意義；對於藝術標準，每一首詩置於世界詩歌總環境中應當是獨特的。它作為人類全新經驗的起點，將方式和語言統一成行為，將觸角伸展得盡可能廣闊，從而能夠在創造另一個自然的努力中使精神歷險與更新。」[41]楊煉的這段話雖然難免有晦澀朦朧之處，但他對「歷史」與「傳統」的態度、對「自我」在詩中意義的思考，以及對藝術的獨特性和創造性的追求理解，都表明他對於詩的問題的思考，確實超越了前此階段盲目地「反傳統」、簡單化地理解「表現自我」和藝術創新，而進入了一個新的境界。「『自覺』，首先是否定盲目性和簡單化。」正是在從「自發的詩人」到「自覺的詩人」的轉變過程中，我們才得以窺見楊煉對詩的本體問題的思考的一個基本脈絡，也才得以把握他在這個問題上的一些基本觀點。以下，我們僅就他所提

---

[41] 以上引文見楊煉：《詩的自覺》，《當代文藝探索》1987 年第 2 期。

出的與詩的本體理論的建構有關的三個方面的問題，對他的一些主要的詩學觀點，略作闡釋述。

第一個方面的觀點，是區別詩的本質「從臨摹到創造」的變化。如同所有知青詩人一樣，楊煉對詩的理解，也是從如何「忠實地表現」生活這一現實主義的、也是整個文學的創作原則的基點出發的。但是，由於這一代知青詩人特殊的人生經歷，他們對生活的熱愛以及由此所引發的詩歌創作的衝動，往往不是那些「美好的」生活表象所引起的激情和印象，而是對生活的痛苦的體驗和思考，「我對生活的愛之所以深沉，因為是浸透了痛苦和淚水的」。因而他們也就無法也無意於在詩中「臨摹」那些「美好的」生活表象，而是要通過一定的生活表象，表達他們對於生活真實的痛苦體驗和生活本質的深刻思考。「我認為，詩決不能僅僅停留在對生活現象的臨摹上，詩人應當而且必須最真切、最明確地理解生活的真實和本質，（在今天，這就是人民為改變自身長期被踐踏的命運所進行的鬥爭。），必須具有能夠透視生活為掩蓋其本來面目而設置的重重障礙的目光。只有這樣，才不會在層巒疊嶂中迷失道路。詩的價值，歸根結底是由這理解的深刻和透視的犀利來決定的。」這樣，楊煉對詩的本質的理解，就走出了前此時期的當代詩歌被動地反映生活的「寫實」觀念，而突出地強調了詩人作為詩的創作主體的作用和價值，以及詩人的心靈的創造活動對於詩的本質的決定意義。楊煉和這一代知青詩人也因此而與這期間正在恢復之中的現實主義的詩歌觀念分道揚鑣，不是從詩對生活表象的「臨摹」，而是從詩人的心靈創造的角度，去重構有關詩的本體的觀念。「詩是詩人的心被生活猛烈

撞擊之後，獨特感受的獨特表達。這種表達，雖然也表現為具有客觀外形的語言形式，但它們是按照詩人主觀世界的秩序重新安排的。它們是詩人思維活動的對應物，具有詩人賦予它們的象徵意義（思想是無邊的，形象也是無邊的）。也就是說：詩人把對生活思考的結果重新創造成一個與之相對應的形象世界——詩的世界，在這個世界裏，詩象徵地表現著生活的本質和真實。」前述楊煉和這一代知青詩人、包括所有新潮詩人所持的詩的「心靈性」、「內向化」和「表現自我」的觀念，都源於這一詩歌本體觀念的轉變，都是這一轉變所帶來的結果。只不過，在這個轉變的過程中，楊煉從一開始就特別強調詩的形象世界作為詩的的心靈的對應物所具有的獨特的象徵性，以及因此而引起的詩的藝術表現上的「變形」等方面的變化。「我要創造一個與客觀現實相對應的世界。詩不是臨摹，而是要通過具有強烈象徵性的形象，完成詩人對自然、歷史和現實生活的加入。」「既然是創造，既然是象徵，既然是心靈活動的對應物，那麼，就會不可避免地出現變形（對比自然原形而言）」。「現代詩無疑進入了一個象徵的、表現的時代（起碼是這一點，隨著生活的發展，還會不斷進化）。即使對於人們還較新鮮的題材，如果詩人沒有利用象徵等手段增強它們的深度和容納量，沒有以心靈和形象交織出一個立體空間，沒有留下讀後想像和思索的餘地，也會使讀者感到索然無味。」「現代生活創造了現代人的心靈，又通過現代人的心靈創造了現代的詩。詩從頭到尾是一個創造的過程。」他認為他的這種心靈創造的現代詩觀，是「在人的精神這個變化最迅速、最深刻、最廣泛的領域中，找到了一種獨特的、寓言和神話式的表現

方法，找到了一種與光怪陸離的現實生活恰相對應的『生活方式』。」[42]這樣，楊煉就把區別詩的本質「從臨摹到創造」的變化，作為他告別舊的「寫實」詩觀，重建新的詩歌本體觀念的前提和基礎。

第二個方面的觀點，是釐定詩的創造中「傳統與我們」的關係。如果說，楊煉是把區別詩的本質「從臨摹到創造」的變化，作為他重建新的詩歌本體觀念的前提和基礎的話，那麼，他就是把釐定在詩的創造中「傳統與我們」的關係，作為他重建新的詩歌本體觀念的重要條件。眾所周知，由於早期知青詩人在文革期間所進行的「地下」狀態的探索和實驗，從思想到藝術，確實具有一種「叛逆」性，他們在文革後浮出海面所形成的詩歌新潮，與當時正在恢復之中的現實主義詩歌傳統，又大相逕庭，加上他們所受的一些西方現代主義的詩歌影響，和某些新潮詩人的一些激進的言論，因而就難免給人以極端反傳統的印象。在本編第二章論及這一問題時，我們曾對這期間新潮詩歌對正在恢復之中的新詩傳統所造成的挑戰和衝擊，已經進行了一些理論辨析，在本章的上述部分，我們又闡述了這期間的新潮詩人對一些傳統的詩歌觀念的基本態度。這些論述表明，這期間的新潮詩人所推動的詩歌藝術革新和詩學觀念的變革，並非是以五四以來的中國新詩傳統乃至整個中國詩歌傳統為攻擊目標的，而是基於對前此時期的當代詩歌的藝術反撥，和對中國詩歌的現代化或現代性追求的驅動。在這個問題上，如果說新潮詩人的覺悟有先有後的話，那

---

[42] 以上引文參見楊煉：《從臨摹到創造——同友人談詩》，（《詩探索》1981年第 1 期），《上海文學》1981 年第 4 期「百家詩會」。

麼，楊煉就應當是他們當中的先覺者。早在新潮詩人群體登臺的
80 年代初，楊煉就明確表示過：「我反對那種關於『現代寫法』
和『傳統寫法』的分野」。他引用一位美國評論家的話說，當一
個傳統開始形式化為一種準則時，它就開始喪失生命；當它完全
地形式化以後，它也就失去了生命──「變成了一種偽傳統！」
故此，楊煉認為，「傳統不是一潭死水，一座雕像，永遠只蒙著
暗綠的青苔，帶著固定的微笑。傳統是長河，從涓涓細流到汪洋
大海，不斷容納，不斷擴展，不斷改變，才能奔騰澎湃。」[43]為
此，他不但對不加分析地認定新潮詩歌是「反傳統、反生活、反
自然」的非議不以為然，認為「大可不必如此」，而且在創作中
也在努力彌合和填平新潮與傳統詩觀之間的裂縫與鴻溝，他說他
的組詩《太陽，每天都是新的》，「就是我作的讓『自我表現』與
『時代精神』相呼應的一次嘗試。」[44]

　　如果說，楊煉和眾多新潮詩人對「傳統與我們」的關係的上
述認識，還是以「傳統」與「現代」的二分為前提（儘管他反對
把「傳統」與「現代」對立起來），力求在二者之間找到一種辯
證的理解的話，那麼，這種辯證理解的進一步發展，就是完全消
泯傳統與現代的界限，由傳統與現代分列的「二元論」進到傳統
與現代融彙的「一元論」。對「傳統與我們」的關係的這種新認
識，楊煉曾有一種形象的表述說：「它（傳統──引者）早已活
著，現在活著，將來也會繼續活下去。它不是一個詞，或者像有
些人說的那樣：是一條河（楊煉自己就說過──引者），一座連

---

[43] 楊煉：《我的宣言》，《福建文學》1981 年第 1 期「青春詩論」。
[44] 楊煉：《第一次回顧》，《當代文學研究參考資料》1981 年第 8 期。

綿不斷的山脈。它溶解在我們的血液中、細胞中和心靈的每一次顫動中，無形，然而有力！它使我們不斷意識到：昨天存在過，還會永遠存在在那裏。在漸漸遠去的未來者眼中，昨天和今天正排成一列，成為各自時代的標誌。」他把他所理解的「傳統與我們」的這種新的融合關係，用兩個獨創的概念：即「內在因素」和「單元模式」來表達：所謂「內在因素」，是「指那些摒除了單純外部特徵後而使傳統仍然成為傳統的東西」，而「單元模式」則是「指不同時代的不同作家融合各方面因素而自成的藝術風格」。據此，他認為「傳統應當被理解為『內在因素』所貫穿而又彼此獨立的『單元模式』系列，像一趟用看不見的掛鉤連接起來的列車，活在我們對自己環節的鑄造中，並通過個人的特性顯示出民族的特質。」基於這樣的理解，楊煉在詩的創造中，就特別強調傳統所起的作用，他說：「我相信，任何個人的創造都無法根本背叛他所屬的傳統。每一個藝術家在他所提供的『單元模式』中，都自覺或不自覺、或多或少地浸透著傳統的『內在因素』，這是他自身存在的前提。」與此同時，他又堅決反對那種「因襲偉大祖先的外表服飾」，「僅僅滿足於作隔日雷鳴的微弱回聲」而自認是「繼承和發揚傳統」，或「無休止地模擬外來影響」，「一味憑藉個人直感」而自命為「反傳統」的不良傾向，認為在詩的創造中要真正「堅持傳統」，就應當首先「明確自己的詩的位置」。為了說明這個問題，他假設了這樣的一個「座標系」：「以詩人所屬的文化傳統為縱軸，以詩人所處時代的人類文明（哲學、文學、藝術、宗教等）為橫軸，詩人不斷以自己所處時代中人類文明的最新成就『反觀』自己的傳統，於是看到了許多過去由於認識水

平原因而未被看到的東西，這就是『重新發現』。」只在經過了
對傳統這樣的「重新發現」，「發掘其「內在因素『並使之融合於
我們的詩，以我們的創造來豐富傳統，從而讓詩本身體現出詩的
感情和威力」[45]，我們才算真正「繼承」了傳統，「發揚」了傳
統，傳統才會真正成為詩的創造的源頭活水。

　　毫無疑問，楊煉對「傳統與我們」的關係的這種新的理解，
是受了西方現代主義詩人也是「新批評派」的批評家艾略特的深
刻影響。艾略特在他的重要批評論文《傳統與個人才能》中，系
統地闡述了他對傳統的看法、傳統在藝術創造中的意義和作用，
以及傳統與藝術創造者個人（詩人和作家）的關係等諸多問題。
他認為「傳統是一個具有廣泛意義的東西。傳統並不能繼承。假
若你需要它，你必須通過艱苦勞動來獲得它。」要獲得傳統，首
先必須具有一種「歷史意識」，「這種歷史意識包括一種感覺，即
不僅感覺到過去的過去性，而且也感覺到它的現在性。這種歷史
意識迫使一個作家在寫作時不僅對他自己一代瞭若指掌，而且感
覺到從荷馬開始的全部歐洲文學，以及在這個大範圍中他自己國
家的全部文學，構成一個同時存在的整體，組成一個同時存在的
體系。這種歷史意識既意識到什麼是超時間的，也意識到什麼是
有時間性的，而且還意識到超時間的和有時間性的東西是結合在
一起的。有了這種歷史意識，一人作家便成為傳統的了。」艾略
特在這裏所強調的是傳統不是一個現成的可以拿來的東西，它是
我們對它的一種「意識」，通過這種「意識」，並在這種「意識」

---

[45] 以上引文均見楊煉：《傳統與我們》，《山花》1983 年第 9 期。

中，使過去和現在融為一體，「同時存在」，我們才能獲得傳統，
也才是「傳統的」。艾略特在這裏所強調的，正是楊煉所說的，
傳統作為一種「內在因素」存在和體現於作家個體的「單元模式」
中的問題，也是他所說的，在詩的創造中，要對傳統有「重新發
現」，通過這樣的「重新發現」，去「繼承」和「發揚」傳統，使
自己的創造活在傳統之中。而且，艾略特還十分強調，在詩的創
造中「詩人應該加強或努力獲得這種對於過去的意識，而且應該
在他整個創作生涯中繼續加強這種意識。」正是在上述認識的基
礎上，艾略特拋棄了浪漫主義以個性和個人感情為中心的詩歌本
體觀念，重建了他所主張的「詩歌不是感情的放縱，而是感情的
脫離；詩歌不是個性的表現，而是個性的脫離」[46]的現代主義的
詩歌本體觀念。同樣也是在這種新的認識的基礎上，楊煉建構了
他心目中理想的詩歌本體觀念。

　　第三個方面的觀點，是確認詩的本體是「智力的空間」。從
以上的闡述中，我們不難看出，楊煉對詩的本體問題的重新思
考，重建詩的本體觀念，經過了如下的思維過程：首先是通過區
別詩的本質「從臨摹到創造」的變化，把詩從長期形成的「寫實」
詩觀、尤其是前此時期的當代詩歌對現實生活的「臨摹」狀態中
解放出來，賦予一種心靈創造的意義，又使這種心靈的創造與浪
漫主義的主觀抒情相區別，通過在詩中創造的心靈活動的對應
物，構成詩的象徵世界。然後又從西方現代主義詩人那裏獲得理
論的啟示，通過進一步釐定「傳統與我們」的關係，確認傳統內

46　以上引文均見艾略特：《傳統與個人才能》，《艾略特文學論文集》，百花
　　洲文藝出版社 1994 年版。

在於我們的心靈，與詩的創造密不可分，是詩的創造的源頭活
水，從而把傳統的一極也引入詩的創造，在詩的創造中，使傳統
與現代、歷史與現實、心靈與世界、知識與經驗，發生多重多極
的遇合，使詩的創造最終脫離詩人一己個性的表現、一己的情感
的抒發，成為超乎這一切之上的一種綜合的智力活動。這樣，楊
煉就把他對於詩的本體問題的思考，把他所致力於重建的詩的本
體觀念，逐漸引向了他所創造的一個「智力的空間」的概論。

關於現代詩的「空間」，楊煉曾作過如下的描述：

> 詩是這樣的空間：它飽含思想，但對於僅僅以思辨傳達思
> 想，它說──不！它充滿感性，但對於把感覺羅列成平面
> 的感性，它說──不！它是現實的，可只把這理解是渲洩
> 某種社會意識或情緒，它說──不！它是歷史的，可假如
> 昨天只意味著傳奇故事，它說──不！它是文化的，但古
> 代文明的輝煌結論倘若只被加以新的圖解和演繹，它說
> ──不！它體現著自身的時間意識，但對日常的順序和過
> 程，它說──不！它具備堅實的結構，但對任何形式的因
> 果鏈，它說──不！……在一些人看來，現代詩如此不可
> 理喻，它看起來更像一個充滿矛盾沒有結論的實在物，而
> 非理想教育的教材。人們在它之中永遠不僅意識到自己同
> 時意識到自己的對立面，而相反兩極間不停的相互運動又
> 使詩保持了整體的靜止。

從楊煉的描述中，我們不難看出，他所理解的現代詩的空
間，確實是一個充滿對立的矛盾運動，又保持了整體統一的「實

在物」。他認為在文學史上，任何一個時代、任何一種傳統的詩，都要提供一種屬於它自己的空間，「詩提供一個空間，這並不是秘密」；「詩通過空間歸納自然本能、現實感受、歷史意識與文化結構，使之融為一體。」由於現代社會人類在思維領域，「追求理性與感性的自然契合，思辨與直覺的真正統一」，就為構造詩的空間提出了新的「標準」，「並要求賦予更大的智力」。「從空間的方式把握詩，從結構空間的能力上把握詩的豐富與深刻的程度」，就成為對現代詩歌創作的「主要出發點」，「一首成熟的詩」，因而也就成了「一個智力的空間」。這個「智力的空間」，「是通過人為努力建立起來的一個自足的實體。」這個「實體」的「實在性」就在於，「它本身就是一個意象、一個象徵，具有活生生的感覺的實在性。它不解釋，而只存在，由於存在使讀者在不知不覺中被滲透、改造、俘獲而置身其中。」

　　楊煉所理解的詩的「智力的空間」，是「由結構、中間組合和意象組成」。所謂「結構，就是詩的組合關係的總體」。一首詩的「總體結構，」「就像一個『磁場』、一組群雕，它存在著、暗示著什麼，各部分之間拋棄了因果性，看似獨立其實正以其空間感的均衡和穩定相互關連。這是一個正在共振的場，每個部分都和其他所有部分相呼應、相參與。它使我們感受並要求進入更深一層的內在邏輯。」所謂「中間組合」，也就是當我們的感受「繼續深入，一群群具有相同走向的意象漸漸靠攏」，所顯示出來的「同處結構內的不同層次」之間的關係，「這些中間組合有時單獨發展，有時彼此接近甚至交錯匯合，在碰撞的剎那迸出火花，使我們隱約窺見了深藏的奧秘。」而所謂「意象」，則是「詩的

基本符號」。這些「詩的基本符號」,「經過反覆閱讀的『定位』,最終獲得了中間組合與結構賦予的全部含義,當我們把從這不同階段感知的東西匯合起來,或許可以說開始懂得了一首詩。」在楊煉對「智力的空間」所作的這種動態的闡釋中,我們不難看出,在一首詩的「智力的空間」的所有構成要素中,結構具有決定性的意義。「一個定義沒有詩的價值,而一個有力的結構本身就具有詩的氣魄。它們彼此依存構成空間,像油畫一樣當你遠遠審視時才能清晰呈現。一個完美結構的能量不是其中各部分的和,而是它們的乘積。」正因為如此,所以楊煉說,一首詩的「智力的空間」,「說到底可以看作是一個意識結構(包括詩人潛意識衝動中表達為語言的部分)。它是詩人通過對題材的處理達成的一個複合空間。對世界多角度的觀察,對思想多層次的把握,超越了個人、社會對生活的發現的能力。」因此,「大詩人並不是以情緒的強弱,而是以充分發掘內涵後構造有機空間的能力為其特徵的。對現實和歷史的感應,對時間的強烈意識以及形而上的獨特思考,使智力的空間矗立成一座大廈,一層層輪迴著趨向整體的真實。」

　　綜上所述,從楊煉所說詩的「智力的空間」的這種構造特徵看,無疑帶有很重的「知性」特徵。這種「知性」特徵,表明他所建構的這種詩歌本體觀念,接受了西方現代主義詩學的影響,帶有很重的現代主義傾向。嚴格說來,是屬於西方從艾略特開始的「脫離感情」、「脫離個性」,強調「知性」的現代主義詩學範疇。與此同時,另一方面又因為楊煉在創作中,從注重思考到強調抽象(象徵),這種藝術思維特徵的形成和發展,與他自覺地

繼承和發掘中國古代文化傳統和文學（詩歌）傳統密切相關。尤其是表現在中國古代文化和文學傳統中獨特的「東方智慧」和思維方式，更為楊煉所神馳心迷，以之作為自己的創作所追求的最高境界。他曾說「在玻爾和愛因斯坦以後的世界，『東方智慧』已不再是一個古老而神秘的詞彙。它內涵的深邃和表達的精妙，正隨著人類打破舊有的單元化結構進入多元體系、展開普遍的相對性而綻放光輝。東方的綜合性思維與西方的分析性思維之間已顯示一種殊途同歸的互補」。在談到中國古代典籍《易經》時，他說《易經》有著與詩一樣的共同因素，「《易經》的偉大，不在於它採用一套自然形象模擬了客觀世界，而在於它歸納不同層次創造出一個既矛盾運動（內部各部分）又和諧靜止（外部整體）、既對立（陰、陽）又互補（陰、陽）、既有限（形式）又無限（內涵）──以有限把握無限的『框架』。」「它和詩，在不斷變形和發掘抽象意義中，通過背離自然（構思、秩序化）本質地接近了自然，是被創造的一個獨立於作者主觀和物質客觀之外的『第三種現實』。」在談到屈原的詩時，他又說：「在屈原的詩裏，自然、歷史、文化背景統統被打碎，被充滿現實感受的詩人重新組合，提升為一個超越狹隘功利性的純粹世界。」「我們追溯的是屈原那自足而能動的強大的詩歌血緣，它豐富得足以囊括一切死亡，純粹得高高在上，因而無動於衷，無可利用，不必求助任何外在的說明就直接構成自己的本體。」「像屈原那樣，調整詩人在現實和文學中的不同角度，把整個世界由詩人之手變成語言（僅僅是語言），向詩升起，注入那個橫越千古的絕對空間。」凡此種種，通過楊煉對《易經》和屈原的詩歌所作的這種獨特的闡釋，

我們不難看出，楊煉構造「智力的空間」，正是憑藉他所闡發的
這種「東方智慧」和東方的思維方式。他所說的《易經》的「以
有限把握無限的『框架』」、「獨立於作者主觀和物質客觀之外的
『第三種現實』」，屈原的詩歌的「超越狹隘功利性的純粹世界」、
「不必求助任何外在的說明就直接構成自己的本體」，等等，事
實上，也都是楊煉鑄造「智力的空間」的理論和概念的原型。從
這個意義上說，楊煉所構造的「智力的空間」，在接受西方現代
主義影響的同時，又具有濃厚的東方文化的底蘊。真正做到了他
自己所說的傳統和現代，「兩個領域互相滲透，使它同時成為『中
國的』和『現代的』。」

　　作為一種新的詩歌本體論觀念，「智力的空間」「所要探尋
的，首先是詩作本身的組合關係，一種結構的形式。在理論意義
上，指出一種與我們所處的文學時代相適應、同時具有中國特點
的現代詩觀；在創作意義上，標明構成智力的空間──智力詩的
方式與可能；在批評意義上，提供一個從考察詩作本身的空間結
構出發的判斷標準。」正是從這個標準出發，

　　楊煉對未來的詩歌創作和詩歌批評，提出了如下的要求：

　　智力的空間作為一種標準，將向詩提出：詩的質量不在於詞
的強度，而在於空間感的強度；不在於情緒的高低，而在於聚合
複雜經驗的智力的高低；簡單的詩是不存在的，只有從複雜提升
到單純的詩，對具體事物的分析和對整體的沉思，使感覺包含了
思想的最大縱深，也在最豐富的思想枝頭體現出像感覺一樣的多
重可能性。層次的發掘越充分，思想的意向越豐富，整體綜合的

程度越高，內部運動和外在寧靜間張力越大，詩，越具有成為偉大作品的那些標誌。

　　楊煉的這些要求，雖然不一定被他的同代詩人所接受，但對後起的青年詩人卻產生了重要影響。尤其是他在構造詩的「智力的空間」的過程中形成的一系列詩歌理念，例如重新體認傳統和發掘東方智慧、重現東方思維等等，對後新潮詩歌中某些有代表性的詩學觀念更產生了直接的啟示作用，這些詩人從創作到理論，「在注視著世界詩壇的中心」的同時，「緩慢而又堅定地返回自己古老的源頭」[47]，正是以楊煉的探索為他們的榜樣的，在新潮詩歌與後新潮詩歌交替的 80 年代中期，楊煉也因此而成了這期間的詩歌創作和詩學理論發展的一個承前啟後的重要詩人。

---

[47] 以上引文參見楊煉：《智力的空間》（《青年論壇》1985 年第 1 期）、《詩的自覺》（《當代文藝探索》1987 年第 2 期）、《傳統與我們》（《山花》1983 年第 9 期）。

第四章　再造詩心：對生命存在之詩的體認

——「後新潮」詩歌的詩學問題

　　依照本書的體例，論及一個時期的詩學，都設有一個專章討論該期詩學的一些核心理念。這一核心理念，不但是統領這個時期的詩學的主導思想，也是這個時期詩學發展的主要線索。本編第二章討論本期詩學的核心理念，在具體論及本期詩學的現代化追求中涉及到的現代主義問題時，我們有意回避了對新潮詩歌之後更新的詩歌潮流的「主義」歸宿問題。按照當代文學批評和文學研究領域的一個流行的說法，這股更新的詩歌潮流，是屬於後現代主義的文學或文化範疇。根據這種說法，在討論本期新潮詩學涉及到的現代主義問題時，緊接著還應當討論這股更新的詩歌潮流與後現代主義的關係問題，以便進一步說明這期間的詩歌藝術革新和現代化追求的最新走向。我們暫時「懸置」這個問題，是因為我們覺得這個問題雖然與後現代主義有比較緊密的聯繫，但又與新潮詩歌涉及到的現代主義問題密切相關。從某種意義上說，正是對新潮詩歌並不十分純粹的現代主義追求的反撥，才催生了這股更新的詩歌潮流，又因為這種反撥本身的「後現代」性質和與後現代主義思潮的遇合，才提出了這股更新的詩歌潮流與後現代主義的關係問題。從這個意義上說，這股更新的詩歌潮

流，仍然是屬於這期間由新潮詩歌開始的藝術革新和現代化追求的範疇，是在這一總體追求趨勢下的一個階段性的問題。正因為如此，所以在前述該章從總體上討論這期間詩歌的藝術革新和現代化追求的核心理念時，我們有意回避了這個階段性的問題，而把這個問題留到本章討論這股更新的詩歌潮流的詩學問題時，再加以具體的辨析，以保持這個問題的相對獨立性，和與論述對象之間的整體的有機聯繫。因為後現代主義是一個遠比現代主義複雜得多的問題，而新潮詩歌之後這股更新的詩歌潮流與後現代主義的關係，更是眾說紛紜、撲朔迷離，所以本章在論及這一問題時，也不想生硬地套用後現代主義的某些標準，來給這股更新的詩歌潮流定性，而想在對這股更新的詩歌潮流涉及到的詩學問題的具體辨析時，讓它的「後現代」特徵自然而然地顯現出來。

這一「後現代」特徵，首先便表現為這股更新的詩歌潮流，對以新潮詩歌為代表的現代主義傾向的「反叛」姿態。

文革結束以後的新時期詩歌，在經歷了新潮詩歌所造成的激烈震盪之後，進入 80 年代中期，雖然圍繞新潮詩歌的討論和爭論尚未完全結束，但新潮詩歌的代表詩人除少數仍在堅持新的探索外，絕大多數或出國、或轉向，由於各種不同的原因，都鮮有新作問世。但是，詩壇並不寂寞。在一些更年輕的詩人之中，正在醞釀一場更大的藝術震盪。從 80 年代初開始，受新潮詩歌的直接影響，大學校園裏已有一批新進詩人在寫作類似於「朦朧詩」風格的詩歌作品，有些甚至就是對「朦朧詩」的直接模仿。這些詩歌作者人數眾多，除了他們自辦的校園報刊和各種類型的詩歌

朗誦、比賽之外，他們也在社會上發表他們的作品。尤其是地處西北邊陲的文學期刊《飛天》，從 1982 年起，就開設有「大學生詩苑」專欄，集中刊載大學校園詩人的詩歌作品。這使得校園詩人的創作由分散的、自發的狀態，開始成為一種集中的、有意識的追求。正是在這個基礎上，校園詩人開始掙脫新潮詩人的影響，同時也萌發了創立新的藝術流派，以取代新潮詩人的強烈願望。對於新潮詩歌的「反叛」由此開始。人們普遍認為，始作俑者是 1984 年底——1985 年初四川的「大學生詩派」向新潮詩人發起的「反叛和挑戰」。這一派詩人後來有一個「宣言」說：「當朦朧詩以咄咄逼人之勢覆蓋中國詩壇的時候，搗碎這一切！——這便是它運用的全部手段。它的目的也不過如此：搗碎！打破！砸爛！它絕不負責收拾破裂後的局面。」而且說，「它所有的魅力就在於它的粗暴、膚淺和胡說八道。它要反擊的是：博學和高深。」「它的藝術主張：a.反崇高。它著眼於人的奴性意識，它把凡人——那些流落街頭、賣苦力、被勒令退學、無所作為的小人物一股腦兒地用一桿筆抓住，狠狠地抹在紙上，唱他們的讚歌或打擊他們。b.對語言的再處理——消滅意象！它直通通地說出它想說的，它不在乎語言的變形，而只追求語言的硬度。c.它無所謂結構，它的總體情緒只有兩個字：冷酷！冷得使人渾身發燙！說它是黑色幽默也未嘗不可。」[1]凡此種種，「大學生詩派」的這種態度和主張，從思想和藝術，都明顯地表現出「反叛」新潮詩歌乃至整個新詩傳統的傾向。其中的一些理論觀點，尤其是

---

[1] 見《大學生詩派宣言》，徐敬亞等編：《中國現代主義詩群大觀 1986-1988》，同濟大學出版社 1988 年版。

「反崇高」和「消滅意象」，事實上也已經成了整個後新潮詩學的源頭和濫觴。1986 年初，這個省的「大學生詩人聯合協會」自辦的《中國當代詩歌》報集中推出「第二次浪潮詩選」，刊載當時中國國內新起的許多詩歌流派的作品，同時刊載長文，闡發 80 年代中國詩壇興起的兩次詩歌浪潮的替代關係和「第二次浪潮」詩歌的創作特徵。這是這些詩人第一次以群體的方式登臺亮相，當即引起詩壇的注意。這一年，公開出版發行的文學和詩歌專門報刊開始有意識地選發這些詩人的作品，理論批評、研究也漸成熱點。10 月 21 日、24 日，《深圳青年報》和安徽的《詩歌報》聯合推出「中國詩壇 1986」現代詩群體大展」。「大展」共分 3 輯總計 15 萬字，「徵集匯萃了 1986 年中國詩壇上全部主要現代詩派」。刊出 65 家自稱「詩派」、116 名詩人的「詩歌宣言」和 138 篇「代表作品」。這個舉動在全社會引起強烈反響，褒貶毀譽接踵而至。根據有關統計資料，這期間全國有 2000 多家這樣的自辦詩社和「十倍百倍於此數字的自謂詩人」，出版有「非正式打印詩集達 905 種，不定期的打印詩刊 70 種，非正式發行的鉛印詩刊和詩報 22 種。」其中有些「已向體系化、流派化方向發展」。實際的規模和影響要比這次「大展」大得多。11 月，《詩刊》邀請其中的 15 位青年詩人參加一年一度的「青春詩會」。從 1980 年新潮詩人第一次群體亮相的第一屆「青春詩會」以來，這已經是《詩刊》第六次舉辦這樣的「詩會」。這次「詩會」同樣刊有這些詩人對詩的理解和他們各自的代表作品，雖然並非是對這些詩人的一次總的檢閱，但從中已大致可以看出詩壇接納這些詩人的選擇和趨向。

　　毫無疑問，我們今天用來指代這股更新的詩歌潮流的「後新潮」詩歌，這個在 80 年代中期以後流傳已久的概念，和帶有「後」字前綴的其他類似概念，如「後朦朧詩」、「後崛起」等，都是從「後現代」或「後現代主義」之類的概念中翻套出來的，因而嚴格說來，它並不是一個自然生成的文學史或文學流派的概念。雖然如此，它所涉及到的一些具體的對象，卻是十分明確的。就一種比流行的說法看，一般認為是「歸來」後的「七月派」詩人牛漢 80 年代中期在一篇名為《詩的新生代》的「讀稿隨想」中，第一次以「新生代」來命名這個在新潮詩歌之後出現的更新一代的詩人群體，同時也對這一群體的創作特點，憑著一個詩人的感悟，作了如下的一種經驗的描述：

　　　　近一年來，我領悟地發現了成百位新生代的詩人，還來不及一個一個地仔細欣賞，彷彿望見了壯麗的群雕，他們的詩搏動著一個心靈世界。這裏沒有因襲的負擔，沒有傷疤的陰翳和沉重的血淚的沉澱，沒有瞳孔內的恍惚和疑慮，沒有自衛性的朦朧的鎧甲，一切都是熱的蒸騰，清瑩的流動，藝術的生命，膚色紅潤，肌腱強旺，步伐有彈性，頭顱上冒三尺光焰：這是一個年輕人體魄的形象。他們的詩內傾和外向俱有，沒有他們認為的上代詩人那種對世界的不信任感和憂慮感，詩的不羈的情緒有了廣闊的空間，有沖激和滲透心靈的威力，激發人去聯想，去夢想，去思考，去墾拓，去獻身。他們的生活的遠景是彩色的，誘人的。這些顯出生機的詩，乍一看缺乏嚴密的結構和均勻的有節

制的感情，他們似乎靜不下心來思考技巧的作用。他們的
詩的激情與固定的思維結構和無性的技巧不相謀，使人自
然地想起惠特曼的詩的強健美麗的魂魄。

如此等等。當然還有其他的一些感受，如說「他們不追求詩
在低溫下表面的凝結，排斥那種沒有激情的冷漠的製作。不喜歡
外在的修飾，追求藝術的自然形成」；「他們放逐了那些用以加
強、顯示思想傾向的概念和詞語」，「每一個看來平凡樸素的詞
彙，都有趨向無形的詩魂的凝聚力」；「他們的詩的精神世界沒
有邊界」，「讀者與詩之間不存在絲毫的距離」。等等。他認為這
種「活生生的藝術整體感」，只有在中國古典詩詞的藝術精品中
才能找到。「新生代詩人的作品給予人的不是形象的理念，而是
一個使心靈顫動的、迄今為止人世間還沒有的令人神往的精神境
界。」

牛漢把他從新生代詩人的詩作中所得的這些「感受」稱之為
一種「新的詩的觀念」。[2]

作為一位詩人，而且是經歷過一些反差極大的詩歌時代、目
睹了新潮詩歌潮起潮落的詩人，牛漢對「新生代」詩人的這些創
作感受，雖然帶有一些感情因素和誇張成分，在一些細節問題上
的感覺並不十分準確，對這些詩人詩作的評價也有判斷失當之
處，但卻以一種整體感悟的方式，道出了新生代詩人與前此時期
的當代詩人，包括新時期以來的眾多新潮詩人的詩歌創作的一些
重要區別。這種區別就在於他們棄絕了前此各代詩人在創作中所

---

[2]　以上引文均見牛漢：《詩的新生代——讀稿隨想》，《中國》1986 年第 3 期。

遵從的思想和藝術規範，表現了一種無拘無束、生氣蓬勃的創作狀態。牛漢在這裏所說的這些新生代詩人與「上代詩人」之間的區別，正是後來的許多論者給這些新生代詩人以「代際」命名的一個特殊角度。這些「代際」命名比較流行的有所謂「第三代」和「第五代」之說，前者是以50年代的青年詩人為「第一代」，以新潮詩人為「第二代」，後者則是以五四時期的詩人為「第一代」，以30、40年代的詩人為「第二代」，以下與前者銜接順延至新生代詩人。如此等等，這些「代際」命名雖然與牛漢所說的「新生代」並無多少差別，但卻表明了這期間的詩歌界對新生代詩人的一種普遍的接受方式。這種接受方式不是著眼於一個新的詩歌世代與整個詩歌歷史之間的傳承和聯繫，而是它們之間的不同和區別。這種不同和區別，就使得新生代詩人從創作到理論乃至一些具體的活動和行為方式，都在這期間的詩壇乃至整個新詩歷史上，顯出了一種異樣色彩。正是驚訝於新生代詩人這種異樣的崛起，這期間的詩壇才不得不放棄曠日持久的有關新潮詩歌的討論和爭論，轉而面對這些更為激進的「後新潮」詩人的挑戰。如同70、80年代之交對待新潮詩人的崛起一樣，如何看待這些後新潮詩人所提出的挑戰，因而就成了這期間的詩歌理論不能不作出回答的一個重要課題。

與牛漢以一種標準的或傳統的詩的尺度，對新生代詩人所作的積極的正面的肯定評價不同，包括前述新潮詩歌的一些有代表性的詩人和詩歌理論家在內，絕大多數詩人和詩歌理論家，對這股更新的詩歌潮流，都表現了一種複雜的評價態度。面對這股新潮詩歌之後的一個更新的崛起，謝冕雖然也表現了一如既往的寬

容，也在努力調整自己的心態和藝術評價的尺度，力求跟上這股更新的詩歌潮流，但他同時也不能不注意到這樣的一個客觀存在的事實：「後新詩潮最令人震驚的後果，是新詩突然變得不美麗，甚至變得很不美麗了。這情景令人悵惘，並連連發出質問：它到底還要走多遠？」他雖然也承認「如下的秩序是正常的」：即「我們的每一個進步，必須以那些曾給我們以滿足的東西的消失為代價。」但他又不能不如實地表明自己對這種「代價」的一種褒貶態度：「後新詩潮作為新詩潮的延伸和拓展，除了對於前期發展的某些重要因素的疏遠與分離之外，它還以本身的矛盾複合乃至對立的藝術現象讓人迷惘。在後新詩潮的藝術構架中，藝術的走向的變幻莫測，造成了接受者的嚴重阻隔乃至逆反的抗拒。藝術的非藝術化加上廣泛使用不曾加工的口語，使一部分原先準備接受『高深』『晦澀』的欣賞者陷入新的疑陣，在一部分詩人那裏，詩不僅深奧而且玄妙，在另一部分詩人那裏，甚至最普遍的意象化也被認為是貴族風尚而加以拋擲。」由後新潮詩歌所造成的這種「令人震驚的後果」，謝冕進一步談到了它給這期間的詩學所帶來的「不可捉摸的秩序的混亂」：「當今詩學最為令人不解的現象是它的不可捉摸的秩序的混亂：一方面，許多有志之士在著力倡導詩的崇高與美，另一方面，一批詩的新生代卻確定以非崇高傾向作為追逐的目標；一方面由於糾正毀滅文化的惡行而對文化產生廣泛興趣（這種興趣改造了詩的素質並形成博學、宏大的誇飾追求，加上全民族反思導致文化尋根潮流的興起），文化氛圍的濃重形成詩的貴族傾向，一方面由於人對自身存在的醒悟與懷疑，正在產生對於文化的『嫌棄』；一方面，人們在驚呼詩對於

現實生活的漠不關心的遠離，一方面，詩人卻對此種驚呼表示冷淡，他們潛入內心的隱秘，對生命的神秘產生興趣；一方面詩歌在追求語言的高雅乃至生奧，一方面卻有意地使詩的語言俚俗化……」[3]。

如果說謝冕是以一個詩歌理論家和詩歌史家的身份，在客觀地陳述後新潮詩歌在創作和理論上給這期間的詩壇乃至整個中國新詩帶來的挑戰和衝擊的同時，又從藝術創新和歷史發展的角度，肯定這種現象的合理性，認為這種「極端的背逆」，「正是禁錮詩歌的藝術教條放棄之後所產生的新秩序」，「宣告了平常藝術生態的恢復」的話，那麼，徐敬亞就不但是以一個一般的詩人和詩歌理論家的身份，同時也是以一個接受更激進的後新潮詩人挑戰的新潮詩人和詩歌理論家的身份，在面對這股更新的詩歌潮流，在對這股更新的詩歌潮流作出自己的闡釋和評價。如同他把1980年看作是當代詩歌在藝術上邁出的「崛起性的一步」，是當代詩歌「全面生長的新開始」一樣，他也把1986年看作是標誌著後新潮詩歌崛起的一個「不可駕馭的」和「無法拒絕的」年代。「1976-1986，整整十年的一切追尋，一切積蓄，在走過了1984-1985這狹窄的走廊後，將整整一代的十數萬、數十萬的青年詩人，呼地一下，推到了1986！」「1984-1986，『朦朧詩』高峰之後的新詩，又在醞釀和已經浮蕩起又一次新的藝術詰難。詩，毫無猶豫地走向民間！走向青年。作為整個藝術最敏感的觸角，數年來，它曾領眾藝術之先，高揚並飲彈。目前，『後崛起』

3　謝冕：《美麗的遁逸——論中國後新詩潮》，《磁場與魔方——新潮詩論卷》，北京師範大學出版社1993年版。

的詩流，東南西北流溢，形成了『五四』以來最遼闊的新詩大探索局面。」「它擊碎了中國新詩近七十年來最具叛逆意識的朦朧詩後，把討伐的斧子對準了整個現存的詩歌秩序，乃至整個現存的文化秩序。」「這是一個繼五四、朦朧詩兩大破壞過程的繼續，它終於使現代詩與中國語言在總體上達到了同構、一致與溶合，造成了幾十年來詩的最舒展時期。」[4]作為新潮詩歌最早的理論代言人同時也是最早的新潮詩人之一，徐敬亞對這股更新的詩歌潮流對詩壇所造成的挑戰和衝擊，無疑也表現了如同謝冕一樣的複雜和矛盾的態度。只不過他更傾向於維護新潮詩歌已經取得的歷史合法性地位，在如實地描述這股更新的詩歌潮流對詩壇的挑戰和衝擊所形成的異常景觀的同時，也道出了這股更新的詩歌潮流與新潮詩歌之間的歷史聯繫。在他看來，後新潮詩歌不但是新潮詩歌乃至五四新詩的一個「破壞過程」的歷史延續，而且它的挑戰詩壇的能量和藝術探索的動力，也是來自新潮詩歌「整整十年」的「追尋」和「積蓄」。只不過這股更新的詩歌潮流在崛起之後，所要「詰難」和「擊碎」的，不僅僅是「整個現存的詩歌秩序」，同時也是「整個現存的文化秩序」。

對後新潮詩歌這種「詰難」和「擊碎」一切的叛逆姿態，作為一位溫和派的新潮詩人，舒婷並不取認同的態度，相反，她卻努力在新潮詩人和後新潮詩人之間進行一種比較審慎的辨析和區別。

---

[4] 參見徐敬亞：《圭臬之死——朦朧詩後（下篇）》（《鴨綠江》1988 年第 8 期），《歷史將收割一切》（《磁場與魔方——新潮詩論卷》，北京師範大學出版社 1993 年版）。

　　她說：「我們這一代詩人和新生代的重要區別在於；我們經歷了那段特定的歷史時期，因而表現為更多歷史感、使命感、責任感，我們是沉重的，帶有更多社會批判意識、群體意識和人道主義色彩。新生代宣稱從個體生存出發，對生命表現出更多困惑感、不安和玄秘。他們更富現代意識、更富超越意識、從感覺、思維、想像、意念、情感、建構能力都試圖達到一種『超文化』的境界。他們在表現手法上一反意象化途徑，追求淡化，崇尚自然口語，注重語感。」[5]如此等等，在這裏，舒婷事實上是用一種比較的方法，道出了後新潮詩歌在思想和藝術上有別於新潮詩歌的一些主要特色。對這種特色進行更深入更明確也更具理性色彩的比較，是出自於後新潮詩歌內部的一位有代表性的詩歌理論家，這位後新潮詩歌的理論代言人用一種明晰的對比方式，從「社會─文化境遇」和「心態」兩個方面系統比較了「朦朧詩」和「第三代詩」的不同之處：

　　「朦朧詩」「第三代詩」大一統背景下的意識形態對抗；多元趨勢中的意識形態解體文化關禁下的有限選擇；文化開放中的多種選擇可能；社會─文化境遇價值的緊張危機；價值的鬆散懸浮；道德的人格化、心靈化。道德的商品化、物化。

　　更多訴諸人道、人性的思辨和抒情力量；更多強調個體生命的原生狀態；追求自由的崇高感；承受自由的失重感；心態普遍懷疑中的積極維繫；自我中心造成的責任脫節；反抗異化的悲劇意識。懸置異化的「中空」意識。[6]

5　舒婷：《潮水已經漫到腳下》，《當代文藝探索》1987 年第 2 期。
6　唐曉渡：《朦朧詩之後：二次變構和第三代詩》，《磁場與魔方──新潮

　　凡此種種，從上述詩人和詩歌理論家對後新潮詩歌所作出的反應，我們不難看出，這股在新潮詩歌之後崛起的一股更新的詩歌潮流，相對於新潮詩歌來說，事實上，已經擁有了自己獨特的創作背景、價值觀念、行為方式和藝術追求，因而事實上也已經形成了一種獨特的詩歌形態和詩歌潮流。儘管人們對接納這種詩歌形態和詩歌潮流尚持一種複雜的態度，但給予它的總體評價和比較闡釋，卻基本上道出了這股更新的詩歌潮流在思想和藝術上的一些主要特徵，因而這種總體評價和比較闡釋，事實上也已經構成了後新潮詩學的一個重要的理論內容。

　　如果說，上述對後新潮詩歌的總體評價和比較闡釋，大多是出自一種直接反應和個體感受，因而還顯得比較含混，也比較籠統的話，那麼，在涉及到前述新潮詩歌所追求的一種新的美學原則，尤其是作為這種美學原則的一個核心問題，即作為文學的本體人的問題上，這期間的詩人和詩歌理論家，對後新潮詩歌中的「人」所作的闡釋和評價，就顯得比較深入和具體，因而也更加迫近後新潮詩學的一些實質性的問題。在這個問題上，徐敬亞對新潮詩人北島詩中的「人」和後新潮詩歌中的「人」進行了如下的比較：「北島的『人』和第三代的『凡人』顯然大不相同。前者主要是與『英雄』、『卑鄙者』對立的，他要做的是乾乾淨淨、坦坦直直的人。而第三代人的『凡人』則並不那麼乾淨，他們也不想成為那麼乾淨。他們崇尚真實，他們首先想活得好一點兒。他們什麼都幹，『抽煙、喝酒、跳迪斯科、性愛，甚至有時候也

────────────

　詩論卷》，北京師範大學出版社 1993 年版。

打架、酗酒，」「讓那些藍色的憂傷和瓶裝的憂鬱見鬼去吧。」「活著，故我寫點東西」。……他們就是這樣地在北島打倒了『英雄』之後，再一次把北島打倒，把『人』打倒，把『人』的體面和虛榮打倒。不僅抽掉了因異化感而生的憂鬱，也抽掉了因參與感而生的焦灼。他們不充硬漢子，也鄙視白馬王子、騎士精神和林黛玉的眼淚。他們自稱『變成了一頭野傢伙，是腰間掛著詩篇的豪豬，以為詩就是最天才的鬼想像、最武斷的認為，和最不要臉的誇張。』他們顯然把詩也『看透了』。他們將一切都當做偶像打倒（包括自己），然後冷笑著溜走。他們嘲笑時代嘲笑別人也嘲弄自己，他們似乎什麼都不是了，他們靈魂裏只剩了一縷本能之煙嫋嫋上升。」[7]徐敬亞把後新潮詩歌中出現這種人的形象，稱之為一種「反英雄」的傾向。

　　徐敬亞的這個比較，恰好在後新潮詩歌的一個有代表性的詩人和詩歌理論家尚仲敏的「自述」中得到了一個確切的證明。他說：「詩人首先把目光投向自身，他對自己太瞭解了。他不知道高尚為何物，他只知道他是一個實實在在的人，人所具有的特點他無所不有。他常常處於一個虛幻的境界，在那裏，他的靈魂東遊西蕩，飄忽不定。應該高興的時候突然感到無比的悲哀。他是個孤獨的傢伙，他永遠走在單行道上，只有他的影子能夠和他同行，他討厭什麼人衝擊他的孤獨（藝術家是反抗團結的）。有時他喝了酒，他微微地有些醉了，他醉了以後才發現他的周圍還有這麼多的人。他開始把目光投向人類。人類掙扎在一個巨大的悲

7　徐敬亞：《圭臬之死——朦朧詩後（上篇）》，《鴨綠江》1988 年第 7 期。

劇裏，所有的人都面臨著死亡的威脅。所有的事物都作為異己的力量而存在，在生命的過程中，人幾乎沒有什麼自由可言。……悲劇性成了人類的最大現實。」[8]詩人感受到了這一點，於是他開始寫詩。同樣是後新潮詩歌的一個有代表性的詩人和詩歌理論家，周倫佑在談到後新潮詩歌中更新一代的「第三浪潮」的詩人時也說：「他們沒有北島們那種強烈的政治意識，更缺乏第二浪潮的詩人們那種崇高的使命感。在他們看來，詩首先是一種生活方式。而且是一種完整的生活方式。他們有時有點魏晉風度，飲酒，但不尚清談，喜歡玄學。對藥的態度則在信與不信之間。也有些現代性的東西，比如靈魂與肉體的普遍分裂。經常把眼睛忘在枕上。用紙牌算命。讀一本名著便折斷一條手臂。有時冒雨到橋上看水。有時站在頭上看自己。當尾巴咬住狗轉圈時，便突然感到人的可悲了。於是開始嘲笑不朽開始褻瀆神聖。除此之外，常常使他們困惑的還有，變態心理。牙痛。咖啡該不該放糖以及女人臀圍的圓周率之類的問題。」[9]如此等等，這也就是這一派詩人所主張的「反崇高」的藝術傾向的一個形象的注腳。

　　與此同時，徐敬亞也把後新潮詩人所理解的這種「人」的形象，與他們的詩歌在藝術上的「非意象化」聯繫起來，努力探尋由於「人」的觀念的變化給後新潮詩歌在藝術上所帶來的影響。

8　《尚仲敏談第二次浪潮》，見四川省大學生詩人聯合協會自辦的《中國當代詩歌》報，1986 年 3 月 20 日第 1 期。

9　周倫佑：《當代青年詩歌運動的第二浪潮與新的挑戰》，見四川青年詩協現代文學住處室自辦的《非非評論》報。

他說：「非意象化，成為朦朧詩後最流行的藝術手段。朦朧詩人『確立自我』的企圖使他們總是想在客觀形象中（或者說在自己的感知系統中）尋找自己的『鏡像』。這種建立在『移情說』和『象徵體系』上的單向和諧，一旦因自我的分裂（或如梁小斌所說，是遭到世界的冷落）象徵體系就解體了。朦朧詩的主要手段是運用象徵性『意象』。這種意象已脫離心理學意義，由感覺性的經驗體變為美學意義的圖像。『後崛起』詩人們異口同聲地反意象，是緣於帶有使命感的凝聚感情在他們心中的頹敗。社會默不作聲的強大力量，使他們終於相信了斯金納的行為主義觀點。斯金納從另一個角度（非內省的）理解自我：『自我是適於一些特定偶然事件的全部行為』。而第三代詩人正是厭倦那些『特定與偶然事件』。這就造成了第三代詩人與傳統的（包括朦朧詩）關於『人』的整個人文主義思想——自我確立與自我崇高，大相異趣。」「貴族和英雄氣息漸次消退，代替它的是冷態的人的生命體驗。這使朦朧詩中疙疙瘩瘩的、飽含深刻的意象群紛紛溶化。」「『反意象』一直是朦朧詩後『第三代』詩人中最流行的思潮，朦朧詩高峰後的眾多詩人、流派之間在語言上最廣泛的一致性就是這一點：摧毀意象。」[10]在「反意象」的同時，後新潮詩人也對與意象化密切相關的象徵觀念和象徵手法表現了同樣敵視的態度。尚仲敏說：「象徵是一種比喻性的寫作，……象徵主義造成了語言的混亂和晦澀，顯然違背了詩歌的初衷，遠離了詩歌的本質。」他提出「反對現代派」的極端主張，而「反對現代

---

[10] 徐敬亞：《圭臬之死——朦朧詩後（下篇）》，《鴨綠江》1988 年第 8 期。

派，首先要反對詩歌中的象徵主義。」[11]徐敬亞則把這種傾向稱之為從「象徵主義向行為主義的轉移」。他認為：「這幾年詩壇上外國文化的影響已由『歐洲精神』轉向『美洲精神』。精確地說是當代美國詩歌的精神。被《嚎叫》喚醒的『莽漢主義』在四川，被『黑色幽默』感染的『他們』在南京，實際地奉行著類似美國『自白派』的原則。」[12]徐敬亞的這番話同時也道出了後新潮詩歌從現代主義走向後現代主義的發展趨勢。

　　毫無疑問，後新潮詩歌的這種「後現代」特徵，因為缺乏一種現實的生成基礎而帶有對後現代主義很重的「戲仿」成分（事實也是如此），但這種「戲仿」本身畢竟已經構成了後新潮詩歌的一個鮮明特徵，因而也就必然要影響到後新潮詩歌以這樣的人的形象和人的觀念為中心所建構的詩的本體論。尚仲敏說：「我想提出這樣一個看起來已經老態龍鍾的問題：什麼是人？人他媽的是什麼東西？人為什麼活著？人怎樣活著？這些問題恰恰是詩歌的根源問題。現有的文藝批評大都就藝術來談藝術，他們回避了人的這些問題也就不可能從本體上對藝術進行創造性的探討。」[13]正是基於對「什麼是人」、「人是什麼」、「人為什麼活著」、「怎樣活著」這些問題的上述理解和實踐，後新潮詩人就不但在生活中以這樣的方式表現他們的存在，也把詩歌創作本身當代了他們所追求的這種存在方式。又因為在現實生活中這種存在方式

---

[11]　尚仲敏：《反對現代派》，《磁場與魔方──新潮詩論卷》，北京師範大學出版社 1993 年版。

[12]　徐敬亞：《圭臬之死──朦朧詩後（下篇）》，《鴨綠江》1988 年第 8 期。

[13]　《尚仲敏談第二次浪潮》，見四川省大學生詩人聯合協會自辦的《中國當代詩歌》報 1986 年 3 月 20 日第 1 期。

畢竟要受制於一定的社會環境和社會規範（政治、道德、行為規範）的制約，故而他們就轉而向語言這個象牙之塔去尋求這種存在方式的庇護，通過一種封閉的語言操作去求得這種存在方式的實現。這就導致了後新潮詩歌在藝術實驗上逐漸形成了被徐敬亞稱作「生命體驗和語言變構」兩大傾向：「生命體驗和語言變構——如同當年必須認識自我意識與象徵手法才能認識朦朧詩一樣，這兩個方面是進入 1986 年現代詩的前提。」[14]對這兩大傾向，唐曉渡如下的一段話作了具體而微的說明，他說：「『第三代詩』的實驗傾向突出地表現為生命領域的開掘和語言意識的強化這詩歌藝術的兩端上。它經由對『泛文本』和『絕對文本』的反向追求而得以同一。一方面世界之所存者皆可入詩：從瑣屑的日常景觀到神秘的巫術玄思；從現代人的孤獨荒誕到初民般的混然不察，從得自民間的髒話俚語到置身天國的人神感應，從稍縱即逝的原始性欲到永恆追慕的大化宇宙，如此等等，不一而足。另一方面，是所有這一切都被要求提到詩的文本高度加以對待，經由一個相對自足的語言——符號系統而獲得自在的生命。」[15]這兩大傾向同時也是後新潮詩學在理論上的兩個鮮明特徵。

　　需要特別說明的是，如同新潮詩歌一樣，後新潮詩歌也不是一個統一的整體，而是一個複雜的組合。以上的論述只是就其主要傾向而言，而且是相對於新潮詩歌而言的一些與之相區別的主要特徵，並不是說，後新潮詩歌的所有詩人和詩歌派別都持這樣

---

[14] 徐敬亞：《圭臬之死——朦朧詩後（下篇）》，《鴨綠江》1988 年第 8 期。

[15] 唐曉渡：《朦朧詩之後：二次變構和第三代詩》，《磁場與魔方——新潮詩論卷》北京師範大學出版社 1993 年版。

的觀點。事實上，整個後新潮詩歌不但存在著前述派別眾多、旗號雜陳的現象，而且這些交錯雜陳的眾多詩歌派別的理論主張和創作追求，還存在著許多互相矛盾和互相抵牾之處，因而很難真正在他們之間找到一個理論的共同點。這同時也是這種「後現代」形態的詩歌現象和文化現象的一個普遍特徵。但是，儘管如此，就這些派別大體相近的一些理論主張和追求趨向而言，仍然有一種主要的脈絡和線索可尋。這種主要的脈絡和線索既是這期間後新潮詩學的一些主導思潮，又是上述後新潮詩歌的總體特徵的一些具體的體現。關於這一主要的脈絡和線索的清理，徐敬亞和巴鐵的觀點具有各自的代表性。徐敬亞說：「1984-1985 年，中國現代主義詩歌從朦朧詩的神秘山川中流出來後，分為涇渭分明的兩大派系，他們分別走向了東方和西方」。這兩大派系就是「以『整體主義』、『新傳統主義』為代表的『漢詩』傾向和以『非非主義』、『他們』為代表的後現代主義傾向。」[16]巴鐵則說：「近一、二年內，當傳統的詩學框框被一浪接一浪的『現代浪潮』衝擊著的時候，在眼花繚亂的實驗翻新中，至少有兩大現象正在成為現代詩扇面的邊緣：一是文化化、二是非文化化傾向。前者往往把想像的阿米巴菌放在哲學、歷史、宗教、神話巫術等營養液中，用典深奧廣博，意象怪誕繁複，句式冗長堆砌，語詞文白夾雜，以追求史詩、神話、人類學效果來標榜對東方古典文化精神的宏揚或文化自身的寂滅；後者作為前者的反動，則往往把感覺

---

[16] 參見徐敬亞：《圭臬之死——朦朧詩後（上篇）》（《鴨綠江》1988 年第 7 期），《歷史將收割一切》，（《磁場與魔方——新潮詩論卷》，北京師範大學出版社 1993 年版）。

的疫苗植入日常生活、現實事件、本能衝動等培養基上，結構靈活短小，意象瑣屑細膩，言語自然通俗，以追求幽默、戲謔、調侃、反諷的效果來表現對生活經驗、存在價值的態度和感受。前者感興趣的是藝術內容的價值系統，後者看重的是語言藝術的感覺形式。」[17]以下，我們即循著這樣的脈絡和線索，對後新潮詩歌在詩學上的一些有代表性的理論觀點，分別加以扼要的論述。

作為「走向東方」的「文化化」傾向的代表，「整體主義」和「新傳統主義」都是 80 年代中期誕生在四川的後新潮詩歌派別。以「整體主義」在理論上的建構最為系統完整，因而也最有代表性。

「整體主義」詩學包括它的哲學、文化基礎和詩歌理論兩個層面。就其哲學和文化基礎而言，「整體主義」的觀念是來源他們對於中國古代文化的獨特闡釋。在有關「整體主義」最早的理論闡述中，他們說：「我們認為：中國文化其本質是一種整體性質的狀態文化，它的核心思想不是陰陽互補的二元論，而是『無極而太極』的整體一元論。老莊的最高層次是『道』、『一』、『無』；孔子的至境也不是『仁禮』，而是『和』；宋儒時期的整體思想就更為突出；而《周易》則是整體狀態文化最卓越的描述。它不僅把包括人在內的宇宙處理為一個流變不息的整體，而且認為這個整體唯一的本質是超越的生命性，唯一的特點是對稱性；由此，我們感覺這才是企及民族文化巨大磁心的真正開始。」他們的一

17　巴鐵：《「巴蜀現代詩群」論》，見四川青年詩人自辦刊物《巴蜀現代詩群》。

篇綱領性的詩學論文《提要：整體原則》（石光華），就是從對八卦圖式的闡釋開始的。他們把八卦圖式與數學、愛因斯坦的場理論、普里高津的「耗散結構」和系統論、生物學等等現代科學知識聯繫起來，認為這個八卦圖式，「從數學的角度來分析，它是幾何學、數論和運算系統最優美的統一。無論是太極圖內部奇妙的等分以及這種等分與卦象的對應，還是卦的爻數變化所顯示的精確和和諧，都足以使我們感覺到這是一個嚴密的、自明的數學描述系統。而它內部通過陰陽在轉換過程中所保持的效應關係，又使我們意識到這正是愛因斯坦晚年窺測到的統一場，它自身的時空統一並互相轉換，任何一個卦象或爻象都指向和生成另一卦象或爻象，各種互斥同時是互成與互生。這種系統當引入物理學語言進行描述時，我們不難獲得一種統一的世界圖景。它還可以被解釋為一個普里高津式的『耗散結構』，它可以用系統論的術語稱之為『動態平衡系統』，或者以生物學的思想把它叫做『生態全息機制』……」總之是，「無論把它還原到哪一種具體的人類文化結構中，它都可能是那一種結構最理想的描述。」可見，他們是把八卦圖式與最現代的系統理論、全息結構和科學知識的新的綜合化的傾向等量齊觀的。或者說，正是現代科學知識的最新發展給他們以啟示，他們才得以在一個新的意義上重新發現和認識傳統文化的特殊價值，才得以給予傳統文化以新的「現代闡釋」。正是基於對八卦的這種「現代闡釋」，因此，他們認為這個八卦圖式，「它首先是它自身，是存在、方法和表述三而一、一而三的整體描述系統。這個整體描述系統的構造決定了中國古文化與西方文化的殊異。可以這樣說，離開了這個系統，就很難理

解中國文化、歷史以及人生狀態，所以，我把自己對中國古文化的思考，表述為整體主義。」

這就是「整體主義」這一概念的緣起。

根據這篇論文作者石光華的解釋，「整體主義這個概念的意義，涵孕著這樣三個方面：其一：它始終在人類意識的尺度上把包括人自身在內的存在，把握為一個有機的整體系統。其二：這種把握只能通過文化的方式來顯示，而且，文化自身也構成一種整體性系統，由此取得與存在的一致性。其三：文化內部在結構狀態、效應原則和轉換形式諸方面保持一致性，各層理論均可還原為系統的初始構造。」他認為「這三個方面也是互相詮釋的，是一種意義在不同層次上的語義學表述」。與此同時，「整體主義」者又認為，他們所構造的這種「整體主義」的理論，「絕不是『回歸』，不是對傳統的迷戀。追求和趨向整體，是二十世紀懷疑主義思潮發展的必然結果，『全息宇宙生物律』的提出，人類科學整體網絡結構有機化趨勢，整體性質的發散型、綜合型思維方式的產生……這一切都說明了在漫長的否定性文化時代日趨衰微之後，在『荒原』上，一個重建人類文化背景的大時代已經來臨，而整體思想將是這個新文化的最本質特徵。因此，我們提出的整體主義，是東方與西方、古代與現代的逆向互補，是一種極為深刻的思想結構模式。」[18]

從以上的表述中，我們不難看出，誠如他們自己所說的，「整體主義」最初並「不是一個詩歌藝術流派」，至少是它的理論命

---

[18] 以上引文參見石光華：《提要：整體原則》，四川中國狀態文學研究機構自辦的《漢詩：二十世紀編年史·1986》。

題不完全屬於詩學範疇，「即使是在引入美學思考以後，也從不企望對詩的本質或構造方式等方面進行抽象的界定。」「整體主義」者稱它是「一種狀態文化的基本思想」，「一種開放性的意識形態」，一種「思想的實在形式」，它「在很大程度上是以哲學構建的面目而存在的」。只是「當這個思想置身於詩歌之中，滲透於人類文化最具靈性的部分時，即成為整體主義在詩學領域中的還原」時，才「生成出一種與之相平行的詩體狀態。他們稱這種「詩體狀態」為「『整體主義』詩歌的詩體狀態」，或簡稱為「狀態的詩歌」。只有在這時候，「整體主義才與詩學發生聯繫，才具有詩學的意義。

　　就詩歌理論的層面而言，比較集中地表達「整體主義」的詩學觀點的，有兩篇宣言式的文字。一篇是「整體主義」的比較完整的「藝術宣言」：

　　　　藝術的永恆與崇高在於它不斷地將人的存在還原為一種純粹的狀態。無論這種狀態是生命自身的回憶，還是對於無限的可能性那種深刻的夢想，都將人投入了智慧的極限，即情感的、思辨的、感覺的，甚至黑暗河流底部潛意識的等各種靈性形式聚合成的透明的意識，這種狀態同時又顯示這既無限孤獨又無限開放、既內在於心靈又外在於心靈的生命體驗。對於這體驗而言，所謂現象與本質、主體與客體、自我與宇宙、瞬間與永恆……等邏輯主義或語言學的分析範疇，都將因喪失確定被藝術拒絕。在藝術建構的歷史中，這種體驗必然地顯示為自洽而自在的實

境，並以此與人的完善、與整體性存在同構，完成宇宙、人、藝術三者的認同，使生命逾越海德格爾所絕望的完整的孤寂。作為具體存在的個人，亦將通過進入和領悟這種藝術實境，在不同意義和程度上超越自身的有限性和主觀性，獲得直接向生命存在開放、向整體趨近、生成的可能性。在這個意蘊結構中，人表現為自身創造的過程，藝術活動也才徹底地被把握為純粹的創造。

因此，整體主義藝術不排斥任何形式和方法的藝術向度，它只是要求任何藝術實在結構都應該從經驗的、思想的、語義的世界內部，指向非表現的生命的領悟——深邃而空靈的存在。[19]

如果說這篇「藝術宣言」還帶有「整體主義」很重的哲學痕跡，因而顯得比較抽象晦澀的話，那麼，結合「整體主義」的另一篇比較明晰的宣言式的文字，我們可以把「整體主義」詩學的基本內容，概括為以下幾個方面：

第一個方面，是在詩的本體論的層面，認為詩的本質是對「人類存在狀態的顯現」。「人的本質在於其存在與整體的聯繫和生成。只有包括人在內的整體才是唯一具有確定意義的存在，人亦只有在一定程度上超越自身的有限性與主觀性，才有可能得到自身的確定性。整體主義詩歌的本質即在於對此種處於未完成的或正在生長的人類存在狀態的顯現，在各個不同的層次上聚集對自身與宇宙的最大體驗，成為既內在於又外在於人的實境現實。」

---

[19] 見《中國現代主義詩群大觀 1986-1998》，同濟大學出版社 1988 年版。

在詮釋「整體主義」詩歌的本質特徵時，他們說「整體主義詩歌作為一種非生物學意義的生命存在，其生命性在於它是整體運動訊號——從物態的自然具象到原生命的潛意識以及深層的理性等等——的收納者。它以此而與存在整體處於交流注息之中，是整體律動的顯現。」正因為它自身的結構與宇宙生命結構之間存在著這種「相應性」，因而也就使得「整體主義」詩歌始終處於一種「最具活力的自然狀態。」

第二個方面，是在詩的功能性的層面，認為「整體主義詩歌是自省的詩歌」。「整體主義」詩歌並不以向人們提供知識為己任，同時也自知人類的知識不可能滿足人的終極知欲，因此它只顯現狀態而不回答終極的意義。它是智慧的靈性的而非智力的。」「整體主義詩歌的自省之處在於：它知道重要的不是說出何為整體——其實也不可能說出，而是對整體狀態的描述或顯現。在人類擁有的許多描述系統中，只有它潛在地包涵著多樣性的可能狀態，具有超越語言自身的局限而體驗原真世界的存在之可能。」所謂「自省的詩歌」，在這裏是指這種詩歌只是憑藉「智慧」和「靈性」顯現人的存在狀態，並不對人的存在狀態的終極意義作出回答。甚至也不說出何為整體，只是描述和顯現整體的狀態。這亦即是說，「整體主義」詩歌是依靠直覺感悟的而不依靠任何形式的理性思考，甚至也不需要借助任何形式的語言表達，就能超越現實，直抵存在本身。他們認為「超越是一種趨向於無限的可能性，因此詩的超越即是對具體生命形態和人類的現存生存狀態的超越，直接面對整體而向存在開放。」

　　第三個方面，是在詩的藝術表現層面，認為「整體主義」詩歌的語言應拋棄其「媒介作用」，「成為整體的一個有機層次」。「整體主義詩歌的自省之處還在於：它的一切活動皆在人的意識尺度之內。同時它知道，無論如何，它的語言無法由『實體的表述』直接轉換開放為『實體』本身。它只是渴望達到一種『實體狀態』，這就要求語言拋棄其媒介作用，成為整體的一個有機層次。當語言是一種指向的時候，才會更接近實在本身，獲得確定的意義。」[20]這亦即是要求詩的語言捨棄其公共的社會性和通用規範，成為一種絕對個人化的對於生命本真的直覺感悟方式。

　　如果說，「整體主義」詩學「走向東方」的文化特徵，是以對傳統的創造性闡釋和現代轉換為追求目標的話，那麼，與「整體主義」相近的「新傳統主義」就是以對傳統的批判性的審視為前提，企望通過這種批判性的審視，創造一種無拘無束的「新傳統」，「新傳統不僅基於對舊勢力的破壞，而且基於對自身的無情審判。」因而與「整體主義」相較，「新傳統主義」又帶有較重的「反傳統」色彩。如同一切形式的「反傳統」的文化派別一樣，「新傳統主義」也不像「整體主義」那樣看重傳統本身所提供的思想資源和文化機制，而是傳統加於我們的各種束縛和障礙。對詩歌創作中的某種「復古主義」和「懷舊意識」，「新傳統主義」更是攻擊有加，把它看作是傳統的束縛和障礙的表現。「今天的藝術本質上是這種行為的複演。我們注釋神話，演繹《易經》，追求當代詩歌的歷史感，竭力誇大文學的作用，貌似憂國憂民，

20　以上引文均見《整體主義者如是說》，《詩歌報》、《深圳青年報》1986年11月21日聯合主辦的「現代詩1986群體大展」。

骨子裏都渴望復古。渴望進則鳥瞰詩壇，萬聲歸一，退則仙風道骨，彈箏於桃花園中。用現代派手法表達封建懷舊意識，是當前所謂『民族主義』詩歌的顯著特徵之一。」基於對詩歌創作中這種「復古主義」和「懷舊意識」的高度警惕，所以他們堅決「否定傳統和現代『辮子軍』強加給我們的一切」，「反對把藝術的感情導向任何宗教和倫理」，反對以任何形式「閹割詩歌」。認為作為藝術的創造者的詩人，「他的人生經驗，他的矛盾交織的肉體就應該是一部獨特的藝術史，一個特殊的傳統。」這樣，他們就以詩人個人取代了歷史，以詩人的個體經驗，取代了由一個民族藝術創造的歷史所構成的傳統。「新傳統主義」由此也便走上了一條極端的自我表現（表演）的道路，他們通過這種方式所創造的「新傳統」，因而事實上也就是他們個人極端放大了的靈魂和肉體的經驗。「從某種意義上說，新傳統主義詩人與探險者、偏執狂、醉酒漢、臆想病人、現代寓言製造家共命運。……除了屈服於自己內心情感和引導人類向宇宙深處遁去的冥冥之聲，新傳統主義詩人不屈服於任何外在的、非藝術的道德、習慣、指令和民族惰性的壓力。」他們雖然也說，「我們終有一天也會疲乏，但我們只有向前撲倒在自己這個傳統裏」[21]。但從他們的上述詩學主張看，事實上，他們是早已滑向了這個傳統的邊緣，「撲倒」在一個遠離傳統的神秘莫測的潛意識的深淵。「新傳統主義」這種極端的詩學主張，無疑也是「整體主義」詩學中包含的某種潛在因素的放大了的形式。

---

[21]　「新傳統主義」「藝術自釋」，見徐敬亞等編：《中國現代主義詩群大觀1986-1988》，同濟大學出版社 1988 年版。

　　在所有「走向西方」的「非文化化」的後新潮詩歌派別中，「非非主義」也有它的獨特的代表性。這個在 80 年代中期誕生於四川的詩歌派別，擁有眾多的成員，自辦有各種詩歌報刊，發表了系統的宣言和理論主張，是後新潮詩歌中最有影響力的一個詩歌派別。

　　如同「整體主義」詩學一樣，「非非主義」的詩學也可以分為哲學、文化基礎和詩歌理論兩個層面。就其哲學和文化基礎而言，「非非主義」不像「整體主義」那樣，把自己詩學建構的基點放在對傳統文化的創造性闡釋和現代性轉換的基礎上，以此來實現中、外、古、今文化的融合。而是把眼光轉向文化誕生以前的所謂「前文化」時代，通過「還原」這樣的「文化」時代，來反抗現有文化（中、外、古、今）強加給人的各種桎梏，由「文而下」的「唯文化」、「反文化」，進到「文而上」的「超文化」、「前文化」。這一哲學和文化觀念的形成，從「非非主義」的一些有代表性的理論文章看，主要是源於以下的一種思維邏輯：從根本上說，他們雖然也承認文化是一種「人類行為」，是作為「社會化的群體」的人類，為了對宇宙萬物進行「利於人類的」操作，而對宇宙萬物及其相互關係進行「符號化處理」的人類行為。但卻認為這種人類行為是一種有悖於宇宙萬物原初存在和本原意義的「粗暴的」人類行為。這種粗暴的人類行為的結果，是帶來了一個「符號的世界」、「語義的世界」，亦即「文化」的世界，迫使人們屈從於各種「文化」的規範，使人類的生存失去了原初的生命活力。他們甚至認為這種「文化化」的過程，正在威脅著人類的生存。「比文化過程更深刻，更愈加嚴重的，是『已經文

化了的生命』、『正在文化著的生命』和『還要文化下去的生命』
——是不斷文化著的人類的心靈和肉體。這比環境的污染、土地
的沙漠化更不引人注意，因而更加可怕。因為它對人類的影響更
為直捷，它是人類生命的文化化——文化成就的這種不斷堆積，
和它對人類生命採取的不斷的內化進程，正一天天將人的生命同
化於文化這部以符號系列為部件的特殊的機械裝置。」「非非主
義」的任務就是要把人類從文化「這部以符號系列為部件的特殊
的機械裝置」中解放出來，恢復人類生存的原初活力。但具體進
行的途徑又不是通過「反文化」之類的方式實現的（在他們看來，
「反文化」的行為仍然是在一定的文化規範之內），而是通過一種
「創造還原」的方式完成的。「所以，生命的還原、思維的還原、
意識的還原、感覺感受的還原……這都是擺在現代人面前的問
題。也就是說，我們首先關心的是人的創造性的還原問題（人的
造化性的還原問題）。」通過這種創造性的還原方式，回到造化
之初的「前文化」狀態。他們所謂的「前文化」，也並非通常所
說的「史前文化」，而是前於人類創造的文化的一種永恆的實在。
這種永恆的實在，是一種自為自足的存在，實則是一種非文化的
「宇宙行為」，它以宇宙為唯一真正的主體，不受制於人類的文
化創造，而以「造化」表現「造化」[22]

---

[22]　此處所綜述的理論觀點，參見藍馬所撰《前文化導言》（刊載於他們自
辦的《非非》雜誌 1986 年 5 月創刊號），《新文化誕生的前兆——唯文
化、反文化、超文化》（刊載於他們自辦的《非非評論》報 1986 年 8 月
20 日），《前文化系列還原文譜之一》（刊載於自辦刊物《巴蜀現代詩群
1987》）。尤其是《前文化導言》，公認是表達「非非主義」的哲學、文
化思想最早的也是最有代表性的文章之一，為節省篇幅，未過多引用原
文，只就其主要觀點，摘要綜述於此。

　　基於這樣的認識和追求，他們把「非非主義」的文化哲學定義為：「非非乃前文化思維之對象、形式、內容、方法、過程、途徑、結果的總的原則性的稱謂。也是對宇宙的本來面目的本質性描述。非非，不是『不是』的」。在這裏，這個雙重的否定判斷，包含有如下兩層意義：第一層意義，是對「前文化」狀態的描述，即「前文化」狀態是對「文化性」的否定的一種再否定：文化是對「前文化」狀態的一種「否定」（「非」）——「文化性」的否定，對這種「否定」的再「否定」（「非非」），亦即是回到「前文化」狀態。這也就是他們所說的「前文化還原」的結果。「將事物與人的精神作『前文化還原』之後，這宇宙所擁有的一切無一不是非非。」第二層意義，是對「非非主義」的文化態度的一種描述。他們說：「非非主義並不否定什麼，它只是表明自己。」「不否定」，也就是「非非」。這是它的一種文化態度，其目的是與「反文化」的立場相區別，表明它對於「文化性」的否定的再否定並非「反文化」，而是回到「前文化」狀態。「非非藝術反對唯文化主義，但它不是反文化的。恰恰相反，它致力於探尋文化的本源，致力於鑿通文化所以由來的源泉。」它「把立足點插進了前文化的世界。那是一個非文化的世界，它比文化更豐厚更遼闊更遠大；充滿了創化之可能。它過去誕生過文化，它現在和將來還將層出不窮地誕出更新文化更更新文化！」「它呼喚『新的文化板塊』從那些被變革了的人的前文化經驗中不斷湧出，儘快完成在運算——邏輯基礎上建起的這個即將竣工的文化建築，然後轉向非運算——非邏輯的領域，重新安營紮寨，在非運算——非邏輯的基礎上動工興建另一類、兩類以至更多類其他

建築——超越『唯文化主義』。」從他們對「非非主義」的這些表述來看，他們所追求的實際上是一種企圖超越人類已經有過的所有的文化行為和已經創造的所有文化成果，僅憑直覺和本能就能到達的一種「前文化」狀態，「非非沒有時間，它通過直覺與前文化經驗溝通」，[23]因而從根本上說也就是一種直覺主義的和非理性主義的文化。

如同「整體主義」者一樣，「非非主義」者也把他們的這種哲學、文化思想，看作是他們的「藝術本體論」。在這個基礎上，他們也提出了自己的一整套詩學觀點。這些詩學觀點，集中體現在「非非主義」的兩個不同版本的理論「宣言」之中。以下，我們即就這兩個不同版本的「非非主義宣言」，對「非非主義」的詩學觀點，作一個扼要的理論闡述。

「非非主義」的詩學觀點，主要有以下三個方面的內容：

一、非非主義與創造還原

1）我們要摒除感覺活動中的語義障礙。因為它使詩人與世界按語義的方式隔絕。唯有消除這個障礙，詩人才能與世界真正接觸和直接接觸。此乃我們倡導的感覺還原。

2）我們要摒除意識屏幕上語義網絡構成的種種界定。因為它阻擋在詩人的直覺體驗與意識之間，干擾和塗抹著非文化的意識平面，使詩人的體驗與意識因語義界定的楔入而彼此絕緣，導

---

[23] 以上引文均見《非非主義宣言（摘要）》，《深圳青年報》、《詩歌報》1986年10月21日、24日「中國詩壇1986」現代詩群體大展」。

致非文化意識的缺如甚至喪失，扭轉這一過程，便是我們聲稱的意識還原。

3）文化語言都有僵死的語義。只適合文化性的確定運算，它無力承擔前文化之表現。我們要搗毀語義的板結性，在非運算地使用語言時，廢除它們的確定性；在非文化地使用語言時，最大限度地解放語言。這就是我們打包票一定要實驗到底的語言還原。

二、非非主義與語言

由於語言頑強地體現著由群體累積而成的文化傳統，在使用語言進行詩歌創作時，我們堅持對語言施以三度程序的非非處理——

1）我們拿定主意要超越「是」與「非」的兩值價值評價，使所用語言在非兩值定向化的處置中，獲得多值乃至無窮值的開放性，賦予語言新的更加豐富的表現力。

2）在詩歌創作中，我們將致力於革除語言的抽象病。非抽象化處置語言，掃除語言抽象中的概念定質，在描述中清洗推理和推理中的判斷，是我們對語言的又一強硬態度。

3）語義確定是使語言喪失活力的致命傷。我們要將語言推入非確定化。在不確定語境的建設和變幻中，我們將使那麼老化了的語言，因多義性不確定性多功能性的失而復得，而重新煥發幾多返老還童之光。

三、非非主義與批評

　　由於第一次地將詩歌批評與詩人的創造機制聯繫在一起，我們宣佈我們為這個世界首次推出了創造批評法。從感覺方面，我們的批評指向文化語義感覺、情緒模仿感覺、習慣定型感覺的清除與否；從意識方面我們的批評指向表層集體意識（現實性文化價值意識如功利知識觀念等）的清除與否；指向深層集體意識（繼承文化價值意識如理性邏輯定型和半定型意象等）的清除與否；從語言方面我們的批評指向定質抽象詞語、兩值傾向詞語及傳統修辭詞彙的清除與否。要言之，我們的批評指向一切非創造因素的清除與否或者程度怎樣。[24]

　　從「非非主義宣言」所闡述的這些基本的理論原則，我們不難看出，無論是它的「創造還原」、對語言的「三度處理」，還是在批評中運用的「四清除」原則，都是企圖破壞和「清除」既有的文化規範和理性形式對人的感覺、意識、語言乃至人的潛意識和深層心理的影響，以期插足「前文化」或「非文化」的世界，追求藝術的原生創化。為實現其「創造還原」，「非非主義」還特別指出了一個「三逃避」、「三超越」的「具體途徑」，即「逃避知識、逃避思想、逃避意義」、「超越邏輯、超越理性、超越語法」。其結果，就使得「非非主義」把「非崇高化」和「無知」、「單純」、「透明」等與思想意識和語言邏輯絕對無關的原生狀

---

[24] 見《非非主義宣言》（1986），徐敬亞等編：《中國現代主義詩群大觀 1986-1988》，同濟大學出版社 1988 年版。

態，作為他們的創作特點和追求。「非非是無知的、單純的，透明性是非非的追求之一。」「非崇高化——反諷是非非詩歌的一般特點。」[25]為了達到這種「無知的」、「單純的」、「透明」的狀態和「非崇高化」的目的，「非非主義」不但在創作中著重表現普通人的日常生活和個體的生命體驗，而且也提倡一種「更加接近每個人的生命形態」的「口語化」的表達方式。在他們看來，口語是「與我們自身最切近的語言」，是普通人「獨特的說話方式和言語」，而通用的規範語言，則是一種被社會「同化」了的「文化語言」，捨棄後者而取用前者，是使詩「回到人自身」的一個重要途徑。與「非非主義」比較接近的「他們文學社」所提倡的「語感」大體也是這個意思。他們認為：「在詩歌中，生命被表現為語感，語感是生命的有意味的形式」。「詩人的人生觀、社會意識等多種功利因素，都會自然地在詩人的語言中顯露出來。直覺會把心靈中這些活的積澱物組合成有意味的形式。語感就是這種種因素的積澱，是活的生命，是詩人心靈的呼吸」。「語言是公共的，生命是個人的，而它們的天然結合就是語感，就是詩」[26]。凡此種種，「非非主義」和它的同道在這些方面的提倡和追求，都可以作為他們在「宣言」中所表達的那些抽象的理論原則的一個具體注腳，由此，我們才得以窺見「非非主義」詩學的完整面貌。

---

[25]　《非非主義宣言（摘要）》，見《深圳青年報》、《詩歌報》1986 年 10 月 21 日、24 日「中國詩壇 1986』現代詩群體大展」。

[26]　于堅、韓東：《在太原的談話》，《作家》1988 年第 4 期。

　　與「非非主義」接近的「他們文學社」和「莽漢主義」，雖然不像「非非主義」那樣，有比較完整的理論系統，但卻從不同的方面具體體現了「非非主義」的詩學傾向。與「非非主義」通過一種嚴格的理論論證，拆除由於「文化化」的進程所造成的意識（理性）的屏障和語言（邏輯）的屏障不同，「莽漢主義」是以一種直接顛覆的方式，完成這一「非文化化」的過程。他們主張「搗亂、破壞以至炸毀封閉式或假開放的文化心理結構！」他們「不喜歡那些吹牛詩、軟綿綿的口紅詩」，「也不喜歡那些精密得使人頭昏的內部結構或奧澀的象徵體系」。他們要以「極其坦然的眼光對現實生活進行大大咧咧地最為直接地楔入」，在創作中「極力避免博學和高深，反對那種對詩的冥思苦想似的苛刻獲得」。「在創作原則上堅持意象的清新、語感的突破，尤重視使情緒在複雜中朝向簡明以引起最大範圍的共鳴，使詩歌免受抽象之苦」。他們「堅持站在獨特角度從人生中感應不同的情感狀態」，使詩「給人的情感造成強烈的衝擊」。他們要「以前所未有的親切感、平常感及大範圍鏈鎖似的幽默來體現當代人對人類自身生存狀態的極度敏感」[27]。如此等等，「莽漢主義」顯然從早期「大學生詩派」的理論主張中接受了思想影響，從而把這種直接的顛覆行為經由「非非主義」的理論系統，納入了這期間的詩學中普遍流行的一種「非文化化」的傾向。相對而言，「他們文學社」的成員是這期間「非文化化」的詩學傾向中，比較溫和也比較富有建設性的一群。他們雖然也認為他們「是在完全無依靠的情況

[27] 見《莽漢主義宣言》，徐敬亞等編：《中國現代主義詩群大觀 1986-1988》，同濟大學出版社 1988 年版。

下面對世界和詩歌的」，不願意用投射在他們身上的「各種各樣
的觀念的光輝」，「去代替我們和世界（包括詩歌）的關係」，但
他們卻不主張採用粗暴的顛覆方式，而希望穿越意識（理性）和
語言（邏輯）的屏障，用感覺和心靈去直接觸摸世界。他們認為：
「世界就在我們的前面，伸手可及。我們不會因為某種理論的認
可而自信起來，認為這個世界就是真實的世界。如果這個世界不
在我們的手中，即使有千萬條理由，我們也不會相信它。相反，
如果這個世界已經在我們的手中，又有什麼理由讓我們認為這是
不真實的呢？」正因為如此，他們「關心的是作為個人深入到這
個世界中去的感受、體會和經驗，是流淌在他（詩人）血液中的
命運的力量。」他們是這樣理解他們與世界的關係的，也是這樣
理解他們與詩歌的關係的，因而對於詩歌，他們關心的也只「是
詩歌本身，是詩歌成其為詩歌，是這種由語言和語言的運動所產
生美感的生命形式。」[28]因為「他們文學社」這種溫和的態度和
與創作實踐聯繫更為緊密、也更符合詩歌創作實際的藝術主張，
所以較之其他具有「非文化化」傾向的詩人，他們在創作上取得
了較多的成績，在理論與實踐嚴重脫節的整個後新潮詩歌中，也
更具實踐意義。尤其是在「日常化」和「口語化」的藝術實驗中，
他們從積極的方面發展了「非非主義」的「非崇高化」和「無知」、
「單純」、「透明」的藝術追求，因而同時也顯示了「非非主義」
詩學的一種潛在的發展可能性。

---

[28] 「他們文學社」的「藝術自釋」，見徐敬亞編：《中國現代主義詩群大觀
　　1986-1988》，同濟大學出版社 1988 年版。

　　上述「整體主義」和「非非主義」所代表的這兩種不同的詩學傾向，只是就其理論表現所作的一些相對區分，事實上，二者在本質上有許多共同之處。這種共同之處，最根本的一點，就是他們所共有的反文化和非理性的傾向。「非非主義」雖然竭力聲明「非非藝術不是反文化的」、「非非並不否定什麼」，但正如後新潮詩歌的一位年輕的理論家所說：「可它在『表明自己』的藝術主張的過程中，處處是非文化——這種經過修飾和偽裝了的『三反』（反文化、理性、傳統）調子，並充滿了反文化的變音，藍馬用的是『藝術』這塊紗巾，周倫佑用的是『前集體意識在個體意識中的覺醒』這個面具。在這個聲明下，仍然是一大堆從包括達達主義在內的各種非理性主義思想中刨出來的陳詞爛調，更多的術語恰恰是從他們反過的東西方文化中經過東拆西拼起來的概念，如把「慾望、本能」冠以「身境」，把「陰陽互補」轉換成「一極兩項互含式」，把「反映、反射」冠以「巴甫洛夫意識屏幕」，把「直覺、頓悟」換成「愛因斯坦意識屏幕」，等等」[29]。與「非非主義」相近的一些詩歌派別，如「莽漢主義」等，發展的正是剝去了「修飾和偽裝」的「非非主義」的這種反文化和非理性的本質傾向。

　　與「非非主義」相對的「整體主義」雖然是以「文化化」和「唯文化」為標幟，但就其對「原真世界」的「整體狀態」所作的描述，和期望通過藝術把人的存在「還原為一種純粹狀態」，以及直覺感悟的特徵，都表明它與「非非主義」所說的「前文化」

---

[29] 巴鐵：《「巴蜀現代詩群」論》，見四川青年詩人自辦《巴蜀現代詩群1987》。

狀態和「創造性還原」，有諸多類似之處。不同的只是「非非主義」要求詩把人從現實世界「還原」到「前文化」階段生命的純粹狀態；「整體主義」則預先設置了一個如同「道」一樣的抽象的「整體」概念，要求詩在對「整體」的體驗中領悟與「整體」同在的生命的純粹狀態。「非非主義」因而一空依傍，由想入「非非」而入於「非非」之境；「整體主義」卻有所依託，這個依託就是經他們改造過的的糅合了現代科學知識的道家系統的東方哲學。這種經過改造了的道家系統的東方哲學，也如後新潮詩歌的一位年輕的理論家所說，「容納了不少諸如『生命狀態』、『同構效應』、『隨機生存原則』、『超驗』、『頓悟』，等等今古珍玩以及『宜涉大川』的『羽者、生者、溺水者』。大凡有志於卜筮占卦、煉丹修道、弘揚佛門、考釋陶紋、注疏老莊者，皆可入其內，只要精通太極、銘文、籀文、金石、大賦、玄武……，都可以臻達於『超越性的整體生命狀態』之上乘化境。」[30]可見同樣也充滿了非理性的「文化」雜音。二者殊途而同歸，作為後新潮詩歌的兩大對立的陣營，在詩歌理論和與之相關的哲學、文化問題上，卻表現了驚人一致的共同傾向。由此，也可以看出後新潮詩歌整體的藝術指歸和意識走向。

　　關於後新潮詩學的這種非理性或反理性傾向，徐敬亞曾作過這樣的分析：他說，這一代詩人「是大徹大悟而又充分迷惑不解的一代詩人」，「是充分地放棄邏輯的一代詩人」。「他們以詩逃離組織好了的世界秩序，也逃離被充分組織好了的自我生命。他們

---

[30] 巴鐵：《「巴蜀現代詩群」論》，見四川青年詩人自辦的《巴蜀現代詩群1987》。

唯有以詩來對抗千篇一律的思維結論。這一代超現實詩人們毫不
猶豫地認為：唯理主義對世界解釋過的一切顯然不是人類的全部
勝利和功德。一個廣泛存在著差別、變化、運動、吸引、遙感的
世界在誘惑著他們。在這以上的意義上，他們把這個被固有理論
習慣和符號習慣所凝固的世界稱為瘋人院，而想像自己是唯一正
常的人，或者反過來！他們以靜態反動態，以神秘反清晰，以多
元的相對思維，反對一元的線性思維，以世界的可幻性、可塑性、
可創性，尋找人類新的心理習慣，尋找萬物的非現存狀態。這就
在哲學上徹底地站在了反理性主義一邊。」[31]也許用「後現代主
義」的某些表現上的特徵，生硬地嵌套後新潮詩學難免膠柱鼓瑟
之嫌，但從它的這種非理性主義的本質，我們卻不難理解它的諸
多「後現代」特徵之所由來。

---

[31]　徐敬亞：《圭臬之死——朦朧詩後（下篇）》，《鴨綠江》1988 年第 8 期。

主要引用、參考書目

《中國新文學大系・建設理論集》，良友圖書公司 1935 年版。

《中國新文學大系・詩集》，良友圖書公司 1935 年版。

《胡適研究資料》，北京十月文藝出版社 1989 年版。

《新詩雜話》，朱自清著，三聯書店 1984 年版。

《聞一多論新詩》，武漢大學出版社 1985 年版。

《何其芳文集》（第 2、3、4 卷），人民文學出版社 1982、1983
　　年版。

《問路集》，林庚著，北京大學出版社 1984 年版。

《論新詩現代化》，袁可嘉著，三聯書店 1988 年版。

《現代詩派・英美詩論》，袁可嘉著，中國社會科學出版社 1985
　　年版。

《新意度集》，唐湜著，三聯書店 1990 年版。

《人・詩・現實》，阿壠著，三聯書店 1986 年版。

《中國現代詩論》（上、下編），楊匡漢、劉福春編，花城出版社
　　1985 年版。

《新詩歌的發展問題》（第一、二、三、四集），《詩刊》編輯部
　　編，作家出版社 1959、1961 年版。

《朦朧詩論爭集》姚家華編，學苑出版社 1989 年版。

《磁場與魔方──新潮詩論卷》，吳思敬編選，北京師範大學出版社 1993 年版。

《紅旗歌謠》，郭沫若、周揚編，人民文學出版社 1959 年版。

《一九五八年中國民歌運動》，天鷹著，上海文藝出版社 1959 年版。

《崛起的詩群》，徐敬亞著，同濟大學出版社 1989 年版。

《中國現代主義詩群大觀 1986-1988》，徐敬亞等編，同濟大學出版社 1988 年版。

《中國現代詩論 40 家》，潘頌德著，重慶出版社 1991 年版。

《中國當代詩論 50 家》，古遠清著，重慶出版社 1986 年版。

《中國當代新詩史》，洪子誠　劉登翰著，人民文學出版社 1993 年版。

《毛澤東論文藝》，人民文學出版社 1992 年版。

《毛澤東詩詞集》，中央文獻出版社 1996 年版。

《毛澤東與文藝傳統》，陳晉著，中央文獻出版社 1992 年版。

《毛澤東與中國文藝》，宋貴侖著，人民文學出版社 1993 年版。

《中國當代文學思潮史》，朱寨主編，人民文學出版社 1987 年版。

《當代文學新潮》，朱寨　張炯主編，人民文學出版社 1997 年版。

《中國當代文學史料選（1948-1975）》，謝冕　洪子誠主編，北京大學出版社 1995 年版。

文學視界 26　語言文學類　PG1032

中國大陸當代詩學

作　　者 / 於可訓
主　　編 / 蔡登山
責任編輯 / 黃姣潔
圖文排版 / 陳彥廷
封面設計 / 王嵩賀

發 行 人 / 宋政坤
法律顧問 / 毛國樑　律師
出版發行 / 秀威資訊科技股份有限公司
　　　　　114 台北市內湖區瑞光路 76 巷 65 號 1 樓
　　　　　電話：+886-2-2796-3638　傳真：+886-2-2796-1377
　　　　　http://www.showwe.com.tw
劃撥帳號 / 19563868　戶名：秀威資訊科技股份有限公司
　　　　　讀者服務信箱：service@showwe.com.tw
展售門市 / 國家書店（松江門市）
　　　　　104 台北市中山區松江路 209 號 1 樓
　　　　　電話：+886-2-2518-0207　傳真：+886-2-2518-0778
網路訂購 / 秀威網路書店：http://www.bodbooks.com.tw
　　　　　國家網路書店：http://www.govbooks.com.tw

2013 年 8 月 BOD 一版
定價：350 元
版權所有　翻印必究
本書如有缺頁、破損或裝訂錯誤，請寄回更換

國家圖書館出版品預行編目

中國大陸當代詩學 / 於可訓著. -- 一版. -- 臺北市：秀威
　資訊科技, 2013.08
　　面；　　公分. -- (語言文學類；PG1032)(文學視界；
　26)
　BOD 版
　ISBN 978-986-326-144-5 (平裝)

　1. 新詩　2. 詩評

820.9108　　　　　　　　　　　　　　　　102013245

讀者回函卡

感謝您購買本書，為提升服務品質，請填妥以下資料，將讀者回函卡直接寄回或傳真本公司，收到您的寶貴意見後，我們會收藏記錄及檢討，謝謝！
如您需要了解本公司最新出版書目、購書優惠或企劃活動，歡迎您上網查詢或下載相關資料：http:// www.showwe.com.tw

您購買的書名：_____

出生日期：_____年_____月_____日

學歷：□高中 (含) 以下　　□大專　　□研究所 (含) 以上

職業：□製造業　□金融業　□資訊業　□軍警　□傳播業　□自由業
　　　□服務業　□公務員　□教職　　□學生　□家管　　□其它_____

購書地點：□網路書店　□實體書店　□書展　□郵購　□贈閱　□其他

您從何得知本書的消息？

　□網路書店　□實體書店　□網路搜尋　□電子報　□書訊　□雜誌
　□傳播媒體　□親友推薦　□網站推薦　□部落格　□其他_____

您對本書的評價：(請填代號　1.非常滿意　2.滿意　3.尚可　4.再改進)

　封面設計____　版面編排____　內容____　文／譯筆____　價格____

讀完書後您覺得：

　□很有收穫　□有收穫　□收穫不多　□沒收穫

對我們的建議：_____

_____

_____

_____

11466
台北市內湖區瑞光路 76 巷 65 號 1 樓

秀威資訊科技股份有限公司　　　收

BOD 數位出版事業部

....

（請沿線對折寄回，謝謝！）

姓　　名：＿＿＿＿＿＿＿　年齡：＿＿＿　性別：□女　□男

郵遞區號：□□□□□

地　　址：＿＿＿＿＿＿＿＿＿＿＿＿＿＿＿＿＿

聯絡電話：(日) ＿＿＿＿＿＿＿　(夜) ＿＿＿＿＿＿＿

E-mail：＿＿＿＿＿＿＿＿＿＿＿＿＿＿＿＿＿